萬福瑪麗亞

鄒永珊

目次

【推薦序】

物傷其類，萬福攸同

羅仕龍

小說一開始像是椿離奇的兇殺案，而且帶有幾分異色。不只是因為人物與場景出現在冬日陰鬱的柏林，更因為涉案者複雜的性別、婚姻與金錢關係，讓我不自覺聯想起大學時看的大衛林區電影。

永珊與我的確是因為電影而在臺北相識。儘管臺北不乏姹紫嫣紅的春色，但記憶中我與永珊以及電影社同學們度過的臺北時光，常是黑白灰三種最低沉的色調，盤旋在層層陰霾之下的椰林大道旁。有幾年我們大家受了早逝小說家的影響，特別迷戀安哲羅普洛斯的電影，社團留言本裡總有她的話語。我最早學會的幾句法文，除了課本裡教過的以外，都與安哲羅普洛斯有關。

我們同樣沒有名字，必須去借一個。
將我遺忘在海邊吧，我祝福您幸福健康。Je vous souhaite bonheur et santé.

大學同學們在狂飆的一九九〇年代末告別，祝福彼此幸福健康，奔赴人生理想，兩兩相忘於江湖。後來永珊和我各自先後到了歐洲，一個落腳於柏林，城市中舉目所及盡是滄桑與傷痛；另一個旅居在巴黎，學著拾起小王子的那朵紅玫瑰。安哲羅普洛斯的法文，從文藝青年的傷感貼合到務實的方眼格筆記紙上，連在語言學校的法語作業裡都可以挪用來做信末祝賀語。幸福是巴黎生活的必要之惡，健康是維持異國情調於不墜的基本條件。

我們同樣沒有名字，但不是真的沒有。用拼音轉化過來的名字，在旅外證件裡成為一組隨機拼湊的字母，沒有典故也沒有律動的美感。偏偏歐洲人總覺得你一定有原本的中文名字，不要你硬是取個外文名字。有段時間法國的連鎖咖啡店開始流行美式風格，店員在你點餐時順口親切問起名字，笑容甜美地拿起筆寫在紙杯上，有時還為你畫上冒號加括號的可愛符號。但千萬別認真地把你從中文轉譯來的長串字母要求店員費勁聽寫。他們領的只是基本工資，把心力糾結在這五分鐘的中文課裡沒太大意義，何況在這流動如饗宴的城市裡，你們大概不會再見面。

於是王也好，陳也好，也許阮或野田也可以，東方臉孔就是個意象。瑪麗亞？當然可以。性別不是問題，巴黎或柏林的精神繫於寬容。你要說自己是瑪麗皇后或者郵票上的瑪麗安，大概也沒有人說不行。你是你，我是我。我沒有權力代表你，你更沒有權力代表我。

奧賽美術館後方的大學路上，卻有個臺北代表處。名字寫得很隱晦，小小的牌子掛在大門入口左手邊。不張揚，也不熱鬧，但我們念書時，日劇到過此處取景。我剛到代表處當工讀生不久，就想著要去看看劇中那座富麗堂皇的大階梯。階梯對面牆上掛著巨幅的《谿山行旅圖》，想當然爾是複本，只是畫作名字相同。能在代表處工讀，連忙碌都是愉快的。穿梭在典雅氣派、精雕細琢之間，這才是巴黎該有的樣貌，不是留學生遷就著微薄預算而賃居的小公寓。

駐外單位裡的人員定期輪調，不同的名字來來去去，久了彷彿也就是個代號。來自臺灣的國際參訪團、個別前來的觀光客，還有緊急救助電話彼端出現的各種疑難雜症，聽多了好像也就是那麼一回事。於是記憶裡的名字反而有了意義。永珊與我在巴黎拉丁區散步，偶爾在咖啡廳裡不經意叫起對方名字時，叫的不只是對方，也是自己，是我們原原本本的真實。名字很多時候只是個代號，但當你與另一個人知道（或是猛然想起？），你們既不是瑪麗亞也不是瑪麗安，也許人生開始有了一點延續的意味。《萬福瑪麗亞》寫的是臺北和柏林，我卻在書中不斷讀到巴黎。也許永珊始終保持旁觀卻又低調帶著情感的筆法，讓我竟不知她是真的冷眼旁觀，抑或是對讀者親密地訴說她近日的城市見聞。兇殺案的真相最後是否解開？我在讀完小說的當下還沒有反應過來，翻來覆去盼尋得書中提供的線索。直到第二天醒過來，我才突然明白那名臺灣男子死亡的真相。

哀莫大於心死。或許死亡只是一種象徵?每年寒冬中迎來的聖誕節，誰不是滿懷著希望重新開始?過去種種譬如昨日死，新的一年終究會在時光碾壓中來到。也許吧。

永珊說我一定可以讀懂這本小說。然而不管我是否真的讀懂，至少在其中看見許多我或是曾經在歐洲長期居住過的人們。有些吉光片羽似曾相識，有些戲謔與淡漠則是其來有自。身分的認同與反抗，忘卻與(再)融入，理想的挫敗與重建，這些元素出現在每一個瑪麗亞身上，打散之後重新排列組合，化為一個個城市中的角色。

我不禁想起「永」這個字。不只是因為永珊，還因為書法。永字八法是學習書法的基本功底，一筆一畫卻可以組合出千變萬化。世上縱有萬種福相之變貌，豈不蘊藏於基本筆法之間?人間若有千萬個瑪麗亞，不正隱身在你我之間?

《萬福瑪麗亞》說的不只是人在異地的反覆自我對質，還有熙來攘往的市井趣味。神祕的租屋故事發生在緊挨著市民大道的老舊大樓裡，恰與柏林老公寓的窺探形成對比;此起彼落，層層疊影，有如小說裡藝術學院學生失焦或未能洗出的作品一般模糊曖昧，卻又清清楚楚讓讀者看見人性。相機是架設在德國的街角，但鏡頭映照的不知是攝影者心中想望的何方。說起來，臺北、柏林或巴黎的差異究竟在哪裡呢?我們沒有佇立街邊攝影的尤金•阿傑特，但總有許多像是法語的夢幻招牌出現在街頭讓人自拍。如果臺北的街頭景觀常常不甚令人滿意甚至氣餒，曾被大戰轟炸得滿目瘡痍的柏林，是不是也背負著許多無奈呢？

永珊到巴黎來找我時，每逢遇到街角有破敗的屋舍，總要駐足良久，讓我與她一同細端詳。這些房子的建築師是誰，有時已經不知其名。姑且都把他們叫做瑪麗亞？又或是代表法國共和精神的瑪麗安？神性也許總在最低微處可見，破敗之中自然有不可複製的靈光閃現。有沒有名字不重要，聖人無常心，市井百姓之名處處寄寓澄澈無暇的聖心。

小説中多次出現的一句話是「物傷其類」，讓我玩味再三。其實小説裡的人物未必總有什麼交集，但命運讓他們彼此之間有了或多或少的牽連。若如小説所説，「新來的人總會愛上柏林的」，他們究竟愛上了什麼？是那些看不見的彼此慰藉？是一種「物傷其類」式的了然於心？也許正因為冬日覆蓋之下的城市裡，我們都沒有名字，所以都成了可以互相憐憫的同類。沒有名字就是這個時代的萬福攸同，瑪麗亞的音節裡聲聲透露出令人處之安然的召喚與眷顧。

（本文作者現為國立清華大學中文系副教授）

在你的照撫下我們安然熟睡

若為一切眾生常相恭敬愛念者。當於合掌手。

——《千手千眼觀世音菩薩廣大圓滿無礙大悲心陀羅尼經》

*

在未開燈的幽暗房間裡，全裸的女人悉心穿起肉色絲襪、又外加一層粗絡網襪，套上過膝緊身亮皮細跟靴，對著梳妝台的鏡子端詳自己。然而身體的細節都融在陰影底，她也不是靠眼睛去看，而是摸著自己的小腹與臀部，像在確認什麼。她的骨架寬大身型嶙峋，雙乳卻沉甸甸的不自然，她從胸側攏著它們捏了捏。還沒能穿上胸罩，她背後突然響起一把有點沙啞的聲音。

「克莉西——」

一個比她嬌小許多的女人直率地開門進來，房間外走道的光線在她背上截出一條線。她側頭回望來人，伸長的脖子中央喉結相當明顯。

小個子的女人拿著手機，語氣有些慌張：「你快來看看這個！」她腳上同形制的高跟靴在地毯上踩出沉悶的響聲，走近了她把手機遞給被喚作克莉西的女人。手機螢幕亮得讓克莉西眼睛刺痛，她瞇起眼等痛覺過去了才又睜開眼。兩個人湊著小螢幕讀著上面的轉貼訊息，是一篇新聞快報。

「一名亞裔男子在本日清晨被發現陳屍於柏林泰格爾機場的無障礙洗手間裡，經航廈清潔人員通報，航警抵達時男子已無生命跡象……目前死者身分尚待辨識，警方表示將進一步釐清其死因，目前暫已排除與恐怖攻擊有關……」

沒等快報播完，克莉西問道：「所以？幹嘛叫我看這個？」她更為低沉的嗓音直直地掉進地毯，帶著一種不甘願起床寧可與全世界為敵的意氣。

「你果然之前沒看。」

「我手機忘記充電了，開不了機，又沒帶充電器。」

「我就知道，丟三落四。你要是沒我怎麼行。總之再往後看，快點。」小個子女人催促著，克莉西儘管沒興趣還是滑到下一則貼文，是私人拍的照片，顯然晃到了，畫面有點糊，但是足以看清圖片中人的臉。克莉西訝異得嘴都張大了。

「這個人……」

「果然是那個在星期天就算完事也還一直纏著你的亞洲人吧？竟然死了……」

克莉西驚惶地看向小個子的女人：「我的老天！怎麼又給我碰到？」這時反換成小個子

女人漫不在乎說著：「對欸，兩年前你也是遇到一個客人馬上風死了，被警察叫去問話。」

「你別說了，我一點都不想回憶起來！」克莉西神經質地回嘴，說完卻馬上軟弱下來，求救地說：「瑪麗，怎麼辦？」

「你跟他的死又沒有關係，怕什麼？又不是死在你身上，不在場事實那麼明顯。那人說不定也是心臟或者哪裡有問題，何況現在天氣這麼冷，太多說不準的因素了。」瑪麗語氣裡有種莫名的篤定與無所謂，克莉西還是顯得相當不安，掐緊了瑪麗的手臂，讓瑪麗扯開她的手。

「很痛啊。」瑪麗揉了揉自己的手臂，接著說：「星期天到現在中間隔了四五天，警察總該先確認他的死因，要是再沒動靜說不定是發現他是自己不小心死的。再怎麼樣，他們來盤查也不過是例行公事，跟兩年前不會差太多，只是很煩而已……總之先由事務所頂著。就是為了這齣，經理才轉發這個消息過來，讓你有心理準備。他們還得討論該怎麼處理，要你這幾天先放假待在家，哪都別去。」

瑪麗瞄向克莉西光溜溜的上半身，視線特別停留在肋骨那位置，又說：「先把衣服穿起來吧，反正你今天橫豎不必上工了，免換制服了。」克莉西沒聽她的，緊抓著瑪麗的手機狂刷相關消息，然而多是重複零碎的報導，無從知道更多。瑪麗任由她去，走去房門口打開大燈，克莉西皺眉瞇起眼。

「要開燈也講一下啊，你又不是不知道我很怕光。」

瑪麗不答腔，只從梳妝台上抓起克莉西的胸罩跟襯衫丟給她，把自己的手機拿回來，不經心地滑了幾下——「想來真是夭壽噢。那兩天到底怎麼回事，你是跟亞洲人犯沖嗎，先是差點被一個站在三岔路口怪裡怪氣的亞洲女人拍到，後來就碰到那個男人，現在他還死了。」

克莉西扣好胸罩，套上襯衫，悻悻道：「你現在講這些什麼意思，幹嘛把所有事情說得好像全是我捅出來的漏子？那個拿相機的女人我原本還不想提她，你怎麼知道她不是在拍你？」

「因為你……」瑪麗看克莉西叉腰對著她。克莉西的襯衫還敞開著，一對比自己的還要豐滿許多的乳房理直氣壯地前挺。瑪麗靜了下來。克莉西見她收聲，哼道：「反正你別再講這些有的沒的了，我可不想因為這些莫須有的麻煩丟了工作，手術之前尤其不能出任何紕漏。」同時她從桌上拿起一排膠囊，摘出兩顆塞進嘴裡配水服下。

盯住克莉西所有行為的瑪麗沒了方才的流裡流氣，陷入長考，過了一會兒凝重問道：「克莉西，你應該沒有被拍到跟那個男人一起吧？」

「……怎麼可能。」克莉西嗤笑一聲，一臉不以為然：「那個女人看起來不會拍照，她的相機上也沒有額外的閃光燈，問她呢她的反應顯得根本搞不清楚狀況，而且她不是之後沒多久、早在那個男人跟我們搭話之前就離開了？」

「我記不得了。」瑪麗咬了咬拇指，又立刻檢查起上面的美甲有沒被自己咬掉，咂嘴「嘖」了一聲。接著她也站到梳妝台前，整理自己身上的緊身皮衣，點數腰包裡的用具是否足夠齊全——她跟克莉西的妝髮與裝束同出一轍，連皮膚都一樣晒成古銅色的，彷彿膚色也是她們制服的統一規格。瑪麗從衣架拿下一件皮革短外套穿上。

「總之，但願只是我多慮了——好了克莉西我要先去上班了，你別亂跑，回家去等我回來再說。」她又從自己的皮包掏出手機充電器，「我充電器借你，你趕快給手機充電，保持開機，我隨時跟你聯絡。至於經理應該沒空打給你，他最近忙著盤下一棟樓，連跟我講話都嫌煩——我走了。」

目送瑪麗出門之後，克莉西給自己的手機插上電，打開來查看裡面的照片。橫向滑動的手指在某個時候停頓下來，她皺著眉考慮什麼，把手機丟到擺在梳妝台上的衣服堆之間。

＊

臺北駐柏林代表處負責領務的林祕書一臉愁雲慘霧，因為一上班他就接到德國警方通報今天凌晨在泰格爾機場發現一名死者，查核身分後發現他來自臺灣，於是德國警方來電要求代表處協助聯繫家屬。本來德國警方可以更早通知的，但是中國大使館不知從何得知消息，主動找上警方，表示他們將同德國政府相關部門密切配合，為後續事宜提供積極協助。德國員警通報上去，讓長官琢磨了一陣，回絕了中國大使館的人。這意外的插曲德國警方也不多提，僅是輕描淡寫地說，所以真遺憾哪您的人民發生不幸，事關重大煩請貴單位儘快處理。

警方接著簡短報告，根據入境紀錄，死者是以申根簽證從阿姆斯特丹機場入境的遊客，在荷蘭與德國逗留了三個星期平安無事，卻在十二月二十七日要搭乘前往阿姆斯特丹的班機之際死在柏林泰格爾機場。

根據警方初步相驗，死者身上沒有外傷，也沒有陌生的指紋，看來是起心臟痲痺猝死的意外，比較不尋常的是他身上的證件錢財都在，獨獨不見了手機——他的隨身行李中還有手機充電器，顯示他應當擁有行動電話，詢問了機場清潔人員也沒有發現可疑人物，機場垃圾桶內也沒有棄置的手機，所以德國警方仍然很保留，未向臺北代表處透露進一步資訊，也沒有提供確定死因，只先將護照的身分資料頁影本先寄到林祕書提供的電子郵件信箱。林祕書打開圖檔查看死者資料，這名男性叫李克明。

姓名很一般，不是讓人印象深刻的名字，倒是林祕書看著死者大頭照，總覺得有點印象，卻又想不起是不是真的見過這個人。林祕書定定神，再把資料通篇讀完一遍，不敢怠慢，趕緊向上級報告。由於茲事體大，駐外代表召開了緊急臨時會議，了解案情之餘，並交辦部屬妥善處理這起事件，領務組的林祕書負責聯絡死者在臺灣的家屬，而新聞組的同仁得仔細打點媒體──「低調確實把這件事辦好。」代表這麼指示。

這場臨時會開得非常久，代表處所有人中飯都沒得吃，會後林祕書接著繼續研擬開會前就起草的公文，趕緊將公文定稿寄回臺灣；還沒空喘一口氣，其他同事倒也吃完飯回來辦公室了，方才未被分配到工作的其他組同事又過來關心。

「好可怕呀，我從來沒碰過在外派的時候有人死了。」

「是說怎麼會死在機場管制區的無障礙廁所裡呢，他看起來挺年輕的，身體應該沒怎樣，用不到無障礙設施吧？」

「無障礙廁所比較大啊，要是有行李那裡比較方便──所以林祕書，你知道那人是怎麼死的了嗎？」

林祕書支吾了一下：「德國警方沒有提供詳細的相驗報告，沒證據不好說……」

「是吧，只是在我們轄區死了人總是讓人心情鬱悶，也不知道家屬會不會刁難，然而總歸是要安排他們過來。」

林祕書想要說什麼，然而還沒開口同事又說起在網路上讀到的消息——電視新聞只倉促提及，簡直是無可奉告，社群媒體裡的與臺灣人相關的社團倒是討論得十分熱烈，連中國使館半路攔截的表態都寫到了，不意外又是在嘲諷他們這些駐外人員，真是不曉得那些人是從哪裡變出他們寫出來的這批傳聞。

「該做的我們從來不會遺漏，而我們明明都很低調，勤勤懇懇做事，為什麼總是有國人找碴說我們外派都是在養老毫無建樹。還有中國使館找上德國警方的事我們才聽說，怎麼就有網友知道了？德國警方才不會搞不清楚臺灣中國，我們國人的事哪有交給中國使館來辦的道理。但是社群媒體上面這樣繪聲繪影地傳，我們百口莫辯啊。」

「難不成有網軍在造謠帶風向？」

「噓，這事不好說。」

「誰曉得事情會演變成怎樣呢……」提到他們都不是很清楚那是怎麼運作的系統讓圍在林祕書桌邊的人們一時沉默下來，不一會兒林祕書電話響了，興許是長官又交代了什麼，他應了幾聲掛下電話，向身旁的同事說道：「不好意思，我得先彙整其他資料，明天還要跟臺灣的長官開會。」

「哦，林祕書真的是辛苦你了啊。」

「欸。」林祕書低聲應了下來，若有所思，卻沒再多說。

當天他留在辦公室加班，始終不能專心，電腦螢幕上文字編輯軟體的游標一直停留在同一個位置。不知道幾點了，代表處其他同事似乎都下了班，辦公室變得很靜。林祕書站起來伸了懶腰，轉頭看向窗外，雪又開始下了。他看穿自己映在窗戶的倒影，望著不遠處廣場上的攤位與人群。聖誕節已經過了，趕在年節之前辦貨的劍拔弩張氣氛淡了些，觀光景點人潮儘管仍是密集，他們的步調神色倒是顯得愜意許多。

雖說三天後跨年是許多人狂歡的節日，然而眼前的案件讓林祕書實在沒有慶祝的興致。他拿起茶杯啜了一口，茶早已涼了，他還是喝完了它，並對著窗低頭用自己的手機查看一些無關緊要的新聞。那來來回回零碎重複的資訊和風言風語乏善可陳，明明他知道網路上風傳的死者名字、死因以及德國警方跟中國使館往來的經過根本是揑造的，而他就是無法把那些言論置之不理，奈何又不便出面澄清，心情越來越鬱悶。等到他肩頸痛到幾乎撕裂開，已經兩個小時過去了，他抬頭看向窗外，對面廣場上的攤位都收了，只見少數行人，因為下著淫綿綿的雨，他們並未閒晃或停下拍夜景，而是速速消失到他們要去的地方。

繼續這樣下去也毫無意義，他好歹收拾了東西，離開只剩他一人的辦公室。關燈前他回頭望了望走廊，辦公大樓的鋁合金銀白窗櫺與淺灰色地毯在日光燈下顯得不近人情。

＊

十二月二十八日深夜，瑪麗撐著傘在蒙必殊公園對面路邊站了好幾個小時。氣溫不夠低，下的雪非常潮溼，間歇有雨點落下，打在傘面上發出零星的聲響。瑪麗點了菸禦寒，呼出白濛濛的煙霧，瞄了站在斜對面的保鏢，心底盤算還要再兩個鐘頭才下班。今天沒有克莉西陪她閒嗑牙，時間特別難熬。這時路上電車停下又駛開，關門前的警示音讓瑪麗看向它。她發現有兩個男人背著車燈的光線走近，她看不清他們的臉。

比她高了一個頭的壯碩男人們圍住她，瑪麗有點粗野地衝著他們笑。尋歡作樂的企圖彼此心知肚明，但是男人們很不乾脆一直想要殺價，不想在自己落腳的地方辦事卻想省旅館錢，此外他們滿身酒氣讓瑪麗心裡特別不痛快，用力轉著搭在肩上的拐杖傘。

「這種下雪天太冷了，我絕對不要在街邊辦事，你們的東西掏得出來也縮掉了吧？既然捨得叫小姐了，花個房錢不願意？」瑪麗忍不住挑了眉，抬起下巴說道：「你們還兩個人。」

兩個男人顯然有些醉了，口齒不清地用英文撒賴，並將瑪麗逼到牆邊，他們的影子完全覆蓋了小個子的她。明明還有人從旁經過，卻沒有人發現有什麼不對勁。瑪麗心想保鏢難道沒察覺這狀況嗎，竟然沒有出來阻止。她以為兩個男人擋住了她的視線使得她看不見保鏢，實際上是保鏢一時離開了。瑪麗閃躲著兩個男人的接觸，一方面她把拐杖傘握得更緊了。這時她看到她熟識的管區巡警往他們走來。巡警用一種閒聊的口吻跟他們道了晚安，問他們一切都沒問題嗎，兩個男人訕笑著，仍然糊糊地說話，滑溜順著走下巡警給的台階走了。瑪麗對他們比了中指，稍微解氣了才面向巡警打招呼。

「謝謝您啊史密特先生。」

名叫史密特的巡警對瑪麗點點頭，隔著一段距離站著。他有點年紀了，跟穿上細高跟長靴的瑪麗一般高，中年發福的身材加上防彈背心與其他裝備讓他顯得足有瑪麗兩倍寬。他看著瑪麗的眼神帶著親近的關懷，肢體卻很拘謹，瑪麗跟他打招呼後隔了一陣他才以一種刻意抖擻精神的語氣說了：「新年前還是很多事端啊都不能放鬆——今晚克莉絲汀沒跟您一起？」

瑪麗點上一支菸，吁出一口氣才搖頭：「克莉西又攤上麻煩事了。第四將臨節那天她接的客人前兩天死了，就是新聞報的那個在泰格爾機場暴斃的亞洲男人。」

「噢，這條新聞我有看到。怎麼這麼不巧。」

瑪麗聳聳肩：「誰曉得？那一天怪事特別多。總之事務所怕刑警這兩天會找上門，所以經理叫她先不要出來站。」史密特巡警聽了又點點頭。

「說到泰格爾啊，我曾經在那當過機場航警呢。」史密特巡警這麼說道，語氣帶著些許懷念。

「哦？航警工作有什麼特別的嗎？」

史密特巡警的笑容帶著疲倦：「還是當警察，不都那樣。」他在外套口袋摸索著，似乎想掏出菸，放棄了，同時看著瑪麗把菸蒂丟到地上，他與她對視，表情有點僵硬。意識到他眼神中的質問，瑪麗只說「我可是有繳稅的，讓清潔隊打掃我製造的垃圾也不過分」，甚至把菸蒂踢得更遠。史密特巡警一時也不好反駁她什麼，他隨著瑪麗的視線望向斜對角的三岔路口，她的保鏢這時倒是站回定位了。史密特巡警順勢說道：「好了，我不能在這裡逗留太久，我再去周圍巡巡。請代我向克莉絲汀問好。」瑪麗向他頷首致意，就算道別。望著史密特巡警走遠，瑪麗又點起一支菸。

史密特巡警對瑪麗跟克莉西總是非常客氣，尤其從來不稱呼克莉西這個暱稱，而是很老派地叫她「克莉絲汀」，這反倒讓克莉西有點尷尬，有意無意迴避他，瑪麗跟他還比較有話講。瑪麗會虧克莉西難不成還在青春期嗎，一臉死樣子不曉得怎麼跟其他人互動，而克莉西總是回嗆跟別人上床還比跟史密特講話簡單多了。

到底是想太多還是沒在想啊這個克莉西，所以才總是招惹莫名其妙的麻煩嗎，事務所哪有其他人像她這樣，難怪經理要讓她跟克莉西搭擋，不然事情可能會更大條。思慮間，瑪麗聞到不尋常的味道，香菸燒到她的人造皮手套了，她趕緊把菸甩掉。

煩死了還不下班。瑪麗用傘擋住自己厭煩的表情。接下來兩天她休假，她打定主意要先狠狠睡上一整天。

＊

十二月二十九日早上。林祕書和代表處的長官透過視訊與臺北開會，與代表的指示如出一轍，外交部要求低調處理，林祕書見自己的長官與臺北端應對，戒慎地保持沉默。突然，臺北那兒的長官用筆敲著桌面，瞥向林祕書，說道：

「所幸家屬還挺冷靜的，儘管有問死因，不過沒有太為難我們，沒找媒體民代來給我們壓力。社群媒體雖然有零星爆卦，好在德國媒體報導熱度低，加上國內新聞把這件事蓋過去了，沒有惹出更多風波——說到這，林祕書，您負責與德國警方接洽，他們還沒給出確切死因？」

「還沒……」林祕書斟酌了一下：「聖誕節前後德國人各行各業的辦事效率都比較低一點。」

桌子被敲擊的單調聲音繼續，「哦，他們聖誕節跟我們過年一樣嘛，很多人早就把假排好休假去了，誰能想到什麼意外不發生，偏偏死了人。不要最後發現是兇殺就好了。要我是警察也不想把這案子弄複雜。」

林祕書諾諾應了一聲，卻也不知該怎麼對答，多虧他的長官表示有進度自會報告，沒讓臺北長官那突來的偵探推理發展下去，林祕書鬆了口氣。

會後林祕書又與臺北那邊的窗口溝通聯絡家屬事宜，對方回覆死者護照上填寫的緊急聯絡人是他妹妹，已經聯繫上，等確定家屬出發日期會再通報——「但是又要放假了，元旦以前應該是沒辦法。」臺北的承辦人這麼說。

「明白了，我們這裡會做好接待家屬的準備，等您後續聯絡。」林祕書順著對方的話答應下來，一邊他的思緒又飄到自己還得等德國警方的報告——催也沒有用，乾脆以不變應萬變。他倒是有點介意另一件事。

緊急聯絡人為什麼是妹妹呢。死者大概是沒有配偶，而父母年紀大了，就算真的發生什麼事也無法處理吧，林祕書這麼推測。更何況以現在這情形，由手足來處理總比讓父母來好。林祕書突然覺得這安排反而巧合得適當，他都要為死者放心了。辦公桌上的全家福相片在此時又讓他聯想到其他的事情。

「妹妹啊……」林祕書不禁想起自己好多年沒聯絡，遠嫁美國的妹妹。說彼此感情不好，那倒也不是的，只是不曉得從哪個時間點開始就沒有話可講了。照片上雖是三代同堂，但並未包括他的手足與他們的小孩，他突然覺得有點可惜，是不是該跟他們聯絡一下。上班時間也不好打私人電話，林祕書便沒再繼續想下去。

林祕書半夜聽到急難救助專線有來電通知，他忽略掉了；隔天早上尚未到上班時間，專線又響，他接了起來。一位女性國人臨時沒了住處，需要安置協助。由於昨夜他沒有理會第一通求助電話，讓那位女性國人連珠砲抱怨，林祕書想要解釋都找不到空檔，只能任她發洩。

因為她已自行找到了住宿點，需要協助的事由已不存在，加上領務資源必須酌情使用，代表處也無法再多做什麼——林祕書想對她這麼說明，然而對方肯定又會發火吧。林祕書向同事拋出求救的眼神，資深的同事示意他先按通話保留鍵，之後由她接手：「林祕書你先搞定泰格爾機場死者家屬的事吧。」

＊

瑪麗只做了一個客人，從會所出來都快中午了，去事務所報備之後買了咖啡回自己與克莉西的住處。克莉西沒睡，裹著睡袍埋在起居室的沙發裡看電視，彷彿在等她。瑪麗走進來，她們的視線並未相對，瑪麗瞄了電視一眼。

「有什麼新聞？」

「乏善可陳。」

「經理沒找你？」

「沒。」

「那就沒事——史密特先生要我跟你問好。」

見克莉西一臉不置可否沒有要回應的意思，瑪麗也不多話，去換成家居服再過來坐到另一張沙發，點上一支菸，拿起已經變冷的咖啡來喝。兩個人好一陣子都沒出聲，還是瑪麗先開口：「史密特不錯啊，該知道的都知道了，也沒偏見。」

克莉西拿遙控器轉臺，「他不是我的菜。」兩個人沉默了一陣，克莉西抬眼看向瑪麗：「你這麼殷勤地要撮合史密特跟我，你是真心的嗎？」

瑪麗哼一聲：「這要看你自己吧，反正我也只是把他的話帶到而已。」瑪麗站起來，把裝咖啡的紙杯放在茶几上，叼著菸說：「我要睡了，電視關小聲一點。晚安。」

＊

十二月三十日下午。由於法醫沒有找到任何他殺的證據，儘管唯獨手機失蹤顯得離奇，警方傾向認定財物乃先前遺失，以病死結案。

本來事情會這麼落幕的，跨年夜卻又發生了事情。

當天晚上瑪麗仍然單獨出去執業。往常跨年夜生意都不錯，說不定今天的小費可以讓她買雙新皮靴，順便換副真皮手套。想著興致就昂揚起來，笑得尤其甜美，她覺得這天自己特別敬業。站崗沒多久果然來了對她有意思的男人，甚至還是她喜歡的類型，瑪麗心情簡直不能再好。

然而誰曉得她碰上了最惡劣的客人。

本來小姐們都是要跟保鏢隨時保持聯絡的，但是瑪麗跟人去了隸屬事務所的會所後手機什麼的都被搶走，還被綁了起來，根本無法求援。

對方把她揍得很慘，她不知道自己暈過去多久。終於醒來，發現自己赤裸倒在浴室地板上——若不是暖氣開得很大，她可能會凍得醒不過來。

一隻眼睛看不見，她用還看得見的那隻眼查看周身，抓不準遠近，而被綑在一起的手臂像是被馬匹踩過，已經沒了知覺。她勉強扭動身體，試著把雙手擺進視野——她第一件事是檢查自己的手指：兩隻手掌都腫得非常厲害，耶誕節前才新做的美甲在拉扯的時候全毀了，指尖裹著半乾的血漬，她不禁想要咒罵，發現自己口腔裡也都是血。除此之外她全身痛得受不了，又過了相當一段時間才能撐起上半身，走路更是別想。

她匍匐爬出浴室，想要找自己的手機，然而眼見範圍跟行動力有限，她花了很長時間才能確認手機乃至其他值錢的東西全沒了。不曉得保鏢有沒有察覺她出狀況了——事務所派保鏢只是在監視她們這些小姐，真要出事了一點屁用都沒有。瑪麗覺得自己的頭快裂了，無法再想下去，她昏沉的腦海中堪堪浮現的電話號碼是克莉西的，瑪麗掙扎著用她仍然被縛住的手，想要撥會所的電話聯絡克莉西，接到了總機。瑪麗也沒分辨接聽的人是誰，只聽見對方的聲音便嚎哭起來，會所的人進來救了她。

等克莉西聽說瑪麗遇襲，已經是事務所經理輾轉告訴她的消息——保鏢見約定時間過了，又聯絡不上瑪麗，才進會所便看見救護車開了過來，探問之下確認瑪麗出了事，連忙通知事務所經理。本來經理是不想讓克莉西知情的，只是醫院也通報了警方，警察一定會來調查，他難免擔心克莉西原本攤上的事會被連帶抖出來；此外瑪麗必須手術，醫院要求瑪麗的家屬來簽署同意書，他想裝死不理都不行——

「既然你們法律上還是夫妻，你就去一趟吧，克莉西。」經理對克莉西這麼說，語氣裡絲毫不帶感情。

「不該講的就閉緊你的嘴什麼都別給我讓條子知道。」

克莉西趕到醫院，向護理站的護理師表明自己的身分，護理師依照規定要求她的證件，看到上面的性別欄，抬頭端詳面前塗了豔紅脣彩的高大女人，應是找到了什麼依據，沒有多說，帶克莉西去跟主治醫師晤面。

主治醫師先表明瑪麗沒有生命危險，讓克莉西能夠冷靜聽下去——瑪麗全身都有程度不一的挫傷：頭顱受到鈍器攻擊，左眼由於毆傷角膜可能受損，雙手骨折，右邊髖關節滑脫，下體有撕裂傷。這只是初步的檢查，實際受傷程度要等手術完成才能下定論——醫生這麼告訴克莉西。克莉西眉頭倒叉，瞪大的眼睛裡眼白都顯得混濁，煙燻妝勾出的眼周成了臉上的兩個窟窿。她沒有進一步發問，乾脆地在手術同意書上簽名。

克莉西坐在手術房外的長椅等待，醫院的其他訪客經過她時多少投下不確定的眼光，一開始克莉西意識到他們的視線會與他們對看，後來就隨他們去，雙手捧著額頭坐在椅子上，鬧哄哄的思想在她腦中不停翻滾。幾個小時過後，瑪麗讓護理師從手術房推出來，克莉西隨即跟到一旁，看到瑪麗被包住大半顆頭，臉腫得看不出原本的輪廓，克莉西覺得這一切蠻橫得沒有真實感。

等瑪麗手術結束安置到普通病房，護理師又對克莉西交代了一些注意事項。儘管克莉西希望這整個事情都不是真的，她終究什麼都沒說，靜靜把護理師的話都聽了進去。把住院手續辦好之後，她心想去附近例假也會營業的雜貨店採買一些用品。

克莉西走在路上，天色仍然陰暗朦朧。冬天日照的時間很短，從她趕來醫院一直到現在天都是黑的，加上手術讓她失去時間感，看了時間又忘了時間，只有踩到地面滿滿的煙火殘屑與碎玻璃讓她知道跨年狂歡已經過去。

她在雜貨店買了啤酒跟一些零食，還掃了兩條菸，結賬時她忽然悲從中來，鼻頭與眼周開始發紅，為了忍住眼淚與鼻水她嘴角癟得歪歪扭扭的，額頭中央的青筋露了出來，臉上的妝呈現一種苦澀的喜感。站在櫃檯的土耳其年輕人一聲不吭，看著克莉西掏出一支菸，便替她點上，接著問她要不要一杯咖啡。克莉西站在店門口，啜飲裝在深棕色塑膠杯子的摩卡，用力吸了幾口菸，讓鼻腭的煙霧薰了一陣，總算逐漸冷靜了一點。之後她又回去醫院。

隔了幾個小時瑪麗終於醒來，發現克莉西一臉委靡地坐在她身旁，盯著病床邊的點滴架發呆。她的左眼被包起來，是而她覺得克莉西看起來特別扁平，讓她想起她以前的樣子。

「……克莉西。」瑪麗沉默了半晌又開口，聲音破裂得一點都不像是自己的，碎在她與克莉西之間，以至於克莉西沒有聽見。此外瑪麗勉強撐開雙唇的同時感到頭也痛得要炸了，花了好大力氣才能再次發聲，這次她說，「克里斯。」

克莉西終於意識到瑪麗的聲音，回視她的臉，吸了吸鼻子，強打精神，說話的時候還帶著濃厚的鼻音：「瑪麗。你覺得怎麼樣？」克莉西只扶住床緣，怕碰到她，瑪麗從而發現自己的雙手都打了石膏，先前模糊的記憶突然鮮明起來，感覺天旋地轉。她閉上眼睛，等那暈眩過去才能回答。

「夜路走多遇到鬼，我被搶了——」才說完這句話她便開始劇烈咳嗽，一直停不住，她覺得自己的肺都要噴出來了。克莉西的大手搭到瑪麗的胸口上，低聲要她不要勉強說話。好不容易那陣狂嗽過去，瑪麗也因而幾乎沒有聲音了，只能以氣音問道：「現在幾點了？」

克莉西看向手機，回答：「已經早上十點了。」

瑪麗的眼珠澀澀地轉動，空洞瞪著天花板，聽著自己的聲帶都可以把空氣刮得一道道就無比不耐，光是皺眉就全身上下要散架：「……沒想到這次新年是在醫院過了。什麼狗屎日子。」

儘管瑪麗聲音微弱又咬字不清，克莉西還是聽懂了，說道：「別想那麼多了，先休養。」

「嘖，我好想抽菸。」瑪麗閉起眼睛，別過頭去。

中午有三名刑警又到了醫院，先與醫護人員商談，取得了瑪麗的驗傷報告；同時得知瑪麗恢復意識，便想要與她談談，他們在病房前與克莉西打了照面。走在最前頭的刑警打量著擋在門前的克莉西，接著出示證件表示他們要執行公務，請她迴避。克莉西與他們交錯而過，走到醫院大樓外點起一根菸，拿起手機想要打電話，卻又作罷。有些經過她的人眼神帶著狐疑，克莉西懶得理會，抽完菸又回去病房外。

探視瑪麗之後，帶頭的刑警找上克莉西，自報姓氏穆勒，接著便問她是不是在第四將臨節那天與那位死掉的臺灣男人有過接觸，要求她配合辦案。穆勒語氣裡充滿她勢必涉案的篤定，而像是副手的兩名刑警其中一人堵在她背後，另外一人則稍微走遠去打電話，克莉西感到荒謬透了。

克莉西抿緊嘴脣，本想大聲否定，她與穆勒角力般對視了一陣，聽見對方說「我們查到了您與那名死者投宿旅館的紀錄」頓時洩了氣，但她仍然強作鎮定，答應了穆勒警官，然而有個但書──「可以再讓我跟瑪麗說一下話嗎？」穆勒警官點了點頭，克莉西便進去病房。

聽見開門聲，瑪麗以為又是刑警，戒備地望向門口，看見是克莉西，很快就明白了什麼，嘴皮乾裂的薄唇緊抿成一條線，眼睛跟著克莉西的動作，盯著她坐到床側，湊近她耳邊。克莉西低聲說：「條子說他們找到證據，發現我跟那個死掉的亞洲男人有關，要我接受調查。」說完坐直了上身，與瑪麗對視。瑪麗沉默半晌，眼底十分複雜。

「那麼你的身分……這樣不就又跟兩年前一樣了嗎？」

「哼，」克莉西撇撇嘴，回道：「肯定的吧。」

瑪麗眼中流露憂慮，費盡力氣用她勉強能動的右手手指靠上克莉西的前臂，低喃的聲調令克莉西懷疑她的神智是否清醒：「今天先別去。你沒有我怎麼行。」克莉西笑得乾乾的。

「現在是你沒有我不行吧。」克莉西輕輕挪開瑪麗的手，小心捧著放回被上，「……我試著拖延看看，總之是躲不掉了。無論如何今天我要待在你身邊。」

「……克莉西。」

「我出去跟他們交涉。」

克莉西走出病房，對穆勒警官說：「今天不行。瑪麗的狀況還不穩定，我不放心她，可以跟您們約明天嗎？」

穆勒警官以為克莉西只是瑪麗的同事，不清楚克莉西與瑪麗之間真正的關係，所以不甚滿意地瞅著她。好在他並非不近人情，跟克莉西約定了明天。

刑警們走後克莉西又回到病房，站到瑪麗身邊，手指碰到瑪麗露出石膏的指尖，克莉西才感覺到自己的手、甚至嘴唇一直在顫抖。這時她注意到瑪麗是看著她的。

「我不會穿男裝去警察局的。」克莉西頓了頓，「也不想要他們叫我麥亞先生。」

「我明白。」瑪麗睜大她沒被紗布包住的右眼，雙唇顫抖，感到它們為了說話而張開像是彼此撕扯，具體呼應她內在的掙扎：「都是因為我，讓你在身分證上還是男人。」瑪麗淒慘地說。

「現在說這個做什麼，混賬。」克莉西這時也忍不住了，不知道從何時開始累積的情緒隨著眼淚湧出，激動得連脖子都脹紅了。

瑪麗與克里斯曾經是夫妻。儘管克里斯始終覺得自己的生理性別非常不對，但是感情上他可以接受瑪麗，瑪麗也一直表示她——只有她——能那麼明白他的處境。至於他們會結婚還牽涉了太多與愛無關、與他的性別認同也無關的事情。結婚把他們搞不定的許多事情攏在一起，乍看什麼都太好了，克里斯甚至就此以為姑且這樣下去也可以。

然而發現終究不可以的也是他。

從克里斯變成克莉西並不是換個名字那麼簡單，何況要在所有身分證件上更改名字的性別本身就是漫漫長路，尤其這件事奈何影響他人的程度勝過了影響她自己。原本表示無論克里斯是男是女她都可以接受的瑪麗並不想要離婚，而且也不想他們的法律身分從適用婚姻法平移到生活伴侶法，於是已經做好所有準備要完全成為克莉西的克里斯在法律上仍然是克里斯。

很多時候克莉西覺得，以既有她所經歷的各個結果而言，在法律上取得另一個性別身分比她承認自己是誰還要艱難一百倍。而就算瑪麗對她抱歉千百次，她依然對自己與克莉西之間的法律關係絲毫不肯退讓，怎麼溝通最終都會掉進克莉西看得無比透澈卻又無能為力的誤區。到了現在，克莉西跟瑪麗之間的所有數不清姑且可以濃縮進她始終沒有更改的身分一語蔽之。

但是事情不能一直這樣下去。克莉西總是這麼告訴自己，然而她又覺得她只有瑪麗，她放不下瑪麗。瑪麗或許也是，至少眼前還是。那讓克莉西心裡比較過得去。

瑪麗又疲倦得睡著了。下午三點半天空已經灰濛濛的，克莉西把室內燈關掉讓瑪麗比較好睡。她坐在一旁，又是沒有在特別看著什麼，任自己沉入隨著天色漸暗反而澄明的意識底。

在她的意識裡，她又赤裸地站在幽暗的空間，就算視力因光線不足打了折扣，但是她知道自己由於女性荷爾蒙變得光滑的肌膚，體脂率增加也是並行的現象，胸腹與大腿因而顯得圓潤，她一直想要有這樣的線條。她幻想著撫摸自己，那是她憧憬的自己的樣子，但是位在它們之間的男性外生殖器阻斷了她的冥想，她感到挫折。這一切不是可以跟瑪麗講的事情，而且瑪麗也不想知道這些，她知道。

事情是不是已經到了再也不能一直這樣下去的境地了。

克莉西走出醫院，打電話給事務所經理，說明了現在的狀況，包括自己隔天要去警局一趟，經理聽來不置可否。

「是嗎，條子也真是會聯想啊，看來我們一般的打點壓不住這樣的事情。」

「反正我跟那個人的死沒有關係，那時候去的也是旅館，沒有使用會所，不會給事務所添麻煩，你大可放心。」

「哦克莉西你這麼說真是太好了，」經理語調變得輕快，「當然一開始我就是這麼相信的。」

你相信才有鬼。克莉西隔著訊號比了中指，忍著反感儘可能沉著地續道：「去完警局後我就要回醫院照顧瑪麗，直到她出院。」

經理聽了爆笑，涼颼颼地說：「嗯？我是不是聽錯了什麼克莉西，你難道不是要先復工嗎？你該不會新的一年剛開始就要請特休吧。這樣不好喲克莉西，今天也就罷了，不過我知道你接下來要做手術，就算你另外買了私人保險有給付，但是術後調養你總會要請假的吧，各種開銷同樣省不了，加上現在瑪麗還出事了。要我是你，不更是該趁現在多掙點錢？」

從電話上的沉默經理知道他都說中了，笑嘻嘻地說下去：「當然這是個人選擇，我這旁人不能指手畫腳啦，但是就事務所的立場來說，現在時局那麼差，本國人做這行的價錢哪裡能跟俄羅斯、羅馬尼亞還有泰國來的比，若是把來路不明做黑的難民算進去就更別說了，競爭這麼激烈，有的做就加減賺啊，手上有現金誰不心裡踏實？尤其是你啊克莉西，有些客人就是特別愛你這款帶把的辣妹，這種錢不是誰都掙得起，你要是請長假我不免為你躺著賺的業績感到可惜呢，再說我一向不過問客人給你們的小費不是嗎克莉西？眼下的情形擺明對你還是有好處，你看我都不計較你上警局的事情，你不要告訴我你要把白花花的鈔票往外推。」

而不等克莉西反應，他直接要她明天晚上恢復上班。

通話結束後，克莉西簡直要把手機往牆上摔，她忍耐著，手機都快給她捏爆了，她又深呼吸幾次，總算放棄拿手機出氣的念頭。她踏著高跟鞋用力踩過醫院外圍的石板路，推擠過好幾個人的肩膀，其中瘦弱的幾乎就要跌倒了，他們莫名其妙地瞪視這個過於高大的女人氣沖沖走遠，她走沒多遠拐了一跤，他們看著她拔下右腳的高跟鞋，似乎拽下了那斷掉的鞋跟甩到堆高在路邊的殘雪，把鞋套回去，一跛一拐地消失於街角。

*

一月二日早上。林祕書接到德國警方電話，告知他目前案情有變，還在持續偵辦；而臺北承辦人也臨時通知他死者家屬已經坐上臺灣時間一月一日晚上的飛機前往柏林，林祕書難掩詫異。

「什麼？這意思不就是今天會到？」

臺北承辦人語氣稍許無奈地說：「因為家屬要趕頭七。我也是前天才知道她有這打算，但是有時差，加上元旦沒上班，我也沒辦法通知您，真是不好意思。」

林祕書接著問：「那有幾個人會過來？」

「只有死者妹妹而已。畢竟總不好讓白髮人送黑髮人。」

「……也是。」

「不曉得接下來會有什麼狀況，就是辛苦您了林祕書，我們保持聯絡。」

林祕書也不好再說什麼，得知這雙重變數令他不敢怠慢，馬上開始查看家屬乘坐的班機預定會在當天何時抵達柏林，再跟上級報備要去機場接機。因為那班機也將在泰格爾機場降落，或許家屬就會要求趁那時在機場做法事，必須提前讓機場的人知道可能會有這種狀況，此外也要知會德國警方——

可是這習俗還有儀式要怎麼跟德國人解釋！林祕書不由得感到腦袋萬分脹痛，卻又不得不設法先與機場的人溝通。林祕書嘗試用翻譯軟體把法事習俗流程翻成德文，然而只看到非常荒謬的翻譯結果。他果斷放棄了那譯文，直接去找隔壁辦公室的德籍辦事員討論這情形該怎麼描述。此外他在心中盤算著替代方案——假如機場不允許家屬做頭七，該是要勸退家屬還是另覓他法。

這事也跟德籍同事談談好了，他想。而沒想到這話題讓同事與他極度熱切討論，林祕書簡直無法跟上對方的思維，後來腦袋一片空白，他只感覺非常頭痛。

＊

克莉西穿著女裝去警局接受偵訊，接待窗口的員警檢查了她的證件，同樣未多作評論，打內線電話給穆勒刑警確認克莉西是否與他有約，接著告訴克莉西在等候室稍坐。在走去等候室的路上，克莉西望進警局辦公室的走廊，日光燈下的地板折射冰冷的光線，儼然是一種啟示。

她沒有等太久，穆勒刑警親自出來領她，禮貌性地握了手，便帶她直至走廊盡頭，再右轉走到尾端的偵訊室。裡面坐著那天跟穆勒刑警一起到醫院的兩名警官，其中一人打開克莉西的檔案——兩年前她已經留下了資料。

「那麼，麥亞先生。」他一開口，另一名警官便在筆記型電腦上打下紀錄。

「麥亞女士。」克莉西糾正他，令他抬起頭，遇上她的視線，低下頭：「好，麥亞女士。請坐。」克莉西把手提包丟在隔在他們中間的桌上，讓椅腳刮著地面地拖拉開他前方的折疊椅用力坐下，雙臂交抱胸前翹起二郎腿，兇狠地瞪著桌子另一側的三名警察。

這時穆勒刑警對說話的警官使了眼色，接續說道：「麥亞女士，如我們先前提過的，這次請您來是想請您協助我們偵查跟另一位麥亞女士有關的案件——或者該說一組案件。」

「一組……案件？」

「是的。」

「您們有什麼證據認為我跟您們口中的所謂一組案件有關？」

穆勒刑警沒有回答克莉西的問題，而是拿出瑪麗的驗傷報告，並開始展示他們在現場採集的痕跡，不止照片，還有地毯上的體液樣本，接著描述他們的勘驗過程，鉅細靡遺得讓克莉西一陣反胃，她踢了桌下的擋板，粗魯地打斷他。

「瑪麗的情形我很清楚了，為什麼還要重複給我聽？」

「喔，」穆勒警官反而顯得不明白克莉西為什麼那麼問，語調依然沒有起伏，繼續說著他認為該說的話：「我想您們是人生伴侶，您應該會很關心瑪麗•麥亞女士究竟遭遇了什麼。」

克莉西無從反駁，解開雙手抱胸的姿勢，不耐地別過頭，穆勒警官將克莉西這個動作視為默許，便繼續往下翻動檔案，直到照片顯示那個臺灣男人橫倒在機場無障礙廁所。穆勒警官將手掌壓在照片上，遮住了死者的頭，但那男人死去的僵直姿勢已經烙入克莉西眼底，她的瞳孔縮小了一點。

「您應該認得他吧？我說過我們有您們投宿旅館的紀錄。登記的是死者的身分資料，不過旅館櫃檯指認了您。」

「……」

「我們一直沒有找到他的手機。」

「所以？您懷疑我拿走了他的手機？難道不會是他自己弄丟的嗎？」

「這當然是非常合理的推測，但是這跟您很可能是他死前相處最長時間的人的事實並不衝突，我們不得不請您來協助我們釐清案情，尤其緊接著就發生了瑪麗・麥亞遇襲的事件。」

「您們想從我身上得到什麼？要扒光我的衣服看我下面還有沒有那個男人的精液嗎？」

「麥亞女士，我們並沒有這個意圖，請您不要過度詮釋。」

「不然您們想怎麼樣，難道您要我告訴您『沒什麼，像我們這種行業的人，這是職業風險家常便飯』嗎？」

負責記錄的警官仍然「喀噠喀噠」地敲著鍵盤，其他三人簡直發狠地用力瞪著彼此，偵訊室內一時之間只有這迅速單調的聲響。

「……麥亞女士。」穆勒刑警仍然直視克莉西的眼睛，字字分明說道：「我請求您冷靜一點。我們現在這麼做也是為了保障您的權益以及安全。」他將手掌從檔案挪開，「聖誕節前後這段時間我們已經接獲了多起像您這類夜間工作者遇襲案件的相關通報，您們的顧客是受害者的也有案例了——您現在的情形就是其中之一，而且我們推測他是第一名死者。」

「……第一名死者。」

穆勒刑警此時嘴角噙著一種奇怪的笑意：「當然要將他以意外病死結案也可以，但是我的直覺告訴我沒那麼簡單，何況緊接著瑪麗・麥亞女士就遇襲了。」

「根據她的驗傷報告，我們有足夠的理由相信作案者有意要致她於死，不過幸好作案者沒這麼做，或者瑪麗・麥亞女士運氣好逃過一劫。」克莉西聽得怔忡，嘴巴抿成了一直線，咬肌緊繃得鼓了起來。

見克莉西似乎聽進了他的話，穆勒刑警的語調仍然沒有起伏，現在又把說話的速度放得更慢：「除了您們的職業身分，受害者之間沒有很明顯的共通點，目前也欠缺有力的線索讓我們鎖定嫌犯。我們需要更多細節來推知這是孤狼犯罪抑或是有組織在後面指使——我們懷疑這會不會是近來移入的難民裡頭摻雜了犯罪分子，有計畫地謀財害命。」穆勒刑警遞給克莉西一支菸，儘管警局入口張貼了建築物內禁止吸菸的告示——

「麥亞女士，您願意助我們一臂之力嗎？」

＊

迎接家屬的時候林祕書相當忐忑，坐在前往機場的地鐵車廂時他演練了無數次，然而都覺得一定還有什麼出乎想像的事情會發生。

林祕書拿著一張黑白列印的、標示家屬姓名的A4紙張站在其班機降落對應的出關閘口前。等了沒有太久，他看見一名穿著一身黑、跟死者眉眼神似的女子從閘口走出來。經過了長時間飛行，女子看起來不免憔悴。她發現有人在閘口舉著印有自己姓名的薄紙，與他四目相對，接著向他走去。

他們簡單寒暄了一陣，林祕書心底慶幸對方並未堅持要有什麼特別儀式，只是希望能在發現死者的場所附近致意。由於死者當時陳屍於管制區，家屬既已出關也不堅持非再次進去不可，林祕書陪同她在管制區的玻璃隔牆外默想。在那無有言語的時刻林祕書心中卻有很多問句。

儘管感覺得出死者的妹妹悲傷，然而她太冷靜了，簡直像，根本知道自己的哥哥就是為了要死而來。林祕書是而無法一直看著她，卻也難以遺忘她在默禱時毫無表情的臉。

簡短的儀式之後家屬表示想要去領遺體，林祕書表示已通知德國警方，不過離約定的時間還早，他提議先帶她去旅館寄放行李。

往市中心的路上林祕書向對方解說了流程，並詢問她要怎麼將遺體帶回臺灣。對方又是毫無表情，語氣也很平淡：「就火化了帶骨灰回去罷。」她停頓了一下，再次開口的語氣多了一些感情：「無論如何，還是要見哥哥最後一面。」

見她終於顯露些許情緒，難以言喻地，林祕書感到自己鬆了一口氣。

當他們要進警局的時候有一名白金髮色、古銅肌膚，穿著仿製皮草大衣並噴了厚重香水的高大女人迎面走來，高跟鞋蹬在地板上的聲響讓林祕書忍不住在心裡跟著數數，他們擦身而過後他才發現死者家屬目光隨著那個女人不放，甚至停下了腳步，他輕聲提醒她了兩次她才轉過頭回應他，並為了自己的失態向他道歉。

接待他們的除了承辦警員還有穆勒刑警，承辦警員以英文解釋行政流程，強調倘若仍要進行刑事偵辦，大體就不能即刻火化。家屬聽了表示只想就此結案，帶家人回臺灣。在旁的穆勒刑警難掩扼腕神情，但也只能說「由您的意」，任同事帶家屬與林祕書二人去停放遺體的地點。

她看見了他。明明臉孔這麼熟悉，她卻覺得他好陌生。因為冷凍的緣故他的皮膚泛青，相驗後的胸腔塌陷，整個人也由於水分流失小了一圈，嘴巴與眼皮都還微微打開著，那樣的臉讓她聯想不起來他還活著時的樣子。她端詳他，眼睛閃爍著，花了很久才開口說「是的是他」。林祕書很想跟她說節哀，然而又覺得多餘，於是只是沉默地等待她與自己的哥哥告別。

接著林祕書帶她簽署了相關文件，並再跟德方約定火化的日期時間，李克明的妹妹簽完名後眼睛對著林祕書，視線卻不知聚焦在何處，應該也是什麼都沒有聽進去。

事情辦完後林祕書對她說：「既然遺體要後天才能火化，明天就沒有什麼特別的事了，您可以在旅館好好休息一天，長途飛行辛苦您了。」他給了她他的名片，表示有事可以跟他聯絡，可是沒有告訴她急難救助專線的號碼。

*

克莉西從警局出來後去了醫院，由於瑪麗必須住院再觀察一天，為此克莉西又跟醫護人員商討，了解了出院程序她才進病房看瑪麗。

瑪麗正在睡覺，所以克莉西放輕腳步靠近病床，維持著站姿垂眼凝視她的樣子。瑪麗頭臉的瘀腫消了一點，然而克莉西還是看不大到原本的她。

在這個感覺瑪麗陌生的時刻，克莉西突然回憶起她最初接受荷爾蒙治療時瑪麗打量她的眼神，彼此都覺得對方是不認識的人。當時她們彼此說了什麼她已經忘了，但是她記得她們都哭了。克莉西的思緒飄到很遠的地方，直到瑪麗的咳嗽聲將她的意識喚回來。

「……克莉西，你去過警察局了？」

「去過了。」克莉西坐下來，好讓瑪麗不必抬眼就看得到她的臉。

「他們有沒為難你？」明白瑪麗指的是什麼，克莉西只是把自己垂到胸前的長髮往肩後撥，些微不耐地回道：「沒什麼大不了的。」

「他們還會再來醫院吧，要來問我事情。」

「我跟他們溝通過了，先等你出院再說。」

瑪麗看著克莉西，靜了幾秒，說：「我想喝水。」克莉西把水杯拿過來，用吸管把水導入瑪麗乾裂的嘴唇之間，等她喝完水為她擦乾下頷，還給她塗了護唇膏，由於觸感的差異讓瑪麗扭了眉頭。

「我現在看起來一定很恐怖。」瑪麗沒給包住的右眼不順暢地翻了翻，她啞著聲音說：「搞不好之後還得花錢整型。」

克莉西收起護唇膏，乜著眼：「順便紋個唇也不錯。」

「克莉西！」瑪麗這麼嗔道，同時肚子發出腸胃的蠕動聲，讓克莉西笑了。

「你精神不錯嘛，那我就放心了。」克莉西看了時間，站起身，「我要走了，今晚就回去上班。下班之後來接你出院。」

克莉西穿戴好了所有行當，站在自己一貫執業的地方，覺得好像隔了很久才又出來站，但是她在這段沒當班的時間又不是去度假，並且發生了這麼多鳥事，收入平白蒸發，瑪麗養傷的支出還探不到底，為了保險給付要跟保險公司打交道又不知道會花多少時間，而她最討厭那些文件往來和沒完沒了的約談，一切的一切讓她感到麻煩透頂。

腦中千頭萬緒的時候她看見那個怠忽職守，讓瑪麗陷入險境的保鏢站在三岔路對面，想到要跟他大眼瞪小眼就一肚子火，如果可以她真想衝過去拿高跟鞋釘穿他的頭。克莉西按捺著，點起一根菸，反覆嚼著濾嘴，它被唾液浸軟的口感與味道特別噁心。不久她看到史密特巡警朝她走過來，克莉西罵了一聲髒話。

瑪麗遇襲的那一天史密特巡警並未當值。事後他聽聞到消息非常自責，看見克莉西出來上班，躊躇了一會兒才決定過去跟克莉西說話，迎上克莉西厭煩的眼神他覺得自己找不到正常說話的口吻。

「晚安克莉絲汀，我聽說了、瑪麗的事情，我覺得很遺憾……」

克莉西心情正差，聽史密特巡警這麼說嗤笑一聲，簡直惡毒地揶揄他：「如何？您沒能英雄救美覺得很懊惱嗎？」

史密特巡警受傷般看著克莉西：「克莉絲汀，不是這樣的。」

「您對她那麼好不就是別有居心嗎？她就在夏里特醫院，病房號碼要我告訴您也行，您就去對她獻殷勤啊。」

史密特巡警聽得緊張，急忙道：「我當然要去探望瑪麗，」他又搖搖頭，「但是事情不是您想的那樣。」

克莉西說話的音量不禁變大了：「哦，不然是怎樣你說給我聽啊？」

史密特巡警嘴脣微微發抖，但是什麼都沒說，克莉西鄙夷地把菸蒂甩到地上，也不管保鏢盯著她的舉動，大步走到三岔路的另一邊。

當晚克莉西接了一個話很多的客人，她都不知道他是花錢買性還是做心理治療，她心裡碎碎念著召妓不就是為了打一炮爽一下忘掉那些煩心事嗎，哪那麼多糾結。克莉西後來幾乎沒放心思聽對方說話，不過在聽到對方連說喜歡柏林笑了出來。

新來的人總是會愛上柏林的，克莉西心想。見了太多觀光客，她太清楚他們想在柏林得到什麼，就像她知道他們想從她身上得到什麼一樣。怎麼可以這麼了無新意，克莉西時常咀嚼這個問題。

要成為柏林人是容易的，像貼上個風尚的標籤，之後沒有人會去檢驗它是否一直屬實，因為很多人都是來來去去的。越來越多人來了，享受柏林一直限縮、但是至少仍然保有的不羈率性，觀光式狂歡過後，離開，柏林仍然保有的不羈率性跟著又少了一點，多的則是越來越難消化的垃圾。這也是無可厚非的。每一個想要開發向上展現前景的城市都是這樣的。

作為在這裡出生長大的柏林人，克莉西偶爾會懷念她記憶裡的柏林，看不慣現在的柏林。而自己現在從事的行業主要靠觀光客吃飯，她是有什麼立場批評這個被投資客和政客捏著掐著、一直線開發討好觀光客的城市。除了生計，還有瑪麗跟警察的事情擾得她滿心鬱悶，克莉西開始動手動腳，讓說個沒完的客人下半身醒過來，好讓她打一炮爽一下忘掉那些煩心事。

＊

林祕書回辦公室上班，同事又過來關心這事件的後續，一開頭便是問家屬的反應。林祕書回說：「家屬很冷靜，挺講理的……沒有為難我們跟德國警方。」

「哦？那真是好險啊。」

另一個同事接著說：「林祕書你都不知道，你出公差的時候記者來了代表處問這件事呢，我們還以為家屬找了媒體，幸好長官把記者打發掉了。」

「有這種事？」林祕書眼鏡後總是微瞇的雙眼睜得稍大，回道：「要是我來說，死者家屬……他妹妹看起來很低調，大概比我們還不想被媒體盯上吧。」

「是噢，好好奇是什麼樣的人。死者本身不是公眾人物，該不會反而是他妹妹吧。如果是這樣，一定會被挖出來的——網路上面講得天花亂墜的，好像寫的人就在案發現場或者在代表處任職一樣，我都還不清楚我們代表處得承辦這麼多業務，甚至可以代替當地警方辦案，當我們是福爾摩斯哦。」

「家屬跟她哥哥……死者長得很像。」林祕書才這麼說他便後悔了，幸好提問的同事可能沒聽清楚，也沒有真要追根究柢的意思，他趕緊改口：「我們也不應該過度談論死者家屬，要儘可能尊重保護他們的隱私。」

表示好奇的同事不吭聲了，另一個同事則仍然琢磨著什麼：「不管怎樣，我說實在的，這件事真的有什麼新聞價值嗎，我倒是懷疑……我們是不是給誰藉機編派了。」

辦公室裡的所有人都靜了下來。

*

下了班，克莉西去醫院替瑪麗辦出院手續，推著輪椅帶瑪麗上計程車。他們住處的街道有無障礙設施所以問題不大，反而是由於她們的公寓沒有電梯，克莉西花了好一番工夫才把瑪麗弄進她們位在五樓的屋子。

以前就算橫抱著瑪麗一口氣上樓都沒問題，現在自己已經沒有那麼多的肌肉了，碰到這種勞力場合還真是要命。克莉西氣喘吁吁的時候一邊這麼想著。而也是出了一身汗的瑪麗彷彿讀透了克莉西的心思，從勉強撐開一條縫的唇間擠出來的細小聲音聽起來特別涼颼颼的：

「看來我們兩個之後都得上健身房啊。」

「要死的，是你要減肥吧。」克莉西怒瞪瑪麗，而她的反擊只讓瑪麗怪聲怪調笑岔了氣，接著瑪麗又兇猛地咳起來。克莉西連忙把瑪麗扶到沙發半躺，等她不再咳了又下樓去把輪椅拿上來。看克莉西忙進忙出，瑪麗頗有感慨，朝背對著她整理東西的克莉西說：「我也是沒有你不行呢，克莉西。」

仍然背對著瑪麗，克莉西此時聽起來倒是心情不差了：「哼，我不就早說過了嗎。」

「是呢，我們剛在一起的時候你就是這麼說。」語畢，瑪麗表情變得複雜，同時覺得自己的頭痛得難以忍受。她勉強換成側躺的姿勢，聲音朦朦地說：「克莉西，幫我捲一支草。」

克莉西坐到她一旁，在茶几上拿出菸草大麻和菸紙，熟練地捲了一支大麻菸，點燃後深深吸了一口，想交給瑪麗的同時她發現瑪麗的嘴唇又裂開了。她替她搽了護唇膏才把菸塞進瑪麗脣間。之後克莉西起身去廚房拿了一瓶啤酒，等瑪麗再抽了兩口，遞酒給她，並把菸換過來。

抽過大麻後她們迷迷糊糊睡了一陣，先醒來的是克莉西，她發呆了一陣，之後走去浴室。淋浴的時候克莉西思考著接下來該怎麼辦。

瑪麗需要人照顧，但是她不能全天候顧著她，在柏林她們無親無故，請看護也不是小錢，一切都得安排。另外五樓沒有電梯的公寓饒是克莉西也是無法帶著瑪麗上下樓的，若要回診如何是好。

於是克莉西想先把瑪麗安置到事務所的休息室，儘管簡陋，但是至少那裡有電梯，瑪麗對環境也熟悉。考慮過後克莉西便打電話給經理。

「什麼，你要我幫忙？」經理剔著牙，對著手機說：「我現在沒有空聽你長篇大論，我手上一件案子有趣得很，正要親自去玩一下。」他從沙發上站起來，走去門背板上的衣架把自己的外套取下來，為了對方仍然喋喋不休感到煩躁：「克莉西，我是相信你跟那個死掉的亞洲男人沒瓜葛哦，條子問我什麼我都說我們事務所正派經營合法繳稅其他一概不知，不要害我反倒是給你做了假口供，那可是有刑事責任的，別把我也惹得一身腥。」

「我就簡單問你能不能讓瑪麗在療養期間待在事務所休息室，那裡有電梯，方便讓看護帶她去醫院複診。」

「哈。」經理嗤笑一聲，「克莉西，你當我事務所是慈善機構嗎？不行不行，看護不可以到我們事務所，你的事我已經睜一隻眼閉一隻眼了，不要再為瑪麗向我討人情。」

從事務所經理那裡討不到便宜，克莉西心想也仍然得找看護，這得等瑪麗醒來確認她的意思。克莉西打開冰箱拿了一瓶伏特加出來，一邊喝酒一邊滑著自己的手機，停留在相簿某一天的檔案。

她去上廁所的時候瑪麗醒了，並察覺到克莉西擺在茶几上的手機突然發亮了一下。

她們從以前就約定兩人之間沒有祕密，尤其克里斯決定要成為克莉西時，她們彼此全無隱瞞，瑪麗對此一直都是相當自豪的。所以，即使雙方都知道對方手機的密碼，向來她都不會去看克莉西的手機。然而這個當下，連她都不明白自己在想什麼，勉強挪著身體靠近茶几，用她被石膏固定住只有第一根指節可動的手輸入了克莉西手機的密碼，找出裡頭的相簿來看。她果真發現克莉西與那死掉的男人的合影。

他們之間根本不像克莉西這段時間表現出來的，只是一樁不值一提的買賣，照片中的兩人親暱得儼然一對熱戀的情侶。

就算是逢場作戲應客人要求，瑪麗在自己的記憶中並沒有克莉西——更不是克里斯——

笑得如此放鬆的印象。儘管拍得模糊，但是克莉西的笑容尖銳得要把瑪麗刺瞎了。她非常生氣，腦袋的熱度讓她的頭皮發刺，她的右眼眼窩裡頭簡直有一蓬火。聽見克莉西走出來，瑪麗不顧自己受了重傷行動受限，拚盡力氣轉過身子，衝著克莉西大吼：

「你為什麼要跟客人、跟這個人拍照?!你先前都沒有提過!你怎麼可以隱瞞我!」

由於包紮的緣故，瑪麗多少有些口齒不清，克莉西原本沒聽清楚瑪麗說了是什麼，但是他看到茶几上自己的手機就在瑪麗面前，馬上意會過來了，只是沉默著，任瑪麗繼續大聲指責她：「你這樣違反了事務所不跟客人拍照的規定，還攤上命案!你的手機有沒給警察拿去調查?」

「沒有。」

瑪麗停下來，應是覺得好險，然而更像是稍微找回人的樣子，視線聚焦又散開，接著仍是用過大的聲量命令克莉西趕快刪掉照片，克莉西仍舊杵在原地，表現她不想照辦的意願，令瑪麗比剛才更加窩火——「不刪?本來完全沒你的事的，現在你要是不把照片刪掉，讓警察逮到了你要怎麼說你是無辜的?!」

瑪麗的右眼滿布血絲，說出的音節也不斷在空氣中破裂，讓她的言語有如刮過廢棄違建波浪夾板的森然北風：「好不容易有了一個新的人生了，你想要做的事情不是一大堆，幹嘛要為了一個陌生人撩落去啊？」

「瑪麗你想太多了。」

克莉西簡直就是承認這一切的回應讓瑪麗歇斯底里，她頭痛得要炸掉，但是她繼續咬牙切齒：「你不要跟我說你愛上那個男人了，太噁心了。」

一直沒有看向瑪麗的克莉西轉頭瞪住瑪麗：「瑪麗你說什麼。」

「我說太噁心了。」瑪麗臉上血色全沒了，並且牙關在打顫——「要我再講一百遍都可以！」她用盡全身力氣地吼道，任誰都很難想像那麼嬌小的女人聲量竟然可以如此大，而且她的聲帶聽起來像是被碎紙機碟成百餘細條，讓空氣猶如滾過數百夾雜石礫的金屬長管，無法統整發出沒有雜響的聲音，然而那每一絲雜音都如同潛伏的詛咒。

克莉西聽得也憤怒了，聲音跟著大了起來：「原來你是這麼想的，你心裡面才沒有你講的狗屁包容，說那些漂亮的謊話把我跟你綁得死死的——看不慣現在的我的話就不要住一起啊！租約是我簽的，你不過是我的房客而已！」

瑪麗的聲音啞得更厲害了：「你以為我想啊！現在柏林的房子他媽的貴到沒天理，我要是搬得出去我早搬了！」

「都是你一張嘴在講！你現在這種鬼樣子連出這間屋子都有問題，沒有我你以為你過得去嗎?!」

「那就不要管我啊！你等著這機會很久了吧，沒有我你就自由了，想怎樣就能怎樣吧克里斯！」

「瑪麗！」克莉西把原本包住頭髮的浴巾扯下來甩到地上，「我就說了不要老是靠你那張嘴！現在講這些是要做什麼？你都差點死了，你難道不能當個合作的傷患像樣地睡一覺讓我靜一靜嗎？該死的！」

克莉西吼完，跟瑪麗都喘了一陣，在煙硝味稍減時瑪麗開始掉眼淚。

「這對我來說太不公平了，克里斯。」瑪麗聲音哽咽，「我從來沒有看過你那樣對我笑過。」接著便無可抑止地大哭起來。比起身上的傷，克莉西手機裡的相片更是將她撕成了一片片。

克莉西凝視破碎的瑪麗，莫名地感到自己很久不曾那麼貼近她的情感。儘管抗拒著，但是她終究跪坐到她身邊，想要表達那晃動她內心的感情，卻又覺得一切都太像一種憐憫以至於無法更靠近她。

在這令人萬分疲倦的時刻，克莉西說不明白自己為什麼想起那個死去的男人。他只是覺得她親近，從她身上看到想要成為的自己，所以有了想要與她親暱的念頭。

只是物傷其類而已。這樣的事情克莉西沒有打算要讓瑪麗知道。那算不上祕密，她不過就是明白那不是瑪麗想要或者能夠理解的事情。如此令人寂寥。

克莉西找出自己的皮夾，拿出一張對折的紙卡，那是性別重置手術的約診單。她打開來，仔細看了上面的日期，就在來年的復活節之後。她合起它，握在十指交握的掌中，把手放在心口。低下頭，像是祈禱。

事情已經到了再也不能一直這樣下去的境地了。

瑪麗。

瑪麗不想見到她，她也不知道該怎麼面對她，克莉西只能待在事務所休息室，半睡半醒之間她以為自己變成了瑪麗，在遇襲的房間裡被男人的皮底鞋跟踩爛雙手——她猛地睜開眼睛，發現手機響了，在地毯上扭動。

經理並沒有打算任她霸占事務所的公共財產，打電話給克莉西下最後通牒，不然就是包下會所一個房間，接客之餘自己吃喝拉撒都在那裡，租金繳得出來她想幹嘛都可以。

克莉西當然知道會所的租金不是開玩笑的，試著跟經理講價，說明自己與瑪麗的處境，請求經理網開一面，只換來經理一聲冷笑：「拜託，你們都成年人了還交往結婚了那麼久，找我當公親？免了吧，這種私人糾紛不要帶到工作場合。管你們法律上要當夫妻當生活伴侶還是分一分兩個人乾淨輕鬆，你有錢了找律師替你出面，還怕事情解決不了？」

經理說的是對的，在這種時候有錢最重要。另外內心再怎麼破碎也比不上整天沒睡全身慘叫的程度。克莉西灰溜溜地在休息室待了幾小時，按班表上工。

今天的客人是透過事務所直接指定克莉西，要她去會所與他會面，還要求她不需濃妝赴約。克莉西不以為意，打扮好前去赴約。要是個看得順眼的傢伙，就當自己也爽一下忘掉那些煩心事。

她進了對方訂好的房間，裡頭沒有開燈，窗簾拉得嚴實，反讓克莉西知道客人已經到了。等到她走過窄小的通道，看清楚站在窗前茶几旁等待她的人，幾乎想要奪門而出。

「……史密特先生。」

「是啊，是我。」史密特巡警又是那個帶著歉意的笑容，反而激怒克莉西。

「怎麼，所以你也是想跟我上床？」克莉西一副「我就知道」的表情，直直向史密特巡警走去，拉著他坐到床沿，「可以啊，既然今天你是我的顧客，你想怎麼做通通告訴我，我會讓你很舒服的。」她伸手要替史密特巡警揉揉他的小兄弟，不意外他開始閃躲，克莉西跟進，用自己的胸脯擠著史密特，推倒了他，趴上他的肚腩。

「緊張嗎？」克莉西瞇瞇笑著，撫摩對方的大腿與褲襠裡的東西：「加錢就幫你舔喲。或者喜歡玩後面我也奉陪喲。我的東西還在喲。」

史密特巡警抓住她的手，緊閉了雙眼又張開，注視克莉西，她的乳房。

「……不是這樣的，我只是很想，很想可以像你這樣。」

克莉西馬上明白了史密特想要像她的什麼，放聲大笑出來：「什麼啊，講什麼嚴肅的話啊，你不就是來找樂子的嗎？」克莉西挺出她傲人的胸脯，那雙她渴望了好久卻仍然有點不大習慣的美妙東西：「我說真的，我這難道不是一個很棒的職業嗎。你們所有的失意與苦難來到我這裡統統受到了撫慰。」

我以前是克里斯，在耶穌誕生的日子出生，在耶穌復活的日子成為了克莉西，而且，還是你們這些找不到愛的人的聖母瑪麗亞。看啊我是怎麼撫慰你們，你們不應當愛我嗎。

於是我就是你，瑪麗。

我已經不能夠更靠近你。

＊

我們能不能有一天和解。

瑪麗躺在床上，回想起克里斯決定要變性時，自己找摯友商量的情景。摯友勸她離開——

『他對你並不溫柔。』

瑪麗搖了搖頭，回答：『因為我對待他更殘忍。』

即使到了現在依然如此。瑪麗盯著天花板，一隻蜘蛛從牆角爬到了燈罩上。她閉起眼睛，感覺內在不止是肉體的疼痛。

易碎的，易碎的靈魂，比撕裂的嘴角都還無法容許傷害，然而只是忍耐著，活了下來。

『瑪麗。』

她心中響起妮娜・哈根（Nina Hagen）唱的《萬福瑪麗亞》，青少年時代第一次聽，還是克里斯的克莉西眼裡發著光，她那時候就什麼都知道了。

噢萬福瑪麗亞，萬福瑪麗亞。

物傷其類。我身體裡面的你。你身體裡面的我。瑪麗摸了摸克莉西——不、克里斯的臉。

＊

林祕書在死者火化那一天與死者家屬再見了一面。這幾天她並沒有找他，應該是很能自我安排。林祕書禮貌地再跟她說了節哀，並提醒她骨灰托運或當作隨身行李的規定。由於死亡證明和火化證明需要公證，林祕書說他會以特別件處理，讓家屬在返臺前可以拿到所需文件。

當殯儀館人員將骨灰交給他們的時候，家屬在骨灰罈上放了一個平安符，低聲對它說話，終究忍不住哭了出聲，林祕書聽著那哽咽都不禁有些鼻酸。

本來林祕書還問死者家屬是否需要他陪同去機場，對方婉拒了他。送走死者家屬後林祕書十分感慨，想到為了李克明這件案子聖誕節過後都沒有打電話給臺灣的家人，便撥了電話給在臺北的母親，聽她說趁聖誕節假期回家的妹妹又回美國了，還有近來住家所在的大樓發生的事。

你微笑時吐出香膏的芬芳

和鸞雝雝，萬福攸同。

——《小雅・蓼蕭》

＊

萬福華廈的四樓樓道飄著一股異味。表面上會以為是消毒水的味道，加上住戶往來身上的煙塵，叼菸或者嚼食檳榔的紛雜味道掩蓋了那味，聞到的人大多想著那大概馬上就會消失了，憋個氣進到自己屋裡也就過去了，然而那像是什麼腐爛掉了的臭味越來越濃烈，光是電梯經過四樓開門那氣味就衝進每個人的鼻腔，敏感的人把口罩戴得更加嚴實。又過了一晚，終於有住戶向管理員反映完全無法安然待在屋內。

通報的是住在五樓的年輕夫婦，擔心那氣味對他們的新生兒有不好的影響，憂慮地表示希望可以儘快排除這問題。管理員跟著他們上樓，發現比起五樓，四樓的狀況尤其嚴重，管理員便通報了住戶管理委員會主委，曲曲折折找了清潔公司來勘查。在公共區域什麼都沒發現，若是白天有人在家的住戶大多願意當天配合檢查，當日無人在的住戶則輾轉約了隔天，倒也沒有嫌麻煩的反抗情緒，唯獨四樓之二的住戶始終沒有應門。

清潔公司的人向主委反映，上任不久的主委楊瑪俐一臉毫不意外：「噢又是四樓之二。」

萬福華廈位於臺北都心，是建於一九六〇年代末的七層電梯大樓。它原本面對鐵道，鐵路地下化之後不只鐵軌給拆除了，軌道旁的畸零地也被徵收，低矮平房與菜圃剷掉後路面拓寬，闢為市民大道，萬福華廈的住戶認為鐵道變成大馬路帶動了周邊景氣，除了某些住戶改為住辦混合，一樓也多闢成了餐飲店面。

美中不足的是，市民大道中央矗立著粗高的水泥柱，其上搭建高架道路，它的橫向結構正好卡在萬福華廈的四五樓之間，硬生生截斷了視野。萬福華廈六樓以下的住戶常常抱怨採光和空氣變得很差，被雙層的車流噪音包夾，然而此事已難以改善。有些住了幾十年的老住戶不喜大樓往來成分變得複雜，甚至認為風水也給高架道路破壞了，所以乾脆賣掉房子搬走，其中四五樓的住戶流動得最厲害，幾年之內搬走大半。

住在三樓、本就從事房仲業後來出來自己做的楊瑪俐卻是反其道而行，她認為萬福華廈此時此刻正有大好商機，必得好好利用——作為大樓管理委員會的總務，常在鄰居之間走動，她總是最先掌握住戶們的動向，得知四樓之一要賣，她跟該戶屋主套了交情，以相對的低價買下，改裝成出租套房。她精打細算，自行畫了好幾次平面圖，決定將客廳與陽台之間的門窗都打掉，再用氣密窗包住整座陽台，於是室內空間多了一坪半，原本的客廳與廚房就可以隔成三間，整個公寓變成兩間套房、三間雅房，其中雅房都沒有對外窗；原本格局的玄關旁設了一排櫥櫃，上面擺了插電的煮水器和電磁爐充作簡易廚房，空間小得只能容納一個人。所有房門關起來的時候那角落成了一個黑盒子，一點自然光都沒有。楊瑪俐不覺得那有什麼大不了，裝潢好打開燈光拍了照便將租屋訊息釋放出去：吉屋出租，只收正職上班族女性。

由於地段好，加上單身套房在租屋市場本來便相當熱門，楊瑪俐的租屋訊息詢問度非常高，房子門口最後的裝潢還沒結束，所有房間便已全租出去了，接著工程收尾還有房客入住並不花太多時間。經營大致也堪稱順利，住客流動率雖然高，卻沒有空窗期，甚至還有外國人住客，這讓楊瑪俐特別覺得自己的房子行情很高。

她永遠記得那名金髮女郎來看房子時自我介紹叫做瑪麗，當下她就認為這必然是命中注定，殷勤地說「真巧我也叫 Mary」。儘管瑪麗提出非常多要求，不過楊瑪俐已打定主意要拿瑪麗來當日後招租廣告的主打宣傳，再者她的要求裡頭並沒有殺價這件事，楊瑪俐簡直爽快地打包票答應什麼問題她都會處理。

楊瑪俐很滿意這房子的投資報酬率。三五年下來，租市仍然熱絡，她盤算由租金累積的淨利夠她再下一城，便又頂下了四樓之一正對面、其實也空了好久的四樓之三，改成同樣格局的出租套房，等這週末裝潢好就能招租了。

楊瑪俐站在四樓之三門口監看工人做事，被突兀尖銳的開門聲嚇了一跳——四樓之二的老舊木門撐開一條縫，後面藏著皺巴巴的臉，在暗裡的老男人用略帶混濁的小眼睛打量著楊瑪俐。一股陳舊又混雜難以形容的氣味從老人屋內滲出來，連新鮮的油漆味都蓋不住，楊瑪俐稍微退了半步。她屏住呼吸，正做出想要打招呼的嘴形，老人已經關上了門，那扇門的鉸鏈不知多久沒上油，喀啦作響得顯得木門搖晃零落。楊瑪俐的聲音哽在喉間，吞下來吁一口氣，右手在面前揮了揮，裝作沒這件事，與裝潢師傅閒聊。她又逗留了一陣，離開前把四樓之一住客的鞋架搬到拐角的公共空間，並打量那裡已經擺了很久的各式雜物。

萬福華廈是電梯大樓，單層平面很寬敞，除了電梯也有樓道，位於建築中央，電梯左右各有三戶；樓層西側的安全門外還有防火梯，空間規畫相當大器，其他公共設施卻顯得寒酸：樓道照明好幾處都有問題，不曉得是日光燈管還是起動器該換，或者是電路年久失修，燈光時常閃爍，住戶向管理員反映好多次都沒改善——可能是退休老兵出身的管理員老馮耳背了，或者他就是忘了。他大多時候坐在電梯旁的收發櫃台裡抽著黃長壽，拿了放大鏡讀報紙或者聽很大聲的廣播。住戶跟他說話他幾乎不答應，他對別人說話由於鄉音太重也很難解，只有楊瑪俐勉強猜得出他說什麼，才終於知道哪裡照明得要維修。不過四樓住戶幾乎都是外租客，他們不在意公共設施是好是壞該否維護，於是四樓的樓道燈總是三盞不亮兩盞。與安全門反方向，最底的四樓之二據說是四樓唯一的自住戶，是一對姓李的年長夫婦。五年前李太太過世了，丈夫仍然獨居在那房子裡。

李老太太還在的時候他們夫婦與左鄰右舍關係不算疏遠，李老太太甚至還會跟老馮以家鄉話聊天，一切幾乎可稱甜美，然而事情就是在她過世後起了變化——李老先生與鄰居斷絕了往來，不再繳交管理費，管委會也拿他沒辦法；在四樓之一與之三的住戶分別搬走，還沒有新房客來頂替時，四樓那一角只住了他一人。電梯另一頭的其他戶全是把這裡當工作室用的租客，作息很可能與李老先生的錯開，沒有人親眼見過他——唯有四樓之五在自己門上設置的監視器曾經拍到李老先生停佇公共區域或往樓梯間方向走的蹤影，只是看得到錄像的人並不知道那個老人是誰。

對應錄像紀錄的時間，日出時分寂靜的樓道裡會響起吱嘎的開門聲，朦朧的廣播聲音隨著從門間流洩出來，由於監視器無法收音，它也無法為這段奇特時空作證。

楊瑪俐動著買下四樓之一的主意時李老太太還沒去世，所以沒想太多便投資下去了，哪想得到李老先生在太太過世後變了個人，連不時喜歡跟鄰居串門子的她都已經許久沒有見過李老先生，這回他突然開門與她四目相對真是嚇到她了，他的眼神讓她絲毫無法想起他以前的樣子。

從各方面說來，李老先生整個人像是消失了一樣，四樓之二的角落一片沉寂，在四樓之一施工期間楊瑪俐本想還是知會李老先生一聲，然而他沒有應門也不曾現身表示意見，楊瑪俐萬事纏身無暇多想，只顧著把房間順順租出去了，而租屋的女郎們來來去去也從未見過李老先生。

可是不知從何時開始，雜物逐漸堆積在李老先生家門外、電梯旁的公用空地：泛黃的舊報紙雜誌，老式的水銀熱水壺，鍋碗瓢盆，生灰的電器；兩把少了支腳的椅子背靠背挨在牆邊，上面疊了一捆捆用紅色塑膠繩紮起的舊書。由於管理員老馮和他太太負責清掃萬福華廈同時也有在做回收，他們以為那是李老先生不要的東西，夫婦倆曾經嘗試清走那些東西，弄出的聲響讓李老先生衝出來對他們咆哮，此後再也沒人試著動那堆雜物。最初那些雜物堆疊得還算有秩序，後來數量越多便顯得失控，報章雜誌也不再成捆，而是散落攤放在原先的書堆上。

四樓之四五六的住戶因為在樓道拐角另一側，空間上還不致受到影響，就算堆滿舊紙的角落在下雨天冒出濃烈的潮溼油墨味，他們也隨它去，甚至有樣學樣，把淘汰的舊家具放到那公共空間裡。已經住在裡面的租客對自己小房間外的環境也不在乎，任那堆雜物繼續膨脹，大家都對此保持緘默。楊瑪俐本身不住在這層樓，自然不感覺有什麼問題，帶人來看房子時她從沒有主動說明，也鮮少遭遇質疑，直到瑪麗搬進來。

明明看房的時候那堆東西就已經在那裡，瑪麗當時似乎以為那是另一戶也在整治內部所以沒有放在心上，後來才明白那是四樓的常駐景觀——只要四樓之一的大門一開，那堆雜物便全收眼底與鼻腔，它成了瑪麗與楊瑪俐的主要爭執點。楊瑪俐總是敷衍她，說自己確實無權過問公共區域的事情，瑪麗不被說服，讓楊瑪俐著實苦惱；沒多久她決定也要收購四樓之三，於是楊瑪俐最近的說法是等四樓之三裝潢完就會把雜物一併清走。

一方面楊瑪俐不想那些雜物擋住通路，使得裝潢材料工具不好進出電梯，再來想及瑪麗的反應，她也覺得不能讓這堆混亂影響來看房的租客的觀感。

她去問過逮得到的該樓住戶那堆雜物歸誰，還能用的舊家具什物就讓老馮夫婦拉去賣錢了，其他的沒人承認是物主。楊瑪俐便推斷唯一問不到的四樓之二的李老先生應該就是這堆雜物的擁有者——堆得越來越滿的雜物象徵了老先生活動的痕跡。等老馮夫婦處理掉部分舊物，那堆雜物勉強不會阻礙工人施工，楊瑪俐便沒有堅持非得找到李老先生不可。

一天，楊瑪俐來視察四樓之三的裝潢進度。只剩最後的收尾不消太費心，她又四處瞧瞧，在那當兒她突然換了個角度思考，起了整治電梯旁那塊公共區域的主意——假如把那堆破爛東西清掉，那塊地其實大得很，能夠拿來好好利用，說不準房租也可以藉此再提高一點。她先拜託裝潢師傅收工時幫她將這些雜物堆得更緊密些，又從管委會的檔案找出市政府規定的公寓大廈管理條例，把第十六條特別影印出來貼在各樓層公共區域，還加貼一張在李老先生的雜物上。

過了兩天楊瑪俐發現雜物堆上的條子不見了，但是東西沒有減少。她並不費心嘗試跟李老先生說上話，只是把另一份公文影本從門下的底縫塞進李老先生的家裡，並去找住在七樓的管委會主委王太太，建議週日舉行年度住戶大會，由於王太太不懂電腦，楊瑪俐便代她擬好開會公告，列印出來貼到電梯的鏡子上，回到家後再繼續規畫四樓的空間。

即將擁有兩戶出租套房讓楊瑪俐特別有成就感，並且她真心認為當房東是個好生意，凡是遇到看起來好說話的鄰居她就以此當談資，甚至鼓吹對方共襄盛舉。楊瑪俐才遊說過了王太太，當晚她在一樓張貼開會通知，碰到在等電梯，剛搬來半年、住在五樓的毛太太與毛先生，彼此打了聲招呼，接著楊瑪俐便滔滔說起她正在裝修四樓的新房子，毛氏夫婦即使看到電梯來了也不好意思打斷她。等楊瑪俐講到一個段落，毛太太謹慎地問她管理委員會的人知不知道她在住宅大樓裡當包租婆，楊瑪俐對她擺了擺手。

「毛太太，你不曉得我就是管委會的總務？你們搬來沒多久難怪不知道，星期天住戶大會記得要來開啊，你們年輕人來幫忙肯定能更加改善我們這大樓的環境。」

毛先生這時問道：「聽起來你這裝潢改得挺多的，通風還有消防沒問題嗎？」

「這個哦，我在每間房間都開了氣窗，滅火器呢每一戶有一桶，設想周到吧？」楊瑪俐笑得歡快：「那些年輕房客只要租金便宜交通方便就好，沒在管消防什麼的啦，我做的都比她們想到的多——毛先生毛太太，你們現在有沒有五分鐘時間，要不要跟我去看一下？」說著楊瑪俐就按下了四樓的按鍵。

毛太太想要推辭但又說不出口，而毛先生只是表情古怪地盯著楊瑪俐，電梯在三樓停住門才打開，他也不管自己的目的地是五樓，拉著妻子便往外走了。楊瑪俐只覺得這個男人不識好歹。

儘管從毛先生那兒碰了個軟釘子，新套房快裝潢好了仍然讓楊瑪俐倍感激動，忍不住想找人講講的興頭，隔天她在一樓等電梯時碰到了五樓之二，六十出頭獨居的林媽媽。她拉著林媽媽一起進電梯，拍著她的手臂親熱地說：

「林媽媽，既然小孩都大了不跟你一起住，何不把屋子格局改一改，自己住一間套房就夠了其他租出去，也不用小孩煩惱你。我算給你聽：三十坪的房子扣掉共用的玄關和廚房，可以隔出四間套房，每間都能弄得超舒適的，漂漂亮亮租出去，每個月收個幾萬塊，這樣過日子都不用愁多好哇——」林媽媽諾諾地沒正面回應楊瑪俐，楊瑪俐見三樓到了丟下一句「林媽媽你再考慮考慮」便匆匆走出電梯。

過了兩天楊瑪俐下樓時又在電梯遇上林媽媽，繼續向林媽媽宣揚她的租屋藍圖，不管毛先生也在電梯裡。毛先生聽著楊瑪俐高談闊論屋子該要怎麼裝潢，冷淡說道最好是裝了氣窗消防跟通風就不會有問題，房間沒有對外窗對心理健康也很不好，還有這大樓那麼老了，電線有沒有重牽水管是不是要換。

楊瑪俐瞟了毛先生一眼，撐出一張笑臉：「哎喲，沒對外窗的房間就少算一千，同樣有人會要租的啦——我們這裡可是黃金地段欸！明天就有人要來看屋子了哪。我說毛先生，毛太太應該很喜歡我的提議吧，你先別那麼古板，跟太太一起想想看嘛，有空屋我馬上報你知？林媽媽，你要不要跟毛先生他們合夥我覺得也很不錯喲。」楊瑪俐手機在電梯開啟的同時響了，她一手接起電話另一手朝兩人揮一揮，丟下一句不曉得到底對電話哪端說的「有問題來找我」，快步走出去了。

＊

週六近中午楊瑪俐等在萬福華廈大門口。太陽非常大，躲在陰影下也還是被前方地板的反光螫得雙眼疼痛，而且空氣溼黏，楊瑪俐覺得自己的妝要糊掉了。準十二點來了兩個年輕女孩。個子比較小的女孩戴著頭巾，五官特別，皮膚黝黑，看到她楊瑪俐臉色不大好看；另一個短髮看起來像臺灣人的女孩向楊瑪俐打招呼，楊瑪俐從聲音認出她是那天打電話跟她約時間的那個人。其實也有些口音。她們彼此點點頭，楊瑪俐用眼角餘光打量沒有講話的戴頭巾女孩，笑容有點僵硬。

她們進了電梯，楊瑪俐開口——只對著短髮女孩：「所以你從哪裡來的啊？我聽你口音不是臺灣人呴。」

「我們是新加坡來的。」

「哦～～新加坡～～」楊瑪俐應酬地接話：「那是個很守秩序的國家呴，到處都很乾淨。」兩個女孩靦腆地點頭，楊瑪俐又不自然地看著戴頭巾的女孩。沉默半晌，轉移了話題，仍然是只對短髮女孩講話。

「我們這棟大樓也很乾淨的，每週都有專人固定清掃公共區域。」但是她們一走出電梯便看到那堆占據一半公共區域的雜物，邊角還倚著兩包沒用專用垃圾袋包起來的吃剩便當盒。楊瑪俐乾乾笑了一聲，側身試圖掩住比她龐大許多的雜物，引導女孩們走到四樓之三，一邊道：「我這套房再下個週末裝潢就會完工，雖然還有點小亂，但是影響不大，別介意啊。」她打開四樓之三的大門，讓女孩們跟著她查看屋內格局。

房門沒有關上，戶外的自然光多少照亮了整個空間，所以楊瑪俐沒有開燈。逛了一圈，戴頭巾的女孩開口詢問房間的通風狀況，明明她說的話她都聽得懂，楊瑪俐卻頓時變得很不耐煩：「所以你想要租這裡？」女孩點了點頭。

「那個、楊小姐，只有我朋友要找房子，我陪她來的而已。」短髮女孩這麼解釋，楊瑪俐因而轉頭，幾乎瞪著她，又看回戴頭巾的女孩，擺了一個沒有笑意的笑容：

「哦我記得我的租屋廣告寫得很清楚，我這裡只收有正職工作的粉領上班族，不收外勞的。」

兩個女孩都非常驚訝，戴頭巾的女孩尤其受到衝擊，一時沒能反應，楊瑪俐以為她聽不懂，又重複了一次，戴頭巾的女孩直直望著楊瑪俐，不卑不亢地說：「楊小姐不好意思我忘了自我介紹，這是我的名片。」戴頭巾的女孩從皮包拿出名片給楊瑪俐，但是楊瑪俐根本沒仔細看。

「不行不行，這是什麼奇怪名字的公司我從來沒聽說過——你是不是假造名片？我不能把屋子租給來路不明的人。」楊瑪俐揮著手，把兩個女孩趕到玄關，倉促地關起每一扇房門，而樓道燈沒有亮，沒有光源透進半掩的大門，玄關頓時變得異常陰暗，三個人在黑裡睜大眼睛。

此時四樓之一的門打開，瑪麗走了出來。楊瑪俐馬上換了個表情，熱情地對她說「Hello Mary」。瑪麗顯得比意外更多了一點什麼，但從善如流地向楊瑪俐說了「早安」。楊瑪俐笑了幾聲，語調高昂得突兀：「不早啦，都要吃中飯啦哈哈哈。」

瑪麗看向那兩個有點驚惶的女孩，「咦」了一聲，開始以英文跟她們對話。女孩們說起英文比中文還流利，楊瑪俐夾在中間，聽不明白她們在講什麼，只能一旁乾笑。

「楊小姐，」瑪麗改用中文對楊瑪俐說話：「她們是我的新同事，是我介紹其中這位來看房子的。」

「呃、哦真的嗎？那之前是誤會，真是不好意思啊哈哈哈——她們很喜歡這裡，想要跟我們做鄰居呢，我超歡迎的，這樣我們這裡就成聯合國了，好棒啊哈哈～」

兩個女孩臉上的詫異更強烈了，她們對看，非常沉默。

楊瑪俐之後親切得亂七八糟，一副非把套房就此租出去不可的樣子，儘管戴頭巾的女孩顯得躊躇，但是她似乎急著找到房子，加上另一個女孩勸她不妨騎驢找馬，事情就先這麼談定下來了，只不過楊瑪俐表示另外找時間跟她簽約，要她等她聯絡。

送走兩個女孩後，楊瑪俐心底發悶，回到自己家打電話給在深圳的丈夫發牢騷。楊瑪俐的先生彷彿是被吵醒，開口仍帶著睡意；他心不在焉聽著自己妻子的盤算，沒有吭聲，像是楊瑪俐對著電話自言自語：

「新加坡來的可以租，如果是印尼菲律賓的就不要，王太太說她家之前請菲傭，會趁只有她跟王奶奶在家的時候偷翻東西。」楊瑪俐換了一隻手拿電話，突然岔開話題：「對了，你也少去給我喝酒，尤其不准去按摩洗腳什麼的，你要是跟大陸妹鬼混你就知死。」

楊瑪俐的先生不置可否，站了起來，楊瑪俐聽到丈夫穿衣服的聲音，問他：「現在幾點了？你是要去哪裡？」

「巡工廠啊，不然能幹嘛？」

「我剛剛問你我到底該不該租給那個新加坡人，她皮膚看起來髒兮兮的，給人觀感不好，還有誰曉得她手腳乾不乾淨。」

「隨便你，既然你看那人這麼不順眼，不想租就不要租啊，跟我講那麼多有什麼用。我要出去了。」

「欸等等，我還有事跟你說。」

男人嘆了一聲：「長話短說，我不想搞太晚。」

「我之前跟你提不孕症門診約時間的事，那個醫生很有名，要提前三個月預約才排得到門診，你下次回臺灣的時候我們一起去吧？」

「……再看看吧。」說完他就掛了電話。楊瑪俐此時卻沒有了一貫的能言善道，對著訊號斷線的響聲沉默了好一陣，在放下電話時她顯得很篤定——不知為何篤定。

「我必然不會錯的。」

＊

一樓電梯前的照明青晃晃閃爍著，燈下主委王太太跟楊瑪俐在準備開會資料。王太太給釘書機添針時問道：「欸楊小姐，我有看到包頭巾的女生在我們大樓進出欸，你知道是哪家也請了菲傭還是印尼傭？」

楊瑪俐沒好氣地回答：「都不是，她是昨天來看房子的。」

「是喔，啊你不是只收上班族當房客？她不是『瑪麗亞』哦？」

「不是啦！」楊瑪俐的語氣更差，走神到把資料分錯堆，發現了悻悻重新分類——「她跟我四樓之一的外國房客是同事，都在外商公司。」

「這樣噢。」王太太拿過分好的資料過來用釘書機釘好：「啊你不是說之前那個阿斗仔帶男朋友回來過夜正好給你撞見，你跟她吵了一架，所以這次只租臺灣人嗎？」

其實並沒有真的吵起來，楊瑪俐看到他們卿卿我我時甚至還不知道該把自己的嘴角往上擺還是維持原位。想到此，楊瑪俐決定正面思考——

「……我大人有大量不跟她計較了——像我這麼有國際觀的人，外國人作風開放我也知道啦，她說她不會再帶男人回來我就睜一隻眼閉一隻眼，何況租外國人房租可以訂比較高，是筆好生意幹嘛不做？我說王太，你真的不跟著來做？」

王太太聽了眉頭蹙成倒三角，把資料推給楊瑪俐：「嘿啦，我家請菲傭照顧老菩薩錢都花了了，怎麼可能投資，哪像你老公事業做那麼大又不用奉養高堂老母也沒有小祖宗要伺候，卡好命啦——所以我不當主委了啦，你有閒有錢你來做。」

楊瑪俐用那疊資料拍了王太太胳膊一把：「拜託我超忙的好嗎，哪能一直攬和做義工，再說只有我們兩個人又是做到死，這次一定要多抓些人手才行。」

「這種吃力不討好的事哪有多少人愛做？」

楊瑪俐注視王太太，充滿自信：「我有辦法。」

＊

萬福華廈儘管門戶眾多，住戶大會出席率卻一向偏低，在自住戶越來越少的情況下出席率往往不到五成，管理委員也總是同樣的老面孔調換職務而已，成員清一色是女性，這次出席者也不例外，其中唯有毛太太是新搬來的自住戶。

會議地點就在一樓管理員收發台前，毛太太與林媽媽準時等在那裡，王太太跟楊瑪俐晚了五分鐘才帶著幾把塑膠凳聯袂到來；其間一些住客只是經過她們去搭電梯，不打招呼也不過問她們為何聚集在那裡。約定時間過了十五分鐘好歹還有零星幾人慢吞吞出現要來開會，王太太看了牆面時鐘，表示不再等了，招呼大家坐下，準備開會。這時毛太太問道人這麼少這樣開會決議不能算有效吧，其他人漠然地看著她。王太太只說十年來都這樣，從來沒有問題的啦。接著她便宣布這次會議主要議程是管委會改選。

王太太說她一搬來就讓人推舉當主委，一做十年都過去了，現在忙不過來肯定要讓賢了，所以提名楊小姐做主委。楊瑪俐半推半就的，認為應該要讓新人做，王太太立即接說比她年輕都是新人；楊瑪俐又狀似煩惱地問總務要誰來擔，眼光停在毛太太身上，推薦了她，沒等毛太太表示個人意願，出席的住戶已經鼓掌通過楊瑪俐的提議。楊瑪俐繼續說一個人忙不過來，仍是希望王太太當副主委，「同時指導我這後進」，這時王太太沒有拒絕，倒是對一切瞭若指掌地站在一旁，讓楊瑪俐主導會議。楊瑪俐看來準備已久地說道：

「我這次有個新做法，將住戶委員會工作成員設為有薪職，薪水從管委會基金提撥，雖然錢不多，但算是慰勞熱心為公益付出的芳鄰。還有，管理員馮伯伯真是年紀太大了，所以我想讓他退休了，不過大樓清潔仍然讓他們夫婦做，門房跟收發信件就委託外面的保全公司來負責。會議紀錄還有每月管委會收支表仍然會在月初貼在一樓的公告欄。」

沒有任職的出席住戶看向彼此，臉上不盡同意，卻沒有人表示意見。

會議結束，毛太太特地留下來，表示自己沒經驗怕做不好，想推辭總務一職，楊瑪俐不鹹不淡地安撫她說還不會馬上交接，她有時間心理建設，卻立刻指使毛太太把多出來的會議流程表收齊給她；毛太太又想再說什麼，丈夫卻似算準了時間背著小孩下樓來接她，毛先生看了看楊瑪俐，而王太太衝著他呵呵笑讓他不好多說什麼。毛氏一家離開後剩新任正副主委收拾場地。

堆疊塑膠凳時王太太問：「楊小姐，啊你甩陳桑什麼時候要從大陸回來？」

「不知道，過年前總還有一次返臺假吧，待一個禮拜又要回廠裡。」

「是哂，你沒有要找時間跟他一起去大陸哦。老是一個女人家顧厝安哪甘好？還有你不是一直想要小孩，這樣兩地相隔是要怎樣……過四十歲很難生了欸。」楊瑪俐神情嚴峻地睨了王太太一眼，王太太縮縮肩膀沒再說下去。

＊

楊瑪俐懷疑丈夫偷吃很久了，但是她一直逃避著不去確認，這回似乎被王太太的話刺激到，她暗下決定，等四樓之三的房間全租出去她就要飛到深圳突擊檢查。

然而這次招租並不順利，兩個星期過去了不知多少人次來看房子，然而竟然不是沒有人說要租，不然就是原本說定了，簽約前又反悔，反而是那個戴頭巾的女孩又寫訊息來詢問她簽約的時間。楊瑪俐因此非常煩躁，沒心思找人清走仍在原地的雜物，無時無刻盯著租屋網站看看有沒有人詢問。懶得煮飯，她出去外面吃晚飯，順便逛了逛百貨公司，瞄見嬰幼兒用品樓層讓她百味雜陳，最後是去刷了一雙名牌高跟鞋，儘管她有足底筋膜炎根本穿不住細高跟。

回家時出了電梯，楊瑪俐發現家門上不知貼了什麼東西，覺得奇怪，走近才看清楚原來是瑪麗貼的紙條，催促她趕緊處理四樓的雜物。楊瑪俐翻了翻白眼，心想這個外國人龜毛纏人纏到家門口了。

儘管雜物堆本身以及瑪麗的緊迫盯人很煩，然而對她來說四樓之三繼續空著最是令她心裡不踏實，楊瑪俐終究決定先讓戴頭巾的女孩住進來，通知她來簽約後楊瑪俐的心情依然沒有變得比較輕鬆，看她入厝那天楊瑪俐覺得自己擺的笑臉讓嘴頰肉僵得要死。

沒有必要的話她不想跟她接觸，但是不知為何她反而非常容易遇到她，似乎是女孩為了跟她打好關係所以尋機找她說話。收下了對方名片，盯著上面外商公司名稱以及女孩的頭銜，楊瑪俐只鬱悶得腸子打結，根本不記得女孩的名字。

四樓之三一直沒有找到其他新房客，讓那個女孩用套房的錢住整間房子簡直是太便宜她了。楊瑪俐一邊碎念一邊敷面膜，又泡了一杯麥片坐到電腦前，在自己的租屋資料頁面上傳裝潢好的套房照片，瀏覽器卻在儲存更新之前無預警掛掉。想要打電話跟丈夫訴苦，對方手機沒接，微信或訊息則全都是不讀不回。

這一切讓楊瑪俐難以忍耐。而所有隱忍爆發的導火線是三樓之三的鄰居來告訴她天花板漏水，大抵是四樓之三出了問題。

跟鄰居一起站在滴水的天花板下，聽著水珠落進水桶的聲音楊瑪俐覺得自己的理智跟著一點點沉到水底，簡直想把新房客掐死。然而她同時心裡又扭著不想見到對方的抗拒情結，她接連深呼吸了好幾次再告訴自己冷靜理性才上樓去。到了四樓她發現災情更嚴重——確實從四樓之三滲出的水漫到了公共區域，連李老先生的雜物也被波及，放在地板上的舊報紙吸了不少水，加上不曉得是誰在那裡又堆放了垃圾袋，同樣泡得開始發出臭味。楊瑪俐先捏著鼻子拎走垃圾袋，顧不及洗手便狂按四樓之三的門鈴，戴頭巾的女孩剛打開門楊瑪俐就直接對她發飆：

「小姐，我這房子新裝潢好的，你是怎麼搞的才幾個禮拜就把房子弄出毛病，漏水漏到樓下?!我就知道你們這種人什麼都不懂，先進的設備不會用嗎？還有外面的垃圾袋是不是也是你丟的，垃圾不落地的政策你不曉得嗎？而且還沒有用專用垃圾袋！」

女孩一臉無辜，試圖解釋，但楊瑪俐不想聽她說話，把女孩擠到一旁衝到女孩那間套房的浴室，並無發現異狀，倒是在另一間沒人住的套房浴室外牆角看見有水斑浮出；楊瑪俐再繞了屋子一圈，找不出額外問題。看來是當時裝潢淨把心思花在隔間與開窗，土水卻出了紕漏。楊瑪俐不想承認這件事，惡狠狠地對女孩說漏水維修費用要她負責；女孩想要跟她理論楊瑪俐又是不甩她，氣呼呼走了。

儘管滿心不悅，楊瑪俐也明白不能不徹底整頓那批破銅爛鐵了，她還沒等自己平靜下來便折返四樓，看四樓之三的門已經關起，覺得正好，過去按四樓之二的門鈴，又是該死的沒人搭理，楊瑪俐甚至對著門喊李老先生，希望他來應門。她連敲帶喊鬧得四樓之四五六的租客都走出來勸她別白花力氣，楊瑪俐竟是倔強起來不放棄，死死摁著電鈴不放。電路有點接觸不良，鈴聲因而斷斷續續的，顯得乾啞無力上氣不接下氣，聽起來更是煩得讓人心塞。租客們看楊瑪俐這麼固執，也懶得再多說，分別回自己的地方。在楊瑪俐自己也要受不了的時候李老先生居然出現了。

木門開了一條細縫，楊瑪俐及時閉起自己的呼吸。在暗底李老先生的小眼睛依然渾濁，裡面的什麼讓人讀不明白，在那視線之下楊瑪俐只感到自己語言的能力突然完全停擺了。他們沉默的對峙無比漫長，直到第三人出現，破除這令人透不過氣的處境。又是瑪麗。

瑪麗從電梯出來，踏過還潮溼的地板，已是滿臉疑惑，而她看不見給木門擋住的李老先生，倒是被從門間滲出的濃厚老人體味嗆到連續打了好多個噴嚏；她擦過鼻子，也不論目前是什麼狀況，直對楊瑪俐開門見山反映夜裡天花板有老鼠跑竄的聲音，讓她不安得睡不著覺，此外她嚴正表明公共區域雜物的問題一直沒解決，現在地板又莫名其妙到處是水，這棟大樓衛生條件太糟糕了，這樣就算減租她也不想繼續住下去。

聽著瑪麗落落長的抱怨楊瑪俐真想請她別在這節骨眼哪壺不開提哪壺，她真是不知道給媽祖燒了多少炷香才終於得到這個機會逮到幾乎人間蒸發的李老頭。老人在這時想把門關起來，給楊瑪俐用力拉住門把阻止，並且感到雄辯滔滔的自己又回來了——

「李老先生，您也聽到了，我們管委會打算徹底清理大樓環境，必須把您堆在電梯旁的東西清走喔，如果您有什麼東西還要保留的，請您自己收拾好。」

老人的表情沒有變化，臉上密布的皺紋都沒有離開它們原本的位置，渾濁的眼珠似乎退到眼窩深處連一點點光都沒有了，他想必許久沒有講話，此刻難得選擇自我表達，聲帶聽來十分乾燥，振動出來的聲音如同出自腹語：「不准動我的東西。」

然而楊瑪俐似是沒有聽見老人說了話，逕自大聲說下去：「之前我給您市政府的法規了，您不可以在樓道堆放物品，這樣會妨礙公共安全——」她還沒能夠講完，只是手上一鬆，讓老人給她吃了閉門羹。楊瑪俐並不服輸，她轉向顯得狀況外的瑪麗，直直看著對方的眼睛，音量不減地說：「瞧，我不是正在處理嗎。」她丟下這句話便離開了。

＊

除了瑪麗讓楊瑪俐吞忍不下，李老先生的態度著實惹毛了她，就算沒有得到他的同意，楊瑪俐也決意執行大掃除了。只不過老馮夫婦似是顧忌李老先生，推說四樓待清的雜物太多太重他們處理不來，馮太太還趁機說道：

「楊小姐，你主委一上任就把我們老馮的工作給辭了，說實在的，我們生活變得很不好過。我們沒有大本事反對你，事已至此哪還能怎麼計較，加上老馮真的很老了，下眼皮都耷拉了眼珠子濁了以外耳朵還聽不清，我看著他，心想咱們求的也不就是能過上幾天吃飽睡好的日子。所以呢，拜託你好歹發發慈悲別拿苦差事為難我們，四樓李老的那堆垃圾我們搞不定，你另尋高明吧。」

楊瑪俐又碰了一鼻子灰，獨自坐電梯時一邊咒罵大陸女人就是精得要死，只是個打掃的還跟付錢老闆討價還價，而且他們哪有什麼日子不好過，誰不曉得他們撿破爛做資源回收賺得可多的了。

動員老馮夫婦無望，楊瑪俐只能委託專業人士處理，扣掉清除大件什物，還要抓漏跟補鼠，這些事情擠在一起無法速戰速決，瑪麗卻沒有給楊瑪俐很多時間，向楊瑪俐回報有老鼠的隔天起她每晚都會在楊瑪俐住家大門貼請她馬上處理的字條，其中一兩張還寫英文。楊瑪俐對那些字條大眼瞪小眼，在心底咒罵了千百次，內容都不細看，把它們全撕下直接丟到垃圾桶。

她與王太太相約商量改善環境衛生的方法，進入正題前楊瑪俐花了一刻鐘怒罵馮媽媽挾刀帶棍埋怨她辭掉了老馮，更誇張的是那個瑪麗要命地神經質，竟然用紙條追殺她，真是不曉得外國人在想什麼。王太太聽完倒很悠哉。

「哎喲，這大樓很老了啦，總管路既沒換過，一樓又有人開餐廳，沒老鼠蟑螂不可能啦。臺灣的氣候就是這樣，容易長這些小動物，阿斗仔要看開。我說楊小姐响，既然你要抓漏，順便叫人連水塔也洗一洗，一兼二顧，摸蜊仔兼洗褲嘿。」

楊瑪俐不耐問道：「洗水塔跟抓漏是兩回事吧，事情已經多到我夠頭大了，為什麼還要多攬一樣？」

「响喲，這樣你就可以把抓漏的錢報進洗水塔的帳裡啊，不就省一筆？」王太太拍她一把：「楊小姐你果然是太累了，不然怎麼會沒想到——啊對了，我今天碰到里長，他說下週四要噴藥消毒咧。你看這個他給我的。」王太太遞給楊瑪俐全里消毒公告，上面寫明時間與消毒範圍，提醒里民消毒期間應關緊門窗，注意家中寵物。楊瑪俐心想這正好解決老鼠問題，只將公告張貼在公布欄，便沒有額外叫人來捕鼠，大掃除也暫延。瑪麗應該也看見了這告示，這幾天沒再緊迫盯人。

消毒日過後在藥水餘味底下還隱隱墊著一股怪味，林媽媽最先察覺到了，便問同樓層的毛家有沒發現；毛太太表示消毒藥水的味道讓寶寶不大舒服，但也只能等它散掉，此外沒有發現哪裡不對勁，還問那是怎麼樣的味道，林媽媽支吾著不說明白，便回自己家去了。

隔天消毒藥水味是淡了，那怪味沒了遮掩變得更為明顯，毛先生在自家找了又找，甚至探進浴室的通風管道，都沒有發現臭味來源，走出門口覺得那味道在外面也有，此時他遇上已經戴起口罩、也在到處查看的林媽媽。

毛先生直截邀林媽媽同他一塊去通知管理員，要他把原因找出來，然而新來的管理員宣稱自己是保全公司派來的，公司規定的工作職務裡不包括清掃這一項，毛先生幾乎跟他吵起來；林媽媽突然認出新來的管理員是王太太的表弟，前兩年也曾短期住在這裡。她彷彿想明白了什麼，但是沒有把心裡的想法告訴其他人。

管理員咬定這事情應該主委來扛，毛先生氣得撂下一個「好」字便去找楊瑪俐，要她一起到一樓跟管理員弄清責任歸屬。楊瑪俐有別以往，耐心地聽完毛先生來找她的原由，反問毛先生：「上次住戶大會選了毛太太當新任總務，這些事情應該總務來管才對，我是有責任感才幫忙繼續分攤總務工作欸。」

「你不是還沒跟我太太交接？」

楊瑪俐幾乎從鼻孔哼了一口氣：「還沒交接是不能先來見習哦？毛先生，我們管委會秉持的是服務的熱忱，不好意思麻煩街坊鄰居的。」

楊瑪俐講得毛先生無言以對，林媽媽只能一旁打圓場，要大家先一起解決大樓裡的怪味，恰巧瑪麗走進大樓，也加入了討論。話題又回到那到底是什麼味道，才曉得要往哪裡尋找病灶。瑪麗直指四樓鼠害加漏水，還有長期堆在公共區域的雜物。所有人都看向楊瑪俐。

「幹嘛？所以現在所有事情都是我的錯囉？」楊瑪俐雙臂抱在胸前，氣勢並不輸人：「好啊，我直接叫清潔公司來大掃除跟抓漏，什麼鬼味道都會處理掉，款項由管理基金支付，帳目之後都會公開在公布欄。」

正是焦頭爛額的時候楊瑪俐手機響了，螢幕上顯示「克莉絲」，楊瑪俐趁機表示要接電話，打發掉包圍她的鄰居，但她只是走出大樓，沒有接起電話。對方鍥而不舍再次打來，她先任它一直響，臉色不大好看，在轉進語音之前終是勉為其難地接起電話，並馬上切換了一個聲調，好聲好氣說了聲「喂」，逗樂了被楊瑪俐標記為克莉絲的女人，她迭聲笑了好幾秒。

「喂瑪俐喔，是我啦。」

「哦～克莉絲姊～好久沒接到你電話，最近好嗎？」市民大道的車流聲量太大，楊瑪俐快步走進路口的便利商店，又向對方問好一次。叫克莉絲的女人在電話一端咯咯笑，說她在喝咖啡，楊瑪俐用應酬的口吻回道：「嗳哦這麼好，那麼有閒情逸致當貴婦。」

克莉絲笑得歪歪扭扭的：「嗳喲我有大官要伺候哪像你那麼好命，跪婦還差不多——好啦我長話短說，問你喔，你不是最近八德路市民大道那裡的房子要出租？」

「對啊。」

「太好了，我這裡遇到一個就古意的美眉在找房子，有正職工作生活單純，介紹給你當房客好不好啊？那個——」克莉絲突然停頓，楊瑪俐聽到她給人拉去說話。一會兒克莉絲又回到線上：「美眉說要跟朋友兩個人合租一間公寓，你的房子甘係兩房一廳還是三房一廳？」

「我改裝格局了啦，現在只有套房，一間屋子四套，客廳跟廚房公家用。目前還有三間可以租人。」

「哦是套房喔，三間喔，聽起來手筆很大喔，那其中兩間正好租美眉跟她朋友嘛，這樣你開多少錢？」

聽楊瑪俐報了價錢，克莉絲又說：「蛤，算便宜一點啦，我買一送一幫你找了兩個房客欸？我跟人家美眉打包票說阿姨有辦法，幫她找到一人一個月八千的房子欸。」

楊瑪俐揉了揉眉心：「克莉絲姊，這樣不行啦。」

「嗳喲瑪俐，我話都說出去了，而且美眉還在旁邊——來跟瑪俐姊打招呼。」克莉絲把手機拿遠，楊瑪俐真的聽到那端一把甜美年輕的聲音尷尬地叫她瑪俐姊。克莉絲隨即把電話拉回自己下巴邊：「聽到了吼，所以你就別讓阿姊難做人。」

我就不難做人。楊瑪俐按捺性子，讓自己儘可能聽起來興致高昂：「克莉絲姊，我怎麼會讓你為難呢？只是為了保障雙方，你們總該約個時間先來看看房子再說吧。我這可是為你們著想啊。」

「好喔好喔你都這麼說了那有什麼問題。」克莉絲笑嘻嘻的，接著「啊」一聲：「既然這樣，那今天晚一點如何？美眉也沒事。」

「……不行，這幾天不方便，我這裡屋子周邊還有得打理。」

「切～～結果你做房東的還不急喔？果然有錢人就是任性，空房子擺那裡生灰塵也高興──那就下星期天吧，你房子弄妥當舒適來啊，合約也準備好，當天就簽一簽省事，我不會讓任何一方有損失的啦。」

楊瑪俐此時突然覺得與克莉絲聲氣相通，笑了：「你這麼有把握？講得一副已經成交的樣子。」

「嘿啦我掛保證啦，我負責的事情哪次出槌過？錢什麼的我們見面再說咘。先這樣啦，掰掰嘿。」

聽對方掛了電話楊瑪俐才嘆了很長一口氣，覺得心頭大石輕了些，卻往下滾鯁在胃裡。所有事情一時全擠上來，她弄不清楚自己究竟還是不是主導的那個人。

＊

清潔公司終於來徹底掃除整棟大樓，最大的工程當然還是四樓的雜物堆，清潔公司的人說垃圾量太大，得通知環保局來收。然而東西清走了楊瑪俐才想昏倒——牆角長滿壁癌，地板上也有一大片的黑黴，這讓抓漏公司一併處理不知道會花多少錢，說不定整片地板都得重鋪。若是沒有漏水這花費肯定要由李老先生埋單，現在這情形也不好說了。楊瑪俐盤算這筆錢能不能讓管委會基金支付，逼不得已才自掏腰包，可是裝潢的錢還沒結清，又要年底了，大小事情要關賬，楊瑪俐心煩得要死。

在清掉壁癌與黴菌之後，沉積在四樓已久的陳舊霉味散掉了，取而代之的是清潔劑的氣味，毛太太家的小孩可能甚至接觸到殘留的清潔劑開始過敏，噁心想吐還鼻水流不停，毛先生又跑去楊瑪俐家抱怨，此外瑪麗再三堅持那個當初林媽媽說的味道還在，楊瑪俐只說她反應過度。

瑪麗的聲稱一語成讖，那個氣味甚至變得更為強烈，沾在每個人的腳步，踏到電梯，滿布整棟大樓，毛太太只能讓自己的小孩戴著口罩出門。毛先生與瑪麗聲氣相通，認為整棟大樓應該做管路健檢，甚至挨家挨戶拜訪做了連署聲明，要求再次徹底清理大樓，連暗管也要檢查，必要時應該更新所有管路。附議人數竟然遠遠超過了以往住戶大會的出席數，連老馮夫婦也簽了名。

楊瑪俐沒想到整件事竟然鬧出這麼大的風波，對此沒輒也無心處理——她在翻查自家存摺時意外發現丈夫的錢有不明動向，直覺他肯定包了二奶，感到事情已經不能再拖，立馬看起機票準備衝去深圳跟他攤牌，現在誰給她按電鈴或打電話她都不理會。而楊瑪俐的避不見面惹惱了那些深受怪味所擾的住戶，他們覺得她比從未露面，實為始作俑者之一的李老先生還要糟糕。

在這住戶不滿情緒沸騰的當下王太太突然想起又是很久沒有見到四樓之二的李老先生了，她有天特地去找楊瑪俐，楊瑪俐看到是她好歹心平氣和了一點，寒暄了兩句王太太便問起李老先生，聲量還放得很小：「楊小姐我跟你說，那個四樓之二的歐吉桑這段時間又沒聲沒息，會不會、那個啦？」

楊瑪俐未經細想馬上回道：「哪個那個？」

王太太猶豫著，仍然細聲地說：「就、就那個嘛……說真的，林媽媽講到的臭味真的很像人往生的味道吔……噯好可怕我都不敢繼續想下去。」

楊瑪俐總算聽明白了，睜大眼：「不會吧你別嚇我。不然你去按他門鈴好了。」

「哎喲楊小姐，現在是你做主委欸，你去啦，而且以往也都是你去聯絡歐吉桑的不是嗎。」

楊瑪俐嘟囔著「怎麼可能會有事」，抗拒地不願去，然而她多少有些不放心，終究答應讓王太太陪同去四樓之二按電鈴，她甚至耳朵貼在鐵門試試能不能聽到什麼動靜。沒人應門，楊瑪俐也什麼都沒聽見，但是王太太掩著鼻子說她確實聞到那個臭味從門內傳出來。兩個女人不禁心底毛毛的，打算離開，卻在電梯前給瑪麗逮個正著，而戴頭巾的女孩與她同行，眼珠睜得圓圓的望著楊瑪俐。

瑪麗激動地叫住楊瑪俐，重申連署書上的訴求，楊瑪俐只是敷衍回應她會處理，她的態度令瑪麗非常不滿，似乎是氣得忘記轉換腦中的語言系統，改用英語說了一堆話，楊瑪俐也回嗆她聽不懂，叫瑪麗講中文，場面僵持不下，尷尬得讓王太太想要溜走，女孩則出來緩頰，為雙方翻譯。

她們站在電梯前吵得不可開交的當下門開了，迎面來的是他們以為人間蒸發了的李老先生，他身旁站著一個長得跟他很像的中年女人。

中年女人是李老先生的大女兒，據她所說，這段時間李老先生身體狀況不好，讓她接去照顧一陣。王太太聽完李老先生女兒的解釋鬆了好大一口氣，簡直雀躍起來，楊瑪俐卻沒能馬上感到世界美好。她朝他們走近一步，笑容跟客套話都省略了，開門見山說道：

「李小姐，我姓楊，是萬福華廈住戶管委會的主委。是這樣的，我們大樓最近有些衛生問題，現在追查到癥結可能出在您父親的屋子裡，不知道能不能讓我們進去看看？」

當事的李老先生一副沒聽見楊瑪俐的話，抽開女兒的攙扶，以不快不慢的腳步走回自己家，兀自掏出鑰匙，開了門進去。聽見木門反鎖起來的聲音，她的女兒一臉為難，轉頭換她面對站在原地向自己父親討交代的住戶。楊瑪俐趁機向她解釋前後原由，希望李老先生能同意讓管委會借道他家處理目前的衛生問題，費用也會由管委會的公基金撥出。

李小姐考慮了半晌，回答她去跟父親溝通看看。而她也是拍了好久的門，直到她說她想看媽媽的東西李老先生才終於解開門鎖。

放了自己女兒進屋，李老先生則蹣跚邁入雜物之間的罅縫，窩回物品盡頭一張小木檯旁邊的籐凳子。這原本應該是客廳的空間裡只有那張木檯上的東西沒有疊到頂住天花板，還看得見木檯的架上相對有序地排列著電工工具，但是各式手機占滿了檯面。李老先生扶著木檯邊沿，佝僂對著門口，渾濁小眼珠投出的視線不帶有人的意味，幾乎消失在暗裡。他的女兒等待著，聽見他直直地問：

「老大呢？」

「……爸，我是啊。」李小姐靠近他，蹲下身平視父親的眼睛，老人乾癟的嘴唇顫動著，但是他瞅住她的眼神沒有信任，他的聲音粗糙而嚴厲：「你是老大——那老三呢？」

李小姐躊躇著，斟酌謹慎地說：「她去找老二了。」

「不要跟我提起那個不肖子。音訊全無，當我死了嗎。」李老先生反射般回了嘴，同時眼珠一點點的光芒都沒有了，雙眼已成頭顱的深窩，附在頭骨上只剩下薄薄的皮，上面的皺紋被他緊抿的嘴唇拉扯得幾乎要繃斷，整個人跟滿屋一吹就會風化的雜物融成了一體。面對著他，與他長得很像的女子感到難以承受。

「爸，弟弟有留給我手機號碼，我也抄給你了，他一直、很期待能跟你聯絡上……」

「哼，哪有父親打電話給兒子的道理。」

「……爸。」

沉默著，忍耐著，李小姐決定不繼續父親提起的話題，而以處理房子為重，問道：「爸，你跟媽的這間屋子……可以讓楊小姐帶人進來整理嗎？她說不會動到媽的東西，只是把屋子打掃乾淨，也不收我們費用。」

「……」見李老先生仍是繃著臉拒絕說話，李小姐當他默許，便走出去回覆楊瑪俐可以進去清理父親的屋子。

終於獲准進去李老先生的屋子，楊瑪俐視線掃過其他人，沒人想跟進，因為光是從門縫透出來的氣味便讓人卻步，瑪麗與女孩甚至直接返回了自己房間，王太太則是退得很遠，比手畫腳給楊瑪俐敲邊鼓。楊瑪俐瞪了王太太一眼，明白這事只能自己扛了，大口憋了氣，戴上口罩，走入黑漆漆的屋內。才兩秒她就後悔了。她立刻退出門外，跟李小姐說她改天找專人過來，拉著觀望的王太太離開四樓。

在電梯裡王太太問楊瑪俐李老先生家裡面是怎樣，楊瑪俐堅不透露，只說兩天後她要出國，聯絡清潔公司事宜請王太太代理。到了楊瑪俐住家的樓層，王太太繼續跟緊楊瑪俐，追問她為什麼突然要出國，怎麼把爛攤子就這樣丟給她，不讓楊瑪俐進自己家門。楊瑪俐瞅著王太太，回她一句「既然現在副主委也是有拿薪水的，王太太你也得有所貢獻吧？」

王太太給堵得支支吾吾，一副絞盡腦汁的樣子，接著開口：「楊小姐，你知道我家裡還有大官大家要侍奉，實在是沒有那個時間……」

「你家不是有請外傭嗎？老人家都由她照顧的不是？」

「响，說到她我才是一肚子火——」王太太被這麼一提，原本在談的公事全拋到腦後，開始向楊瑪俐叨念自家外傭太有性格，難以使喚，偏偏老人家偏袒她，反而嫌這個媳婦只會、出一張嘴，王太太覺得外傭都爬到她頭上了，實在太過放肆，老人家也是糊塗老番顛，竟然為瑪麗亞跟她鬧彆扭大哭大鬧。

楊瑪俐心不在焉的，把手上的資料依順序放好，閉目吁了口氣，再張眼時對王太太說：「我說王太，你還不該感謝你家的瑪麗亞嗎，她做了你所有不想做的事情，簡直是觀世音菩薩降世，聖母瑪麗亞顯靈庇護，沒有她你還能在這裡跟我嚼舌根，講她、講你大官大家壞話嗎？」

王太太眼眉皺成倒三角，滿臉困惑，花了幾秒思索，語帶擔憂問道：「楊小姐……你是怎麼了？剛才這些話根本不像是你會講的，你是不是該去恩主公還是龍山寺那裡拜一拜？」

「不好意思，我信天主教的——清潔公司的事情就拜託你了。」她像李老先生一樣把不想面對的人事物關在門外。

之後清潔公司的人去清查時王太太戴上口罩跟去瞄了李老先生的屋子一眼，便什麼都明白了：整室的昏暗並非由於市民大道的高架車道遮擋了光線，而是無數雜物從地板堆積直抵天花板，之間能夠透光的縫隙幾乎沒有，更別說那不知淤沉多久不曾流通的腐舊空氣，簡直結塊地卡在每一個可能的角落。而李老先生竟然仍在那裡，老人咧開了乾癟的嘴脣，眼睛與口腔都是空洞的，發出意味不明的聲息。

王太太嚇得立刻跑回家。

盤桓多時的那個怪味總算消失了——除了蟑螂屎的味道，清潔專員先從李老先生家中清出好幾隻死老鼠，其中有一隻卡在四樓之一與四樓之二相接的天花板夾層裡，為了把它夾出來甚至鋸開了天花板。對死老鼠的屍臭也是相當忍耐的清潔專員回過氣來，去跟躲在家裡的王太太反映那間屋子東西太多必須清理，這次掃出死老鼠只是一時權宜，同樣的事很可能再發生。

之後清潔公司的人還想嘗試打開窗戶，受到屋主極力阻擾，一直到李小姐來了帶走她父親場面才沒那麼混亂，在滿是灰塵的屋裡火氣要是再大一點就將引起各種形式的爆炸。清潔專員跟李小姐講解他們接著打算開窗通風，拉走一些廢棄物，卻讓李小姐婉拒了——她代表父親聲明要把屋子賣掉。不過，儘管整理房子龐雜繁瑣，李家不想假手他人。

跟可以溝通的人說話事情進展得就迅速順利。清潔專員補好天花板的洞之後就收拾工具離開，並跟王太太說明請款單會再送過來。

鼓起勇氣再次靠近四樓之二的王太太從半掩的木門看見李小姐戴著口罩，一個人坐在應該是客廳的空間中央，用繩索紮捆那些不知堆了多少時候的舊報紙，她那彎著腰的模樣其實也是個中年人的體態了，王太太突然揣測李老先生的女兒說不定跟自己一般年紀，這讓她心中泛起千百滋味。她沒有打擾李小姐，默默轉身退開，在打開的電梯遇上包頭巾的女孩，兩個人笑得仍然如以往不知所措。

樓道的某處發出鐵門被甩開的撞擊聲音，不曉得是哪一家在吵架——「我不都是為了這個家嗎⁉誰了解我？誰知道我心裡有多苦⁉」

＊

「楊小姐，歐吉桑要被女兒接走了，房子也要賣掉，你要不要也頂下他那戶啊，這樣連號欸，感覺超氣派的，事業做更大哦～～」王太太在一樓遇到幾個星期未見的楊瑪俐，熱絡招呼她，楊瑪俐反倒顯得冷淡，沒有以往逢人必談房東經的聲勢；王太太本想再聊，瞥見楊瑪俐的丈夫從大門進來，把話吞了下去，笑嘻嘻地跟他打招呼。

「陳桑～～好久不見啊，元旦回來休假啊？」

「嗯。」楊瑪俐的丈夫只簡單應了一聲，楊瑪俐已經在電梯前催促，並問王太太有沒有要一起上樓，王太太連忙揮手說她要出門，轉身時隱約聽見陳先生呵哄太太的溫言細語。

站在「萬福華廈」四字底下，王太太又想到林媽媽的女兒前兩天趁著耶誕連假也從美國回來探親，毛太太則說又懷孕了，所以她的母親暫住在這照料她——近日發生的種種簡直是一種啟示。她望著市民大道橋墩下的光影，又回頭看向大廳。

「看來家家戶戶都團圓嘛，楊小姐說這棟大廈風水旺是個好地方，住在這裡家和萬事興還真是給她說中咧。實在太好了。」

這個頓悟讓王太太足足開心了一整天。

因為丈夫回來臺灣休假，楊瑪俐心情非常好，而且他還給她帶了禮物——楊瑪俐從丈夫的行李箱翻出了兩件沒腰身的長洋裝，她拿著它們對他說這兩件買得太大，當孕婦裝還差不多。她的丈夫盯著那兩件洋裝，眼神裡講了很多什麼，終究只是「嗯」地應下來。

儘管洋裝不合身，楊瑪俐她仍然非常高興，前幾個月的烏煙瘴氣她決定拋到腦後。

「我們人要往前看。」楊瑪俐幾乎自言自語，接著挺起胸膛轉頭看向為她端茶過來的林媽媽——她到林媽媽家收管理費，順便跟她閒聊：

「王太雖然大部分時候三八兩光，但是這次的提議倒是很有道理。」楊瑪俐對林媽媽說：「我這次考慮作日租套房，或者整間短期出租——林媽媽，你問你女兒 Airbnb 是什麼就知道了，我的乾姊克莉絲跟我說現在這生意正夯呢。長期房客久住在同一棟樓不免得跟她們搏感情，人好老實也就算了，碰到機車的真是吃不完兜著走，想想還是這種短租的比較不費神——怎麼樣，林媽媽你真的不考慮？」

請照看眷顧我們

我們只看見自己凝視的東西，「凝視」是一種選擇的行為……我們關注的從來不只是事物本身，我們凝視的永遠是事物和我們之間的關係。

——伯格，《觀看的方式》

＊

夕陽照進室內，框出來的光塊切到兩個女人的腳邊，兩個人背著窗戶，注意力都放在其中一人的手機屏幕。

「呴，這哪裡，塗鴉好鮮豔，還這麼大片。」她刷著手機，螢幕上顯示一張張地點標示在柏林的照片，她覺得新奇，把手機拿給另一個人一起看。

「那個地方是……柏林喲。你妹去那裡幹嘛？」

她繼續刷著手機：「散心啊，那傢伙又失戀了。」

「『又』？這次是不是有點快啊？我怎麼記得幾個月前她的臉書感情狀態才改成『穩定交往中』？現在她臉書上也沒有變啊。」

「這你就不了解我妹了，她超矜的，她也知道幾個月前才宣布熱戀就分手給人知道面子掛不住。至於我，我他姊吔，當然是有第一手消息，哦不過你不要四處聲張哦，尤其別讓她曉得。」

「知啦，誰那麼白目。」對方把手機拿過來端詳，相片中人在東邊藝廊前比著V字型手勢自拍，她背後的湛藍晴空顯得輕盈無憂，除了一臺黑麻麻的空拍機成了多餘的斑點——「不過她看起來不像失戀嘛，氣色挺好的。」

「有美肌模式的濾鏡咩。而且你又不是不知道我妹是自拍達人，哪可能給你看到不上鏡的樣子。」她把自己手機拿回來，突然瞇起眼盯住螢幕，再把手機拿遠又拿近，再看了好幾秒才恢復原本表情。她揩了揩變得有點溼潤的眼眶，「哎喲」一聲，說道：「怎麼流了目油眼睛卻覺得好乾，有夠不舒服。講真的，一口氣看那麼多照片眼睛累死我了，忽然眼前一片模糊害我以為我該不會老花了，好在不是。」

「年紀差不多啦，該有了。」

她瞪對方一眼：「還沒啦——那這樣我是不是以後近視度數會減少，反而不必戴眼鏡。」視線回到手機螢幕上，她說：「總之，臉書上看得到我妹的動態，知道她還活蹦亂跳的，我多少比較放心。」一邊說著，她開始在妹妹的塗鴉牆各處飛快按讚，臉上毫無表情，看來對照片沒有太大興趣。她那生無可戀的模樣讓她旁邊的人看不下去。

「你們這樣的關心方式實在有夠拐彎抹角，你們姊妹感情原來這麼糟糕的嗎？」

確認今天的照片都按過讚了，她在她妹妹塗鴉牆最頂端的自拍照底下點了一張冒愛心的動態貼圖：「嗯？不會啊，我很愛我妹的欸。只不過大家都成年人了，關心她但是不要打擾她嘛。」

「所以用臉書偷窺她嗎？她應該覺得你很恐怖吧，每一張照片跟動態都按讚——天啊，你連她在別人塗鴉牆留言也按讚，你要不是強迫症就是網路跟蹤狂。」

「拜託我哪有，我這輩子最怕強迫症和跟蹤狂好嗎。」她咯咯笑起來，「而且你說我強迫症跟蹤狂？你是在說自己吧。你和你老公話都講不到重點，沒兩分鐘一定有一方掛電話，不就是你疑神疑鬼自以為柯南，拿八竿子打不著的雞毛蒜皮事當線索搞出來的。」

「那我老公欸，狀況標準不一樣。」

「有那麼不一樣嗎？我又不是沒老公，放養處理也都好好的啊。」

「連架都吵不起來哪裡叫感情好？我是沒辦法，跟老公遠距，哪裡像你們明明住一起卻可以好幾天見不到一次面，你就這樣把你老公丟回給他老媽養？」

「哦，那麼一見面就吵架吵到打起來才叫真愛？你們這種人我看多了啦，自己看不開還數落看得開的人沒心肝。我說啦，看不開日子也是要過下去，幹嘛跟自己過不去。何況我家那個他媽巴不得她兒子重回媽媽的懷抱，臍帶綁一綁，塞回子宮最好。」

「……你最後說到的那種想法光聽就飽到反胃了。」

「我也這麼覺得，不過這是我肺腑之言，好歹我的肚子也曾經剖開讓一隻生物出來，絕對推心置腹過來人血淚啊。」她用力地點頭，一臉認真，同時又翻出前幾天沒按到讚的照片讚了下去，說的話與表情相較反而不著邊際：「我說我妹真是有夠愛拍，幹嘛拍那麼多照片呢，根本沒人會再看它們一遍的嘛。講著是為了要跟親友分享，那這份愛實在分量太大太沉重了。所以呢我真是好姊姊，把妹妹的愛全都領略過了。」她仔細確認沒有遺漏掉還沒按讚的照片，之後收起手機，挽住對方的手臂，甜蜜蜜說道：「欸我肚子餓了。我幫你做成這筆生意，你要好好謝我，今天給你請。」

＊

瑪麗安拍完照後上傳到臉書，還洋洋灑灑寫了幾百字抒發了當下的心情。寫完並查看了時差，算準親友在臉書活動最頻繁的時段發表貼文。才發表沒兩分鐘，三十來個讚此起彼落跳出來，讓她很有成就感。按讚的熱潮過了半小時，她又聽見一連串按讚的音效響起，她打開螢幕看見這波按讚的都是同一人，是她的姊姊克莉絲。克莉絲彷若每日結算，將她今天貼的照片逐一讚過，最後還在她塗鴉牆最上方的照片留言處留了一張娃娃手捧愛心的貼圖。瑪麗安覺得自己並沒有很開心，但是她在姊姊的貼圖底下也按了一顆愛心。接著她切換到旅遊指南的應用程式，尋找她所在周邊有什麼值得打卡的咖啡館。忽然，她感覺到好像有人在注視她，警戒地抬頭四處張望，只看到拿著自拍棒與塗鴉合照的其他觀光客。倒是有一個原本沒在看她的男人對上了她的視線，朝她笑了笑，讓瑪麗安更不自在。她把手機收進皮包，就要離開，在她身後的天空無人機繼續盤旋著。

她走在通往地鐵站的奧柏鮑姆橋底，如今她對地面與橋墩鋼鐵結構上累積的鳥屎已經逐漸視而不見，至於角落堆疊的潮溼紙箱中央還躺著個人也嚇不到她了。她取了一個光線正好，看不清楚鳥屎痕跡也沒有流浪漢入鏡的景，擺出跑步的姿勢，拍下一張自拍照上傳臉書，圖片說明是「蘿拉快跑——瑪麗安也要快跑」。

她先前就知道這條橋——《蘿拉快跑》的紅髮蘿拉在這橋底狂奔是她看過的德語片裡讓她印象深刻的場景之一，但是她並不想要看見那些應該屬於背景的人事物，瑣碎、低下，在臺北她絕對不會為此多看一眼。而這樣的前景背景調換在她初初抵達柏林之際相當衝擊了她——

一開始她對於自己這趟旅程的想像儘管本就不是比照去到巴黎春光爛漫，不過體面總還是要的，然而她腳踏上柏林的第一步就讓她感覺拐了一跤。她的飛機在柏林泰格爾機場降落，下了飛機的第一印象是柏林的機場缺乏國際機場格局，甚至松山機場都比它氣派，她還以為柏林機場該像法蘭克福機場腹地深闊，廣納數以萬計的旅客——航廈擴建施工倒是一致，代表這機場好歹以後不會那麼彆腳，她姑且表示理解。

提領行李沒有花掉她太多時間，離開入境區域去搭市區公車也不必上下樓層，機場小也有它的好處，瑪麗安給這個機場的印象分數上調了一點點。

只是當她從機場坐公車到亞歷山大廣場，再轉入地鐵，甫走到月台就被撲面一股發酸的氣味擋下腳步，她神經質地先看向自己鞋底，確定自己沒有踩到什麼，再尋找異味來源。瑪麗安瞥見垃圾桶旁的地板上潑散了一地還看得出裡頭有蔬菜殘渣的嘔吐物，她都還可以感覺到那嘔吐物還有餘溫，離它遠遠地繞開。旁人似乎不覺得那有什麼，毫無他想走過；而一名肩著兩大包環保購物袋的老婦人甚至靠近垃圾桶，熟練地用手電筒照向垃圾桶內，接著將手伸進去掏出一個啤酒瓶。瓶子裡還殘留一些酒液，老婦人順手把酒灑在地板上，再用力甩了甩酒瓶，確定裡頭空了才把它放進裝滿瓶罐的購物袋，接著往下一個垃圾桶走去，購物袋發出「喀拉喀拉」的響聲。這些都讓瑪麗安深覺不可思議。她忽然非常想念相比起來簡直光鮮得刺眼的臺北捷運。

她經過的地方都設有監視攝影機，她一向不會去特別留意，現在反倒為了那灘嘔吐物刻意尋找它們，發現自己其實正與指向那垃圾桶的鏡頭對峙。瑪麗安眼睛瞪得很大，心想這攝影機大概也只是擺著好看，哪裡有用來維護社會安全秩序，連醉鬼隨地嘔吐都阻擋不了，絲毫派不上場。她拿起自己的手機，對著那攝影機拍了一張照片，拍完才意識到這竟然是她離開機場進入柏林市區的第一張照片。

把那仍沾著口香糖的攝影機的照片發表在自己臉書上實在不符合她悉心經營的風格，所以瑪麗安拍完了就沒再多想，等她要坐的列車進站了便繼續前往她的投宿地點。

依沿路的店家看來，她的投宿處應是位在繁華景點周邊，然而她在路邊又看到衣衫還算整齊，沒有行李的年輕男人就這麼倒在觀光鬧區一側十字路口建物門前的人行道，讓她更是驚訝。往來的行人也只是繞過他，跟面對地鐵月台嘔吐物的處置方式一樣，她不禁問自己究竟到了什麼地方，這裡怎麼跟聽說過的柏林不一樣，她遲疑了一陣，決定不把這不符她印象的景況拍下來。

經過了一週，她對常搭乘的地鐵路線好歹是比較熟悉了，不過她始終不能習慣也不想習慣在月台或車廂內出沒的遊民，尤其是一眼看去年輕沒有傷殘的男人，她總是不願意接觸他們的視線。

瑪麗安到了瓦紹爾街那一站，冬日微薄的夕陽透過車站鋼鐵結構的窗戶照進月台，她想拍下那投在軌道及月台地板上的光影——當列車進站時擾動切散了那一條條的光線，她以手機連拍功能倒是捕捉到了有趣的時刻，列車開走了她都還不捨得收手。重新檢視那些照片讓瑪麗安很滿意，要不是囿於頻寬她真想即刻上傳臉書。再下一班車又靠站了，上下車的乘客交替得差不多了，再次發車的警示聲響起，她才趕著衝進車廂。

偏偏今天車廂門口站的就是一名年輕遊民，對方甚至為她擋門，她道謝時才看清對方的臉，發現自己竟然已經可以記住他的長相，想要拉開距離已經來不及了，幸好對方可能籌到錢洗了澡，穿上了新的舊衣，身上都是洗衣精的味道，但是瑪麗安仍然立刻走往車廂另一端。

她回過神，用手機看時間，剛剛顧著取景自拍，花了比預期多的時間，以至於現在肯定趕不上與人相約的時刻了。而明擺著遲到定了，瑪麗安也不覺得有什麼，找到座位又滑起手機。不料臉書跳出動態回顧，看見一年前與當時還沒有在一起的前男友曖昧甜蜜的合照，讓她憂鬱起來。

＊

當男人總是要求喜歡在臉書寫下生活大小事的她低調，絕對不可以在臉書上貼他露臉的照片，她就應該有所警覺了——瑪麗安後來才發現自己是第三者。男人的太太找了徵信社跟蹤他們拍到了照片，聯絡上她跟她攤牌，見面時對方開門見山說她找她出來她先生也是知情的。聽女人開口閉口「我老公」就讓瑪麗安腦袋快要炸掉。

他的太太掌握了她諸多隱私，尤其男人本來就是她的客戶，不妥協的話就不必混了，所以瑪麗安只能吞忍下來，得先避過風口浪尖一陣。就算再怎麼不服氣，也無法在臉書上盡情抒發，不能讓她與男人共同認識的人察覺暗潮洶湧，瑪麗安內心憋屈，她只跟姊姊交代了事件始末。

跟姊姊說起這件事時，瑪麗安心底多少還是期待從姊姊那兒得到寬慰，然而姊姊聽完面無表情，說了「幸好他太太是個斯文人，沒有撂人來打你」，讓瑪麗安覺得自己像是吞了十隻青蛙下肚。姊姊沒有道德勸說，而是下了明確的指令，叫她死心跟那個男人斷乾淨，出去走走，重新做人——「這件事我替你保密，不會跟媽說。」

儘管姊姊讓自己吞了十隻青蛙，她說的話終歸有道理，瑪麗安也知道怕。尤其怕自己見到男人又割捨不下，要是再有牽扯，事情會變得更加難以收拾。

但是說辭還是需要的，她也有自己的面子，大抵就是「倦勤想要去沒人認識的地方旅行充電，放飛自我重新出發」，在臉書親友圈發了這篇看來隨性瀟灑、實則語焉不詳的聲明，收穫了上百個讚與留言，不乏有人對她表示羨慕嫉妒恨，瑪麗安心中真是百味雜陳。

話放出去了，加上姊姊盯著，事情是非做不可了。可是所謂要到無人認識的地方重新開始，實際要做也不是像旅遊業配文案寫的，刷了機票旅館其他事情就自動搞定，更何況之前給男人騙去了一筆錢，靠著攤還信用卡循環利息讓日子勉強過下去，在這景象下虧了姊姊給了她一筆跑路費，不然沒那個錢出國。再者瑪麗安也沒有真的那麼大膽，她已經過了可以任憑自己盲目跑去陌生國度的年紀，老老實實先做一些功課對自己跟對錢包都比較安全。

既然自知實情如此，她也不想到處聲張自己的行程，否則餅越畫越大，最後圓不回來。於是瑪麗安很低調地準備，對熟識的朋友都保密。

本來不想跑太遠，不過姊姊表示她抽獎中了一張臺北法蘭克福的來回機票可以送給自己，瑪麗安忍不住開始想可以去哪裡。法蘭克福以前玩過了，她想往別的地方跑——不是臺北巴黎來回機票實在有點可惜，然而倘若真是去了巴黎，她很有可能把持不住靠血拚發洩情緒，背卡債的生活可不是開玩笑的。至於轉機去巴塞隆納還得自己貼錢補差價，也不是特別經濟的主意，儘管她沒有特別屬意德國，終究還是考慮德國境內。此外住宿的開銷最得精打細算，有人可以借住的話自是上上策，可是她一時又想不到有沒有認識的人剛好在德國。不過她陰錯陽差從臉書同學會社團得知一個國中同學似乎目前在柏林，想說問問看好了，加減不吃虧。

有這念頭的一開始瑪麗安腦袋裡全然沒有那個同學的名字，只記得她有個不常見的姓氏——當年跟對方從來算不上熟，畢業後將近二十年沒再見過面，要不是國中同學會召集人要造名冊時在臉書帶過一句「聽說岳華明去了德國」她根本不會想起這個人的存在。

照著同學會社團粉絲頁的資訊尋去，據說「Ming Yue」就是岳華明的臉書帳號。岳華明臉書的大頭貼照沒有顯露自己的臉，只是一張明月當空的圖片，相簿裡也全是風景照片，一張自拍都沒有，讓瑪麗安覺得這要不是假帳號，那就是這個人腦迴路不是一般規格，擺明一副不想讓人找到的態度，這樣搞自閉反社會在這凡事問臉書的時代是要怎麼活下去——姑且不論她也不記得對方長什麼樣子了。

總而言之，自己現在也不是為了要替不熟的老同學擔憂人生而跟她聯絡的，瑪麗安明快地想好自己需要取得哪些情報，客客氣氣向對方提出臉書交友邀請，並寫了訊息過去，以歡快的語調敘舊一番，並表明來意，希望可以借住一段時間。這封訊息並無下文，交友邀請也未獲確認。

遭到無視瑪麗安也不惱，因為她查到了岳華明的個人網站，還挖到了對方工作聯絡用的電子郵件地址，先寫了一些看似公事的事情，再把訊息複製貼上寄了過去。這下倒是得到了對方回覆。

回信口吻生疏冷淡，立馬回絕了她的寄住請求是有點不近人情，不過除此之外對方提供的資訊堪稱有用；瑪麗安評估自己的目的某種程度滿足了，頗為樂觀，她大膽設想多問對方一遍說不定可以再討到好處。瑪麗安用更加殷勤的態度又問了岳華明可不可以幫她找房子，並不忘邀約她見個面吃個飯好表達謝意、聯絡感情，千拜託萬請求對方一定要答覆。接下來的回信瑪麗安也等了很久，對方竟然會超過一天才回信，瑪麗安心想這到底是什麼時代的溝通速度。

瑪麗安沒有得到進一步的情報，她的見面邀約對方反倒是接受了，但是只說喝咖啡就好，瑪麗安確定這人果然不懂讀空氣，讓她熱臉貼冷屁股，有夠沒意思。

另外一個讓瑪麗安感到古怪的是岳華明信裡特別註明不要透過 Airbnb 找房子，她心想那不是目前正風行的租屋平臺嗎，她去其他國家租 Airbnb 提供的房子都好好的沒碰過問題，果然這個老同學的腦迴路跟她接不起來。所以瑪麗安沒有聽從岳華明的建議，仍是登入了 Airbnb 網站。

十一月的房子並不難找，可是要橫跨耶誕節直到新年就沒有太多選擇，瑪麗安在網站上流連兩個小時，沒有找到符合她行程的租屋，反倒是在各式美照的轟炸下，她覺得這個裝潢有品味那個格局超寬敞，住宿之餘甚至還提供身心靈課程資訊，讓瑪麗安對異國生活的綺想聯翩，全然遺忘了自己原先的任務，直到看見那些夢幻公寓讓人想像破滅的租金瑪麗安才悶悶地回復務實找房的狀態。在她眼睛乾澀疼痛視線模糊想要放棄之際，一間分租公寓的資料正巧登錄進來，瑪麗安立刻點選連結來看。

那是一筆新房源，所以沒有先前的住戶使用經驗可供參考，而公寓分租者是男性，這讓瑪麗安多了點心眼。儘管如此，公寓所在交通便利，屋主開出的價碼也頗為吸引人，加上他在房屋資料網頁說明他由於工作經常出差，大部分時間並不在家，房客可以自在使用主臥室以外的空間，瑪麗安因而覺得這房子總歸可以考慮，她繼續查看對方的詳細資料——

屋主名叫克里斯提昂，他的個人頁面還有英文版，上頭除了有居家風格的個人照片，職業嗜好種種細節介紹一應俱全，鋪陳為一篇清晰流暢的散文。若非網頁上一併有制式屋況的報告與使用屋子軟硬體須知，日租也妥妥地寫明，瑪麗安幾乎要覺得這位屋主其實在徵友。相對的，她自己的資料頁面只用英文寫了兩三條自我簡介，連通順的句子都算不上，跟對方的比起來實在像扮家家酒，瑪麗安有點不好意思，於是換了一張自認角度擺得完美的大頭貼，好歹不輸對方的度假自拍。

說實在，克里斯提昂的長相頗得瑪麗安的眼緣，她甚至有點期待是不是會有出乎意料的豔遇——治療情傷，最好的方法就是談一場新的戀愛——瑪麗安拿出大家都這麼說的愛情金句給自己打氣，立馬著手寫信給克里斯提昂。

克里斯提昂的回覆非常迅速，行文風格與網頁上顯示的並無二致，並且他接連問她好幾次還有沒有需要他幫忙的地方，就算有語言隔閡瑪麗安都感受得到對方的親切，她不禁認為冷冰冰的岳華明比這個人更像她印象中的德國人。沒有繼續細想，瑪麗安決定承租克里斯提昂的房間。克里斯提昂也很快跟她敲定了預訂事宜，並約定碰面的時間，寄給她如何抵達租屋的交通資訊。

房子的事情俐落解決了，在臺北的各種瑣事則委託姊姊處理，出發前都無大事，莫名平靜。

上飛機的那一天她決定一個人走，沒讓親友送行。明明已經十一月天，還炎熱得像是秋老虎發威，讓人只是從機場巴士下車提領行李走進出境大廳的短短幾分鐘內便逼出了一身汗。陽光熾烈，眼前的所有景物都褪去了顏色，儼然一個神祕的象徵，好開始的預兆。瑪麗安如此相信，並再三地這麼告訴自己以便事情更加確定。

當地時間清晨班機抵達法蘭克福機場，由於在機上睡得很淺，瑪麗安打著呵欠、雙腳水腫給皮靴擠得發疼，步伐虛浮地前往入境關防。機場內部似乎又改了不少，瑪麗安已經沒了任何印象。雖是一大早，許多從亞洲飛來的班機都在相近的時間降落，在她前面已聚集了好一些人，各家旅行團的旗幟或標示晃啊晃的，各團人馬找到自己的歸屬，窸窸窣窣說話，彼此提醒安檢有什麼東西不能帶或者要先拿出來。由於疲勞和對環境感到陌生，人們都顯得缺乏元氣而意外溫馴。瑪麗安聽見了一團臺灣旅客的聲音，默默朝他們靠近，和他們打招呼，得知他們還要轉機去蘇黎世。以往瑪麗安都會特別開心地跟人交流觀光血拚經驗，這一回她倒是因為累了，沒有多說。

過海關時移民官檢驗護照，並且向瑪麗安要求出示回程機票，由於她停留的時間在歐盟免簽允許的三個月內，從柏林出境，移民官什麼都沒再問，直接在瑪麗安護照蓋上入境戳印，通完關自此瑪麗安正式進入了德國。儘管還需要轉機，全身沒有一個地方對勁，瑪麗安在那當下仍然感到自己興奮得心跳微微加速。在轉機室她不像許多人落座休息，而是湊著落地窗望向停機坪，飛機和運輸車輛的指示燈在天未亮的闃闇中或白或紅地閃爍；天一直黑著，等到登機、飛機起飛，瑪麗安才從高空看見破雲的日光。

從柏林泰格爾機場出發，一如克里斯提昂提供的資訊描述，公寓地點並不難找，瑪麗安甚至提早到了，還可以去附近的連鎖咖啡館喝一杯焦糖瑪琪朵。為了給克里斯提昂美好的第一印象，瑪麗安還特別整理了頭髮補上妝。

與克里斯提昂見了面，瑪麗安覺得他完全符合自己先前的設想：親和有禮，而且本人比照片上還帥，此外他的英式英語簡直如和煦春風拂上她的臉龐。同時，她就是從他的口音察覺他似乎不是德國人，便好奇問他從哪裡來的，克里斯提昂笑得太過好看地回答瑪麗安他是在巴塞隆納長大的愛爾蘭人，瑪麗安大道「難怪」，頻頻稱讚對方的英語腔調迷人，暗自想著不去巴塞隆納也沒有太大損失。

克里斯提昂邀瑪麗安先到廚房，他煮咖啡款待她，瑪麗安不免驚喜，意識底的提防鬆動了幾分；她又發現廚房特別暖和，而克里斯提昂為她選的位置正好捱在暖氣旁，瑪麗安對未來房東的印象可以不管尚未入住，直接在網站評分上給五顆星，何況帥哥未來房東正在為自己準備咖啡——就算是咖啡機代勞她也不在意。儘管坐定下來眼皮就開始重，奔波二十小時的疲累讓雙腿慘叫，不過瑪麗安覺得光是瞅著克里斯提昂的背影自己的體力便可以不再下跌。

為了不要睡著，瑪麗安用自己有限的英語能力問克里斯提昂是為什麼搬來柏林的，他告訴她金融海嘯讓巴賽隆納的房價漲得更高，只好離開那裡，來了柏林。對此背景並不了解的瑪麗安假意地附和他，心想不料是這麼枯燥的理由，又讓她想睡了，她試著為自己找個比較輕鬆的話題：「那你來柏林多久了？」

「七年了，也可以說是個柏林人了。」

「哦是噢。」

「有人來了一年，便自稱是柏林人了。柏林就是這麼一個容易讓人自我投射的地方，每個人要怎麼定義自己跟柏林的關係，都不會有其他人在意。」

瑪麗安說：「這麼酷，那我也要當柏林人。」

克里斯提昂笑笑的，沒有接瑪麗安的話，讓她有點尷尬。幸好克里斯提昂及時表示既然喝過了咖啡，他帶她認識環境。他領著瑪麗安，為她介紹公寓設施。

瑪麗安聽得並不用心，倒是將視線聚在著克里斯提昂髮根跟領口之間的裸露後頸。克里斯提昂講到一個段落轉過身，笑容可掬，但是眼神裡多了一絲打量，問瑪麗安為什麼選擇柏林。瑪麗安按自己在臉書寫下的台詞表示自己要到無人認識的地方放飛自我，重新出發。克里斯提昂聽完仍是笑笑的，將鑰匙交給瑪麗安，說：「既然如此，歡迎來到柏林。」

那嗓音宛若吹笛人的笛聲，讓瑪麗安更加相信，一切會有好的開始。

＊

克里斯提昂把鑰匙交給瑪麗安當天就出差離開了，瑪麗安某種意義上開始自己在柏林的獨居生活。

她先把這接下來兩個月的住處仔細拍照下來上傳臉書，才把行李拉進自己的房間，又選了自認漂亮的取景自拍了幾張照片，磨磨蹭蹭的，直到飢餓打斷她的自拍活動。

冰箱裡的東西很少，所以瑪麗安先去附近的超市添購食材。公寓所在的路口就有一家超市，路程很短，瑪麗安反而是在超市內閒逛認識裡頭的商品花了比較多時間，不經意地買了太多東西。

她把冰箱塞滿，接著用微波爐熱了冷凍千層通心粉來吃。才是等待加熱的幾分鐘內瑪麗安的眼皮隨著稍微不再那麼緊繃的心情變得難以保持張開。她就那麼睡著了，微波爐加熱行程跑完的提示音響了她都沒有立即聽見，等到她醒來，原本表面乳酪滾得冒小泡泡的通心粉又涼了。她其實好睏，已經不想吃了，仍是好歹扒了它幾口；迷迷糊糊地洗澡，也不管那時候才是下午四點她便爬上床睡覺了，不意外在半夜兩點醒了過來。她巴巴地瞪著才認識未滿一天的天花板，意識到自己真的來到了另一個地方。在這個時刻清醒又不能去哪裡，於是她開始思索接下來要怎麼辦。

她想先花幾天在著名景點逛逛再做打算，至於要不要跟岳華明見面，因為既是自己把住處搞定的，瑪麗安覺得而今根本沒必要兌現先前跟岳華明的約定。自己在這裡的時間寶貴，不消浪費在沒有往來價值的人身上。這麼打定主意了瑪麗安便翻身試著再睡一會兒。

然而時差與日照就是她首先面臨的難題，加上她這回還莫名認床——每次醒來都不過是睡了兩三小時，而且從來沒有看見充足的自然光：入冬的柏林日照短暫，天色時常渾沌陰暗，身心狀態平衡的人都會沒來由憂鬱，更別說甫遭情變的瑪麗安，儘管吞了褪黑激素將時差趕緊交代了，她始終難以真正清醒。她想到自己得有照片才能更新臉書，死拖活拉地把自己整頓起來，打起精神對抗柏林的冬天。每天起床她都用自拍來確認自己還活著，儘管素顏照都令她懷疑自己的臉是不是給恐龍踩了過去，慘得只能趕快刪掉。

她按照知名部落客的旅遊指南填滿了頭幾天的行程，在每一回吃東西的場合悉心擺盤拍照，營造自己是悠閒自由人的形象，每篇貼文得到的讚數墊高了她的自我感覺，只不過仍舊擋不住柏林貧弱的日照與低溫、以及在陌生的床上意識到自己孤單一人時，那在腦海中興風作浪的情傷。她從來不曾覺得醒著是一件那麼讓人絕望的事。

此外有一種在臺灣沒有的奇異感覺在她心裡小火慢滾地浮出來——時間很大把，卻很難用，令她發慌。就算她在柏林所做的事跟在臺灣一樣，到景點打卡給美食拍照寫短評，但是沒有任何社交，豔遇那種東西更別提了，她就算很想有也不是想了就會有。事實是，不管去到哪裡都沒有人理會她在做什麼，於是瑪麗安每天還是有一堆時間想不出來該怎麼填補——失戀的刺痛總是在這一坨坨的時間裡發作，她非常害怕那些時刻。

所以她還是跟岳華明聯絡了，約了自己抵達柏林滿一週的那天傍晚見面。就算她還是對岳華明說一起吃飯，對方依然回說只要喝咖啡就好，讓瑪麗安始終覺得對方很沒人情味。

好歹找到了藏在離地鐵站有段距離的街道裡的小咖啡館，進了店內瑪麗安馬上就看見了裡頭唯一的亞洲面孔。那女人穿得全身黑、素顏因而顯得蒼白，坐在窗邊，拿在手裡看著的竟然是書，沒有在滑手機，瑪麗安心想這就應該是岳華明了。由於完全忘記了岳華明國中給她的印象，瑪麗安此刻再次見到她當然沒有他鄉遇故知的心情，不過她假裝有那麼回事，心底整頓一番，熱絡地朝等了她好一陣子的岳華明打招呼。

「你是岳華明吧？」聽到有人以適切的重音叫出她的全名，看書的岳華明抬起頭，迎向瑪麗安堆得滿臉但是感覺不到其內涵的笑容。

見對方沒有否認，瑪麗安繼續說：「真是不好意思我遲到了——好久不見，你都沒變欸。」瑪麗安拉開椅子坐下來，還挪得離岳華明很近，想再表現親暱些，然而岳華明不吃這一套，瑪麗安的殷勤反讓她更加保持距離。她沒順著瑪麗安的話寒暄，只是把菜單遞給她，簡單地解說該怎麼點東西。瑪麗安暗忖這個人真是難應付的類型，難怪當年就不熟。

就算如此，點完了飲料食物，瑪麗安還是按照自己的習慣想要拍張照片順便打個卡——有個人同桌，她經營形象的動力便又湧現起來了。這下她鎖定幾個標的，稍微評估咖啡館內部復古風格的擺設，覺得岳華明的品味跟臺灣時下文青其實差不了多少。她舉起手機拍了幾張咖啡館環境照片，接著沒徵詢岳華明便直接把鏡頭對著她，讓岳華明表情驟變，嚴正表明她不想被拍。

「哎別這樣嘛，我想說我們老同學好久沒見面，拍張照留念不好嗎。」瑪麗安這麼遊說岳華明，對方仍然不為所動，同時表示自己完全不想出現在瑪麗安的臉書上。雖然感到不可思議，不過瑪麗安也沒有退縮不按自己步調的理由。心裡犯著嘀咕，但她駕輕就熟地給自己、還有桌上的咖啡和蛋糕拍了照寫下簡介，正打算傳到臉書上，瑪麗安才察覺這家咖啡館沒有WIFI。

岳華明的反應以及沒有無線網路的咖啡館讓瑪麗安想到前兩天發生的類似事情——許多熟食店家會在櫃檯擺放打卡的臉書或 Instagram 的 QR code，瑪麗安總會掃一下，若是那家店得她的眼緣才會額外拍照。那天她發現一家沒有臺灣部落客報導過的中東熟食小店，覺得它的裝潢頗有異國情調，自然而然地拿起手機對著櫃檯內正在準備料理的店員打算拍照，卻給他們制止了。瑪麗安被拒絕了非常生氣，用英語向對方嗆聲：「我這是讓你們有知名度欸。你們不想做生意了嗎？」而店家的人彷彿不識英語，面無表情看著她，沒有要妥協的意思，令瑪麗安也沒興致了，掉頭就走。

想想還是有氣，加上岳華明的態度也討人厭，瑪麗安故意埋怨起來：「我說柏林店家的服務態度真不是普通的差，提供個 WIFI 還有讓客人拍個照是有什麼大不了，要是要臺北他們敢這樣囂張根本活不下去好嗎。」岳華明聽著，也是跟那店家的人一樣面無表情，瑪麗安因而覺得那店家不通情理還可說是文化差異，至於這個人應該說是從另一個星球來的。這考驗的已經不是國際觀了，而是異星文化交流，瑪麗安決定放空這麼複雜的問題。

不更新臉書她無法靜下心，瑪麗安用自己的流量上傳檔案。確認手機上傳完畢，她總算覺得踏實了，開始向岳華明談起自己對柏林的印象，劈頭就說柏林沒有想像中進步，機場太狹小，地鐵站又髒又亂，通風差味道不好，碎石子路雖是有其風情但是穿細跟高跟鞋容易摔跤，總之柏林沒有巴黎漂亮到瑕不掩瑜的程度——「不過在柏林講英語都會通，至少這點像個國際化大都市，所以還可以接受啦。」瑪麗安難得表示讚許，但是又說：「可是不漂亮真的不行。」

岳華明靜靜聽瑪麗安發表議論，表情都沒有變化，直直往前看，然而不知道究竟是不是看著對方，單是那種沒有保留的視線就令瑪麗安很不習慣，她的眼睛不禁飄移開來卻又不時打量岳華明；為了遮掩自己的不確定，就算自己不真這麼認為，瑪麗安說話卻更加浮誇。然而講到連自己都覺得尷尬了，岳華明都沒有加入對話，瑪麗安只能任場子冷下來。在瑪麗安心慌慌默自數著沉默的秒數的這當兒岳華明終於開口，她的意見讓瑪麗安不明所以——「柏林是不漂亮，但是以前至少醜得很可愛。」

「……醜得很可愛？」瑪麗安複述一遍，並不理解話裡的意義，岳華明卻也沒有進一步解釋，對話再次中斷，兩人各自喝自己的飲料。瑪麗安發現自己的焦糖瑪琪朵見底了，默默把咖啡杯放回桌上。不一會兒瑪麗安又試著尋找話題。

「欸岳華明，你在柏林多久了？你在柏林做些什麼啊？」岳華明嘴唇仍靠在杯沿，雙眼往上抬，這次很明顯越過了瑪麗安，盯著她後方牆上掛的柏林老照片。

「……七年了。」岳華明只回答了第一個問題，瑪麗安認為不講就算了沒什麼，反正她早查過了。她繼續問道：「那你打算以後定居在這嗎？」

岳華明不像思索了瑪麗安的詢問，一副反射般的謹慎語氣：「不曉得，再看看。」瑪麗安有點耐不住對方的不乾脆，劈頭又說：「既然如此，難道你沒有考慮乾脆買房子嗎？你都在這裡七年了，時間不算短欸，房租這樣不白繳了嗎？要是拿租金來繳貸款，屋子以後歸自己，不是比較划算有保障。」

此時岳華明不遮掩地表現出不信服的神情，瑪麗安反而覺得奇怪，這麼理所當然的事情岳華明怎麼想不到，她原想勸說下去，對方直白表示不想繼續這個話題，岳華明的態度讓瑪麗安覺得自己真是好心給雷親，不過她認為自己多少是會看人臉色的，便閉了嘴。很快她又想到了其他問題。

「你都沒有跟這裡的臺灣人聯絡嗎？同學會啊同鄉會這類的。」

「沒有。」

瑪麗安一臉不可置信：「真的假的？你這樣怎麼能夠活得下去？」

岳華明聽了表情沒有變化，語氣平平板板的：「我想在你面前跟你講話的並不是死人。」

岳華明的回答令瑪麗安幾乎要翻白眼：「我不是那個意思——難道你不會想念臺灣、至少臺灣的食物嗎？例如說半夜嘴饞想要喝杯珍珠奶茶吃個雞排鹹酥雞什麼的？」

「不會。」岳華明斬釘截鐵地否定，她那直勾勾往往不知朝向何方的目光掃到瑪麗安臉上，讓瑪麗安不大舒服，下意識避開她的眼神；岳華明又望向他處，說了一句：「你對臺灣的感情好難想像啊。」

「什麼？」瑪麗安再次沒有聽懂岳華明所指為何，眉頭皺得連眼睛都瞇起來：「會想念家鄉味不是很正常的事情嗎？」岳華明又是什麼都沒再多說，瑪麗安真心覺得跟這個人講話非常辛苦，糾結之際岳華明反問了她——

「那麼你為什麼來柏林？你臉書上的宣言聽起來不是旅行這麼單純。」

「……原來你有看我的臉書。」但是始終沒有接受交友邀請。瑪麗安開始後悔跟岳華明見面。她眼神游移，正好手機提示音響了，她滑溜說道「不好意思手機有LINE我回一下」，便漫無目的地滑自己的手機，裝作忙於回訊息的樣子，又不時偷瞄岳華明。

這人都沒有再追問，顯然也不是真的想知道我為什麼來柏林嘛——瑪麗安這麼想，不由得有點生氣，更起勁地滑著手機，把岳華明晾在一邊。岳華明沒有揭穿她，也並未順勢像瑪麗安一般跟手機黏在一起——她根本沒有智慧型手機。若不是喝飲料她便是瞅著咖啡館外的動靜。時間不過下午四點半，外面已經天黑了，路上的人多是穿著深色厚重的冬衣，溶進了昏暗的地景。岳華明看見了落地窗上自己與瑪麗安的倒影，以那鏡像觀察瑪麗安的動靜。

「你要在柏林過耶誕節。」岳華明話尾的語氣並不是問句，但是足以鼓勵瑪麗安重啟與她的互動，瑪麗安復又興致高揚起來，歡快地說起自己大致的計畫：她打算拜訪柏林各處耶誕市集，吃遍德國小吃，怒喝德國啤酒，暫時把百年減肥大計拋諸腦後。她把握機會問岳華明哪裡的耶誕市集最好玩，岳華明只說「既然都沒去過那麼哪裡都可以，東西都差不多」，瑪麗安又覺得沒意思。

這時岳華明看了手錶，表明要離開了，瑪麗安心想才過了一個半小時，急著走人幹嘛，而且就算她覺得自己跟岳華明實在不對盤，但是有人作伴到底還有點意思，在岳華明站起身時瑪麗安拿著手機問岳華明螢幕顯示的部落客推薦好吃咖哩香腸要怎麼去，一面慫恿她「走啦我們一起去嘛我請你吃」，甚至抓住她的手臂搖晃。儘管顯得遲疑，岳華明這回倒是答應了瑪麗安，瑪麗安自然央她帶路。

她們出了咖啡館一起去搭地鐵，再轉乘輕軌電車，站在月台上瑪麗安依舊滴滴答答不停說話，岳華明則一直搜尋什麼似地看著街道人車往來，被瑪麗安再三詢問時才應她一聲。

登上輕軌的當兒瑪麗安瞥見一位西裝筆挺的男士拎著一箱礦泉水從另一道門上車，一臉驚訝地問岳華明：「欸，你們柏林的人就這樣帶著一箱礦泉水坐輕軌電車哦？」

岳華明順著瑪麗安的眼光望向那位站在她們前方車廂的男人，反問：「有什麼不對嗎？」

瑪麗安咂咂嘴，一臉不以為然：「別鬧了，在紐約的人哪可能這樣？太不體面了。」

「體面？」岳華明彷彿學習到一個陌生的詞彙，不自覺重複，讓瑪麗安以為她沒聽明白——「對，不體面。你知道，紐約人是很要面子的。」

「……哦不好意思，我沒有去過紐約我不清楚。」

岳華明的回應讓瑪麗安擺出一副寬宏大量的姿態，如同知心好友，幾乎是要寬慰岳華明一般：「哎呀沒什麼嘛，世界那麼大，也不是每個人都會去到某個特定地方，不過我覺得紐約無論如何至少要去一趟，尤其是像你做藝術的——噯對了搞不好你去那裡更有發展啊！」

然而岳華明居然沒有顯露振奮，她不感興趣的表情讓瑪麗安想再加碼說服她：「我跟你說，我幾年前在紐約住過一段時間，相信我，真心不騙哦，那裡的人都盯著彼此門面看，沒打扮絕對不行，每個人使出渾身解數，不體面不上街，穿衣服用包包怎麼喝咖啡全得講究，他們連坐地鐵都可以搞得很時尚——你知不知道 Instagram 上一個叫《Hot Dudes Reading》的攝影計畫？幾百萬張共襄盛舉的照片欸！裡面的帥哥都超養眼的——」

「所以重點不是閱讀？」

「哎呀你這文藝青年果然不懂，reading 本身怎麼會比帥哥有吸引力呢，要讓人想看書得有噱頭才行啊——那些投稿照片後來還整合出成了書，賣得超好，那個計畫的發起者實在夠有生意頭腦，先炒出話題熱度，利用社群媒體轉貼宣傳，後來計畫要變成商品的行銷自然輕鬆多了——當然一方面也因為紐約地鐵一直是打卡地標，點擊率挪來用順風順水。紐約儘管仍然有很恐怖的地方和流浪漢，跟柏林還是不一樣，柏林這點真的要學著點，『醜得很可愛』

聽起來太鄉巴佬了，沒有國際觀。」

岳華明都聽進去了，對於她最後一句評語不想多爭論，不過她很想跟瑪麗安說，她們先前坐的地鐵時常有無家可歸的人由於車廂有暖氣而在裡頭睡覺，她們落坐的三人座椅比較寬敞，肯定給人攤睡過了。但是她沒有這麼告訴她，反倒又想到另一件事，開口提及的時候彷佛在笑：「這幾年柏林人的穿著——尤其是男人的——確實變無聊了，不知道是什麼緣故。」

「是咰，原來柏林人穿衣服還有不無聊的時候哦，那我應該是沒福分見到了——不過呢，對我來說，只要男人後頸好看就先加一百分。」她又東張西望，「冬天這裡的人連脖子都包得緊緊的，沒得看太掃興了。」

岳華明沒再接話，只表示該要下車，到了地鐵高架橋下的咖哩香腸攤，雖是有人排隊然而沒有瑪麗安想像的「應該得排個半個小時」那般熱鬧。應該要靠近小吃攤她反而往後退，想要拍照，岳華明也由她，但被瑪麗安要求代為點菜，瑪麗安只一逕說「盡量點我請客」，眼睛卻一直黏在手機螢幕上。

除了吃食，岳華明加點了兩瓶啤酒，選了一張高腳桌把東西擺定，等瑪麗安過來。瑪麗安迭聲說謝，同時瞄了啤酒瓶上標籤，說：「哇這是本地啤酒吧?現在這頓超在地的吔，謝啦～～」

興許是有人陪加上酒精催化，瑪麗安就算嘴裡有食物也要把握機會講話，不管岳華明到底有沒有反應。岳華明吃東西斯文，在瑪麗安看來卻覺得岳華明沒有表情專心咀嚼的臉滑稽，不時咯咯笑，岳華明只當她酒量差，對她說喝醉了她可不會管她，瑪麗安更是高聲笑起來，嫌她操太多心，此時一連串禽鳥拍翅的聲音打斷了她，她抬頭望向鐵橋底下，儘管天氣很冷，仍然有一群群鴿子聚在橫梁之間。

「這裡風水應該很不錯吧，說不定這家店受歡迎跟風水也有關哦——正對微風廣場的市民大道底下的橫梁也總是停了一大堆鳥，市民大道那麼長，沒有其他地方有那麼多鳥密集。」瑪麗安說完倒是稍微正經了點，而岳華明第一次顯露出認真考慮瑪麗安所言的模樣。

等吃完咖哩香腸喝過啤酒，岳華明這次確切表明一定得走了，瑪麗安感到意猶未盡，迭說還要跟岳華明再約，岳華明沒有說好，也沒有斷然拒絕她。

和岳華明道別後，跟先前並沒有太大差別的夜風吹來令瑪麗安感到尤其凜冽，她內心有一塊麻麻的，接著開始疼痛，前一刻高昂的情緒馬上跌到谷底。與岳華明見面雖說不上特別愉快，但是不想一個人的時候還是聊勝於無。畢竟若非如此，失戀的傷痛總會大批襲來淹沒思緒，腦袋糊成一團，吃什麼都嘗不到味道。狀況若更是嚴重，她甚至連出門的力氣也沒有。

瑪麗安仍然堅持拍照更新臉書，因為她告訴自己一定要過得好，讓自己不後悔，要所有人刮目相看。為了第一次嘗到的咖哩香腸，她仔細寫了一篇咖哩香腸尋訪記，同時抒發了她對柏林紐約的觀感。其中瑪麗安依岳華明的要求——儘管岳華明的原意不是如此——完全略去了她的存在，直接把岳華明的發言當成自己的意見寫出來，瑪麗安明明嫌「醜得很可愛」土，在遊記文字裡頭卻變成了柏林的特立獨行。最後瑪麗安以歡快積極的口氣為自己當日的遊歷打了八十五分，以期許明天還會更好作為結語。

臉書上的人生一片光明，然而瑪麗安始終睡不安穩。她時常夢見男人的太太把拍到他們的照片擺在自己面前對質的場景，打那之後她一直覺得有人在跟蹤她。她以為離開臺北會好一些，每天發生的新鮮事物好歹可以轉移她的心思，不致老是神經兮兮；晚上睡覺就很慘，潛意識由不得她，那令她心驚膽裂的經歷每每爬出意識在她靈魂脆弱的孔竅細碎咒詛，那恐怖的詞語在空洞之間迴響，音量越變越大，嚇得她在夢裡尖叫狂奔，沒有人聽見她的聲音。

她又哭著醒來。

坐在陌生的床上，瑪麗安握著手機查看時間，切換成臺灣所在時區看看那邊幾點。她突然軟弱得想要撥電話給哪個人，最希望可以是那個人，但是不行。而且沒有用的，那個人已經避不見面，所有的一切都給他老婆打點好了。儘管憤恨，瑪麗安卻無能為力。醒著的時候她哭不出聲，只是默默飲泣。

瑪麗安知道自己的眼睛必然哭花了，消腫之前無法自拍，所以接下來幾天她的臉書只有風景和美食照。

尚且擺脫不了過去是一回事，瑪麗安確實想要重新開始，只是不想那個重新開始太過吃力，然而這不由她說了算。她並不習慣柏林的生活。

這個凍死人卻很少下雪、成天灰撲撲的天氣不可能讓她想去親近自然，她只想窩在有暖氣的地方，可是博物館文化之旅不是瑪麗安喜歡的玩法，娜芙蒂蒂對她來說不夠具有吸引力——她喜歡逛街血拚，把行李塞爆了再多買個行李箱也不手軟。奈何現在自己的信用卡如同虛設，要是膽敢亂刷，回臺灣不是被銀行打爆手機，也肯定是被姊姊扒一層皮，於是她心中另有一種捉襟見肘的憋屈。此外，跟克里斯提昂的室友生活也沒有她想像中的那麼美好。

克里斯提昂並沒有如他網頁所寫、初見宣稱會常常出差不在家。一開始他的確出差去了，可是一週之後他回來就一直待在柏林。真正相處起來克里斯提昂的優點只剩下他那張臉跟身材。

他的作息與衛生習慣與她差距甚遠，這還是瑪麗安基於帥哥有優待，在心中試圖轉化情緒的委婉說法。面臨這種狀況，共用生活空間的兩人總該各退一步，不過克里斯提昂完全沒有要配合瑪麗安的意思：廚房配有洗碗機，但是他都是先把用過的餐具堆在水槽，接著出門，此後就忘光了這件事，瑪麗安還看過克里斯提昂把上面仍沾了滿滿一坨奶油的餐刀丟在水槽裡，同樣囤在水槽的盤子黏著刮得不成形的果醬，吃剩的大小麵包碎屑嵌在水槽與流理臺之間的縫隙。她心想德國氣候乾燥可以任克里斯提昂這麼隨便地堆疊碗盤，要是在臺灣，光是那坨奶油會招來多可怕的東西她都不敢想下去。不把水槽清乾淨她無法做菜，瑪麗安勉為其難收拾了廚房；看到廚房恢復整潔秩序，克里斯提昂一點表示都沒有，使用方式一逕故我。

浴室的凌亂也讓瑪麗安很煩躁，當時克里斯提昂要拍照上傳 Airbnb 招租不曉得避開了多少死角，在她入住的前一天想必花了不少工夫整理。沒想到在德國也有跟臺灣一樣名實不符的事情——她悶聲打掃時還為克里斯提昂找藉口——畢竟她除了跟家人同住的時期，已經許久沒有與人共同生活，跟歷任男友也未曾同居過，如今不能適應也是難免的，等著磨合期結束也就沒什麼了。刷著馬桶的時候她又想到自己不過是要在這裡待兩個月，到底要花多久「磨合」，她又不是專程到德國當瑪麗亞，沒聽過花錢買罪受的。

越想心裡更不是滋味，瑪麗安每次都等著克里斯提昂回來要跟他講清楚說明白，然而看到他那張正中她好球帶的臉又只是呵呵笑，當自己在跟他練習英語對話，之後仍舊不斷在收拾她覺得克里斯提昂應該要整理的東西。

這些日常的摩擦她都沒有跟姊姊克莉絲說，只在每次收好屋子了拍下粉飾太平的照片貼在臉書，還給貼文加上「充滿幹勁」的心情描述。她當然也沒有提及內心膨脹得越來越厲害的負面情緒，她在收拾好又被弄亂掉的房子裡打轉，不知道自己能怎麼辦。

剛到柏林一開始花錢不夠節制，旅程才過一半瑪麗安感覺手頭緊到不用剁，手掌就要掉地上了。既然沒錢，只能窩在住處。一直滑手機也會煩，總得找事做，她看有人光靠展示每天的早餐擺設照片紅了，覺得這也是個辦法，所以她也比照辦理起來。

一天她完成了早餐的擺設，正悉心調整拍照的角度而伏趴在桌上，背後忽然出現的聲音嚇得她手機掉在桌面，還讓杯裡的咖啡灑了出來，回頭看見前一晚就不在家的克里斯提昂穿著浴袍，笑瞇瞇地站在她正後方，視線非常曖昧，讓仍匐在桌面的瑪麗安感覺異常不舒服，而克里斯提昂仍然笑瞇瞇的。

「哦你這看起來是一人份的早餐。」

克里斯提昂這句話令瑪麗安尷尬，儘管她大可不必如此覺得，她脫口說出的卻是「對不起我不曉得你在家」，並且她一直無法辨別克里斯提昂笑容裡的東西。

「哦因為你煮的咖啡好香把我喚醒了——別在意我，好好享用你的早餐。」說完克里斯提昂就進房去了。他雖是這麼說，瑪麗安的興致與胃口已經全部消失了，取而代之的是一種被盯住的感覺堵在她胸口。她不想跟克里斯提昂處在同個空間裡，她告訴自己這樣再也不行，她得出門。

去購物中心會看到一堆觀光客血拚只讓她心煩，瑪麗安把心一橫，買了一張全日通行的車票，漫無目的在柏林閒晃。

由於完全不會德文，英文也沒有好到聽了就懂的程度，瑪麗安覺得自己現在走在路上像是被包在一個氣泡裡，世界隔絕在外，什麼都不會真的落到她心頭上；也因為如此，所以一切憑她自行判斷，反正真要發生了什麼推說自己不懂德文就好了。這樣的狀態讓她有一種堪稱自我解放的舒暢。

但是聽到臺灣口音就不一樣了——今天她看到了一個跟她年紀相仿的男人，在路上她對東方面孔都會比較敏感，下意識地多瞄了他兩眼，耳朵豎尖起來。與他同行的是外國人，他們德語英語攙雜著聊天，從他的口音瑪麗安猜測他八成也是臺灣來的。他們似乎彼此窺探，幾秒後錯身走開，什麼交集都沒有。

瑪麗安在柏林南十字站（Südkreuz）轉車，通常她不會留心周遭德文布告，這裡卻有一個告示特別引起了她的注意。布告上的照片是從監視器畫面截取下來的，從照片旁懸賞獎金的標示她理解到那是通緝犯的形象，心想柏林的治安可能也不怎麼樣，當然應該要有更多監視器保護善良市民。她抬頭數算月台上的監視器，卻看見一台竄進車站的空拍機，在軌道上方盤旋，引起一陣騷亂——此時站務臨時廣播，只說明由於技術問題車次有所延誤，顯示班車資訊的電子布告牌也停止更新，改成內容制式的跑馬燈告示；瑪麗安另外看到駐站警察走近空拍機，但是這就像驅趕鴿子一般，他們根本搆不到那空拍機，所有的舉措只是聊備一格，而空拍機的操縱者像是可以看得見他們，讓空拍機挑釁地靠近警察又馬上飛遠，一直不離開軌道範圍，癱瘓了交通。

沒有人知道空拍機的標的是什麼，而所有人的目光都離不開它，瑪麗安一開始沒有細想，覺得這是難得的情形，值得一記，轉身背對空拍機，拿起手機跟空拍機合照。等她再轉向面對空拍機，她感覺空拍機朝她飛近，在她面前逗留得特別久，彷彿凝視著她，她不由自主恐慌起來，急忙搭手扶梯離開。一直到走出車站瑪麗安被站內監視器拍到無數次，她完全無心留意這件事，空拍機鏡頭那種毫無感情的注視令她渾身不自在。真正會透過那鏡頭看見她的人是誰，她究竟被看穿到什麼地步，瑪麗安忍不住反覆地想。

瑪麗安睡得更糟了。她一再夢到被人跟蹤偷拍，照片裡已經都沒有了那個人，只剩下她孤伶伶站在畫面中，而尾隨她的視線化成一隻隻窺探他的眼睛交疊在照片上，甚至漫溢出來填滿了她夢境的視界。她醒過來，覺得那些她看不見的眼睛一直黏在空氣裡，跟著她到所有地方。

＊

克莉絲又到萬福華廈跟楊瑪俐碰面，等看房的客戶離開後，她們繼續留在楊瑪俐的房產裡閒聊，途中克莉絲又看起臉書，對楊瑪俐說：「我妹看起來在柏林混得不錯哦，你看這是她現在住的地方，從 Airbnb 上頭找的。」

楊瑪俐示意克莉絲秀給她更多照片，很快有了判斷：「屋況很不錯嘛，木頭地板，浴室還有浴缸。」

既然說上了這話題，克莉絲也跟著評估：「還有啊，房間都很大，廚房公用有洗衣機洗碗機，配備比臺北的套房奢侈多了，而且住兩個月照日租算，這樣房東超好賺的——噯瑪俐聽我說，這樣我有個主意，既然 Airbnb 這麼夯，跨國企業聽起來潮爆了，又比你現在找固定房客賺，反正花同樣工夫，要不要試試？觀光客捨得花錢，只住短期不會挑剔那麼多，要真發生糾紛房客得透過 Airbnb 申訴，Airbnb 總公司在美國，勢力大有規模，訓練了整個客服部門擋著，一切照 SOP，出了事麻煩不會直接落到你頭上，安啦。」

楊瑪俐瞟了克莉絲，撇撇嘴說：「但是這經營方式不就跟旅館一樣，只要房客 check out 就得打掃？我哪那麼閒？」

克莉絲聽得幾乎要翻白眼，「嘖」了一聲，說道：「噯你怎麼這麼傻？找個瑪麗亞來做就好啦，我有認識的報馬給你知，」克莉絲馬上調閱手機通訊錄，「來，這她手機號碼我 LINE 給你。她是菲律賓還是印尼來的我搞不清楚。她在臺灣很久了，用國語溝通沒問題，你就跟她說你是克莉絲介紹的。」

克莉絲站在四樓的樓道，發現了楊瑪俐鄰居加裝的監視器，順著她的目光楊瑪俐說她也考慮要架一臺，克莉絲因而皺了眉，說：「在出租公寓前設私人用監視器可能會有問題，我記得 Airbnb 的租屋規定有限制，為了這件事平白堵住財源不划算。不然這樣啦，你以樓管會名義給整棟大樓裝監視系統好了，Airbnb 管不到那麼寬，也不必花你自己的錢。還有——」

楊瑪俐打斷了她。

「你不要一下子講一堆，我要先把四樓之二老頭的事情搞定。」

感覺楊瑪俐態度軟化，克莉絲精明地笑了：「好吧沒關係你想想看，我先叫我妹多蒐集一些使用者經驗回報過來。」她滴滴答答迅速寫了 LINE 給瑪麗安。

瑪麗安接到姊姊的要求，其實不想照辦，因為克里斯提昂無視她的種種作為讓她覺得留在屋子裡越來越難熬——

之後克里斯提昂不預警帶了人回來過夜。瑪麗安在夜裡醒來去上廁所，聽見了曖昧充滿情欲的聲響，一開始還想裝作不在意，但是耳朵不聽使喚地豎直傾聽，發現是兩個男人在做愛。她低下頭急急走回自己的房間，心裡很不平靜。

那晚她失眠了。隔天精神委靡地走向廚房時撞見一個沒看清臉的半裸男人快步滑進克里斯提昂的房間，聯想到她一直揮不去的夢境，瑪麗安感覺相當錯亂，同時非常不快。

可是她不斷遊說自己，既是自詡作為開放自由，崇尚進步價值的新女性，碰到這種狀況她當然也能泰然處之的。她假裝不在意，心裡祈禱克里斯提昂趕快再出差，然而這樣的聲音持續了好幾夜。

熬到第三天她委實受不了了，決定跟克里斯提昂攤牌，然而事情又是那麼難以啟齒，讓她覺得光是站在克里斯提昂面前都耗盡了能量——換作是姊姊，大概在第一天晚上就已經把克里斯提昂的房門給敲破了吧。而看到克里斯提昂她還是先掛起了討人喜歡的微笑。

「哦瑪麗安，有什麼事嗎？」克里斯提昂仍然滿面春風地對她說話，瑪麗安一面想著還是算了吧，話卻出了口：「……可以請你們晚上小聲一點嗎？」

「噢。」克里斯提昂馬上意會過來，臉上的表情沒有改變，眼裡卻有點冰冷：「你會困擾的話早說嘛。」這時他的男伴也從房間走出來，巧克力膚色在克里斯提昂常穿的白色浴袍裡特別醒目，瑪麗安覺得不可逼視瞇起了眼；兩個男人親暱地吻了幾下，此時克里斯提昂復又笑得天真無害，這令瑪麗安心中更是髒話連篇，但是為了表現自己沒有偏見，她滿臉堆著足以燙平自己兩道法令紋的理解寬容恬靜莊重可比達文西所繪瑪麗亞面對天使加百列報喜的沉著神態，來掩飾自己其實是波底切利筆下驚恐的瑪麗亞。

現在連住處也塞滿粉紅泡泡，簡直無處可去，又沒有錢可以亂花紓壓，瑪麗安憋得隨時都可能爆炸。無論如何，克里斯提昂至少知會了瑪麗安耶誕節到新年期間他要回巴塞隆納，也是放過彼此，總算不想出門的話還有個地方讓她喘口氣。

時間越接近耶誕節瑪麗安就越焦慮——去年耶誕節她還沉醉在熱戀裡，今年卻只剩她形單影隻，更慘的是所有的微小絲毫她都還記得。過往的濃情蜜意而今只讓她窒息想要尖叫，她也真的尖叫過了一輪才從枕頭探出哭腫的臉。她沉浮於自己的淚水，與世界斷了聯結，也失去了時間感，等到哭不出來她終於想到查看日子。

天亮之後就是離耶誕節最近的星期日，據說叫將臨期第四主日，瑪麗安再搜尋了相關資料，發現將臨期對德國人來說挺重要的，可是瑪麗安這幾個星期除了看見德國人還有觀光客全在血拚之外，沒有察覺什麼濃厚的宗教氣息。不過既然週日還有地方可去，她決定把自己拖出去逛逛，按照自己向岳華明聲明的計畫，拜訪柏林各處耶誕市集，吃遍德國小吃，怒喝德國啤酒，暫時把百年減肥大計拋諸腦後。

她還是覺得這個聖誕假期糟透了。曾經過得多甜蜜，便顯得現在的自己有多狼狽。她幾乎不曾覺得耶誕節這麼難熬，不由得真心討厭起街上那些看起來一臉幸福的人，要不是為了拍照殺時間她才不想看到那些人，平白被他們閃。想得生氣，她去買了糖炒杏仁，一口接一口有一種報復社會的快感，吃完了不過癮，她又去另一攤買了兩包。

放開肚皮與錢包吃喝果然療癒，但是快樂的日子沒有幾天，她沒想到在德國的平安夜如此冷清，中午出門街上行人便只有平常的一半不到，下午兩點以後商家紛紛休息，應該是觀光熱景的鬧區變得空空蕩蕩，她趕在耶誕市集收攤前買了一些熟食帶回住處，跟前一天沒吃完的糖炒杏仁和超市的瓶裝熱紅酒湊起來就是她的平安夜大餐了。她一個人坐在餐桌面對這些她無法一頓吃完的食物，又哭了起來。她突然害怕克里斯提昂跑出來讓他看到自己滿臉眼淚鼻涕，那樣只會讓自己更加悲慘——幸好他這回倒是妥妥地沒有出現。而瑪麗安也不期待任何禮物或驚喜，只要平安就是萬幸——瑪麗安覺得自己這想法頗有網路金句的分量，在平安夜發表到臉書上，得到不多的讚，瑪麗安認為那是沒有配圖的緣故。

本以為還會有幾天清淨日子，但是克里斯提昂又不按先前說的時間、同樣沒有半點通知便提早回來：才十二月二十六日，瑪麗安掙扎於淺眠頻夢時恍惚聽見什麼聲響，起床就看見克里斯提昂在餐桌前喝咖啡，她連驚訝的情緒也省起來了——果然男人都不能相信，瑪麗安下了這個結論。另外克里斯提昂看起來心情很不好，屋子裡沒了那些粉紅泡泡，瑪麗安不禁懷抱一種幸災樂禍的沾沾自喜，儘管馬上又物傷其類，關進自己房裡跌入自怨自艾的感傷情緒。

時哭時笑簡直神經病，瑪麗安覺得這段一個人的日子莫名難捱，各種荒謬念頭把自己的大腦攪得天翻地覆太糟糕，她不停在心中吶喊夠了沒有，然而她怎麼都想不到後續發生的事情一再刷新了自己對匪夷所思這個詞所理解的底線。

*

十二月二十七日，瑪麗安看到朋友轉寄網路社群流傳有臺灣人死在柏林泰格爾機場的消息，問她安危，瑪麗安趕緊在臉書發了平安聲明，並且密切專注這起事件。她順著朋友轉寄的訊息擴大搜尋，看見有人轉載德國警方說法，聲稱尚無確切證據，仍然不排除恐怖攻擊的可能，另外一篇則爆卦中國大使館出面表示關切，文章底下的留言又是一片狠罵政府或者唾棄支那之聲，以及「德國人死納粹不意外」這種前因不對後果的意見。

瑪麗安對政治並無關注，她對網路上的論戰沒有想法，在柏林死了一個臺灣人的事實才是影響她情緒上的主因，而且她想到的另有其他——她更加篤信了自己已經成為目標，同時受到監視的想法。她總是催眠自己不要被這想法綁架，不料真給她抓到了鐵錚錚的證據。

瑪麗安開始檢查房屋內外，所有角落都不放過；要不是克里斯提昂把自己房間鎖了起來，她也會進去查看。她一方面祈禱自己只是多心，另一方面卻懷抱一種微妙的期待，令她心跳加速。而她注意浴室門板上的掛鉤有一個奇怪的小洞，裡面藏了一個針孔攝影機。

真的發現了證據，瑪麗安並未感到得意，反而背脊發冷，雙腿完全沒了力氣，甚至不能開口。她失去了語言的能力。她用自己的手機對著那個針孔攝影機拍照並且錄影，拿著那些證據跟克里斯提昂對質。

由於瑪麗安幾天來都避不見面，克里斯提昂看到她擺明要堵他、跟他拚命的樣子，儘管不習慣不明白，還是露出一貫的笑容，但是瑪麗安沒打算要跟他客套了——

「你竟然裝了針孔攝影機。」

克里斯提昂仍然微笑著：「你在說什麼呢？」短短一句話，他的口吻逐字變得更為冷淡。

瑪麗安覺得自己從來沒有在害怕的時候這麼嚴肅過。

她下定決心不讓自己昧於克里斯提昂是她的菜再催眠自己得過且過，也為了避免語言上表達不清楚，瑪麗安把手機遞給克里斯提昂面前，讓他看到作為證據的照片：「這是偷拍的鏡頭，就在浴室裡，你跟我一起來。」瑪麗安催促克里斯提昂到浴室，只給他看那個有問題的掛鉤，克里斯提昂一臉凝重。

「在你屋子裡找到這種東西，你打算怎麼賠償我？」瑪麗安感覺自己在發抖，沒拿手機的另一隻手像是掐著手指虎般，握住藏在褲子口袋的鑰匙，對峙的緊張讓她腦袋發脹，她覺得自己開始發暈。

「這跟我沒有關係。」克里斯提昂堅不承認，反倒比瑪麗安還嚴厲，一副他才是受害者的態度——「你說我偷拍你？我有那個需要嗎？」克里斯提昂此時的笑讓瑪麗安害怕，「你會要偷拍我還比較有可能吧？你們異女打量我們男同性戀的眼光我也是讀得懂的喲。第一次見面的時候你一直盯著我看吧，我沒說你性騷擾我就不錯了。」

聽克里斯提昂這麼說，原本瑪麗安打算若是得不到對方道歉就乾脆來大吵一架的，現在卻是什麼說辭都從腦中蒸發，什麼都無法反駁——那個讓她以為包覆著她的安全氣泡破了，反因為語言不通而投訴無門，瑪麗安突然感到萬分驚恐，失了方寸，覺得無法待在那個屋子裡，她胡亂地抓起外套，匆匆忙忙跑了出去。

六神無主地快步走了十幾分鐘，瑪麗安才意識到自己一個女人大半夜的在人煙稀少的異國街道遊蕩，突然有人從她背後街口穿越馬路，就算相隔幾十公尺她都害怕自己已經給什麼人盯上了。瑪麗安摸索外套口袋，有錢包跟手機，而護照竟然也在外套內袋裡——上一回出門為了買名牌包辦退稅，帶了護照一起出門，終究卡沒刷下去，空手而回，但是就把護照留在外套裡了，如今看來真是運氣好。但是瑪麗安立即想到自己忘了抓充電器一併帶走，要是手機沒電，她就會與世隔絕了。她瞅著手機顯示僅有的兩格蓄電量，一時不知該先向誰求援。

她又摸到外套口袋深處還有姊姊給了她的天后宮平安符，掏出來握在手中，不時低喃「求媽祖保佑」，希望有個誰能聽見她的呼救。

克莉絲早起替兒子做好早餐才叫他起床，趁他梳洗的時間把熱騰騰的飯菜裝進便當，將便當和運動服收整到袋子裡時她的手機響了。來電顯示瑪麗安。

平常瑪麗安不怎麼會打電話給克莉絲，所以克莉絲看到是她來電心裡就有了琢磨，她飛快接起電話，並打開視訊模式，看到瑪麗安不大對勁的樣子：「喂，怎樣？你那邊幾點，怎麼突然打來？」

「……晚上快十一點半。」

克莉絲本想直說怎麼這麼晚，但是她決定切入重點：「發生了什麼事？你趕快講，我要送兒子上學。」因為還要準備一些東西，克莉絲原先想把手機放在桌上，靠著擴音跟妹妹通話，但是她從螢幕看見瑪麗安還在外面，神情惴惴不安，判斷這狀況不好給其他人聽見，她將耳機插上手機，仍然拿著電話一邊做事。

收訊不是很清楚，電車進站的警示聲還讓她們通話一時中斷，不一會兒克莉絲見到瑪麗安上了車。柏林大眾交通工具的內裝對她來說相當陌生，瑪麗安拍了那麼多張照片，她其實沒有因此比較認識柏林。

克莉絲耐心聽完瑪麗安破碎顛倒的描述，先確認瑪麗安有沒有遭遇人身危險，瑪麗安回答沒有——「……反正房東是同性戀，不會對我怎樣。至於這裡治安應該還可以吧……」她驚嚇得跑出來，不敢馬上回去，也不想再待在那，想要找旅館度過這幾天，但是旅費總讓她很拮据。

「總之你是回不去原本住的地方了。這段時間旅館應該很貴吧。」克莉絲馬上講到重點，瑪麗安果然支吾起來，克莉絲反倒沒有懸念：「該花的錢還是要花，不然要真是出了什麼事誰賠得起。聽說在柏林不是才死了個臺灣人嗎，凡事小心為上。講完電話你立刻去找旅館吧，今晚就搬一搬，免得夜長夢多。你就先刷卡，回了臺灣再算——啊對了，你打外交部的急難救助專線啊，要代表處幫你安排不就得了，這正是我們需要政府的時候啊。」

看著瑪麗安仍舊猶豫不決，克莉絲突然失了耐性，語氣變得嚴厲：「要是媽知道你又出事了，一定又會說『你也不想想自己做了什麼丟臉的事，怎麼好給人探聽』。」

「……姊你別說了，我不想聽。」

透過視訊看到自己的妹妹臉色蒼白，說話時眼神一直飄忽無法與自己對視，克莉絲覺得很不忍，她嘆了一聲：「對啦我知道，那種話真夠難聽的。」

姐妹倆沉默了一陣，還是克莉絲先開口：「算了，我前幾年不容易的時候也是你幫我度過難關，我不會放你不管的，我沒錢也會替你去借的。」

「姊。」

瑪麗安一臉感動的樣子反而讓克莉絲彆扭：「好了，到時候平安回來就好了。今天已經十二月三十了，你不是幾天後的飛機，找你那個國中同學明晚一起跨年把時間殺過去吧。」

「……人家也不一定有空理我。」

這個妹妹怎麼變得跟小鬼一樣，鬧什麼彆扭呢。克莉絲幾乎想掐住瑪麗安的脖子搖晃，要她清醒一點：「問一下又無所謂，不行就另作打算。我是怕你一個人胡思亂想，再不然找個跨年晚會跟人擠一擠、蹭著取暖也行，這點事你比我懂吧。」

「……嗯。」

「好了先這樣，我家兒子要出門上學，我得伺候呢。有什麼事情再 LINE 我。」

「姊。」

「幹嘛？」

「……謝謝你。」

聽自己妹妹微弱地道謝克莉絲笑了出來：「阿花哦。旅館找好跟我說一聲。」她在妹妹切斷連線之後卻翻了一個白眼。

瑪麗安按照姊姊的建議打急難救助專線給當地的臺北代表處，然而半夜沒有人接聽，瑪麗安只能自己就近先找個旅館待下來。她詢問櫃檯有沒有提供手機充電器，得到了否定的回答，瑪麗安為了保留手機電力，不能上網殺時間。

一個人在房間裡，瑪麗安不禁回想才是幾個小時前發生的驚悚對峙。強烈的不安全感又湧上心頭，她在布置單純的單人房內地毯式搜索，疑心會不會哪裡藏有偷拍設備。最終是沒有發現什麼可疑的地方，但是瑪麗安神經仍然繃得非常緊，想睡也睡不著，硬撐到清晨八點再次打電話給代表處。這次線路通了。

接起電話的是一位自稱姓林的祕書，瑪麗安劈頭就抱怨政府的急難救助專線居然不是二十四小時可通，這樣怎麼符合國人需求——她完全忘了自己的手機隨時可能沒電。線路另一端的林祕書等她終於講到段落才開始解說，原本聽起來想要照章處理讓瑪麗安自己想辦法的樣子，但是他似乎被旁人打斷，請她在線上等候，再回到線上時換了一個人，態度比那位林祕書積極許多，儘管實際幫助並沒有比原先提及的增加，但是瑪麗安至少感覺滿意，她順便問起臺灣旅客死在泰格爾機場的事情，當作相對的關心，對方只表示無可奉告。

跟代表處的通話幾乎是在對方立起銅牆鐵壁的情況下結束的，瑪麗安感到自討沒趣，把手機甩到床上。在房間內來回踱步十幾分鐘，她總算想到自己哪壺不開提哪壺，畢竟自己跟那事件也沒有關係，不管怎樣只要她這裡沒事就好。

＊

手機已經進入低耗電模式，再不充電後果可不是說笑的。沒睡覺沒胃口是一回事，投宿有附早餐的服務可不能錯過，瑪麗安下樓好好吃了一頓旅館早餐再出門採買。不知道是不是現實的驚魂經歷填滿了她腦中所有容量，她沒有意識到她認為一直跟著她的目光，也沒有察覺旅館基於安全而在樓道與大廳設置的監視器。

接完瑪麗安的求救電話，克莉絲行事一切如常，當天晚上與楊瑪俐相約，交代彼此工作上的狀況後她平淡說起在柏林的妹妹又出了事：「所以呢，要她蒐集 Airbnb 的情報現在是沒指望了。」

「人平安比較重要。」楊瑪俐原本也沒有期盼什麼，顯得淡定，「瞧你總為你妹擦屁股，你媽都不管你妹的嗎？」

「當然管啊，只是我爸都叫我妹自己看著辦，我媽不敢跟我爸作對，表面不吭聲而已。老人家的態度不能直通通地照字面理解，可是呢我那妹妹腦袋灌水泥實在不會轉彎，還真的自己辦了，也毫不意外都搞不定。人沒用又死要面子，要是給我母知道還不把她綁回去喲。」她拿出口紅補妝，對著鏡子看見自己長得越來越像母親的臉，「眼見自己的老母跟妹妹的關係是這樣，就覺得好險我沒有生女兒。一個兒子就夠我嗆了。」

「還好你老公一舉得子，不然肯定要繼續努力做人給長輩交代的吧，就輪不到你現在站著說話不腰疼了。」

她瞄了對方一眼，皮笑肉不笑地：「對對，都是他的功勞，你這提醒我回去假如他在家要好好犒賞他——你呢，也好歹給你老公一些甜頭，否則沒可能把他押去不孕門診。男人對你還有感情而且腦袋正常的話不管你們生不生得出來多少還曉得站在你這邊，他們的媽可是絕對不會承認問題出在自己兒子身上的。」

克莉絲原本還要講下去，讓楊瑪俐制止了：「這件事我現在不想討論，回到你妹身上吧——總之你妹還有一個你可以靠。」

「沒有喲，沒有要給她靠哦。」一向嘻嘻哈哈的克莉絲臉皺起來，鼻子變得短短的：「以前替我妹說話被我母嫌得要死，搞得我自己一身腥；至於跟我妹就事論事，要她不要太把我母放心上，我妹反而說我冷酷無情，不了解媽媽苦心，你看我有多倒楣。依我深自痛省，悟到了一件事：儘管她們相看不順眼，那說到底是因為她們是同一種人，互相需要互相剝削，如膠似漆相濡以沫，誰少了對方都不行的。彼此搞得不痛快誰先不理誰很難說啦，但是哪個人都不先低頭，倒楣的就是我——什麼『你去跟你妹講』、『你去跟媽講』，煩到死幾百次都不夠，所以後來我通通放空她們了。」

「我真是不懂，為什麼她們要把日子弄得那麼難過，這樣她們也一點都不開心不是嗎。」

「你真的是不懂，要不是這樣她們怎麼能滿足『自己世上最可憐』的被害者心態？」

「……」

「但是她們會解讀成自己好可憐，也表現得自己好可憐，讓其他人心生不忍，不去究竟事情的原委，某種程度不就達到她們掩蓋真相、推卸責任的目的了嗎？」

楊瑪俐彷彿有所感慨，不知道她同理到哪一方，應和說道：「有夠會演的。」

「一定要演啊，不然怎麼繼續騙下去。何況臺灣人不就特別愛這種口味，她們清楚得很，才不是剛好而已。所以要呢陪她們演一輩子，不然就把她們寫的劇本丟了吧，用盡吃奶力氣去演那種劇本也不會得到最佳女主角獎的。而且她們根本不在乎你。她們在乎的是你是她的女兒、姊妹，要你到死都不准忘記這件事，為她的需求服務。所以我才覺得好險我沒有女兒。」一連珠砲說完這段的克莉絲停頓下來，高漲的情緒似乎需要平復，在酒杯和水杯之間選擇了後者。

她一口氣喝完一杯水，再緩了幾秒，又是那玲瓏剔透的語調：「我們哦，絕對不要像她們那樣，不好的模式就快快捨棄掉，早日看破，輕鬆自在，一舉搭上直達車通往西方極樂世界。」克莉絲講得高妙，聽著的楊瑪俐卻滿臉嫌棄：「你這口吻簡直跟傳教一樣，而且還是那種怪力亂神的邪教。」

「當然啊，我是在傳看破教。一個人活得好好的，只有想不開才前仆後繼想結婚，把單純的事情攪和一氣，發現了卻因為生了小孩，走不掉了。」

「你這就是在說你自己吧。」

克莉絲大笑起來：「既然說是傳教了，一定要講究現身說法啊，這樣才顯示俗人愚婦如我也是懂得幡然醒悟、回頭是岸啊。對於像你這種一心向子的人我不勉強啦，我只是自證我道。」

楊瑪俐哼一聲：「我的事情免你操煩——話說回來，你不已經半放生你老公跟他媽了，還是走不掉嗎？」

克莉絲笑得深有覺悟，顯得慈悲：「再怎麼樣我也還是一個孩子的媽，退八百步想，在他成年前我沒法丟下他，他若先不要我則是另一回事——但是作為我的兒子，我相信他不會那麼笨。」

楊瑪俐笑了出來：「這句話聽來很有把握。」

「當然，我克莉絲什麼人。」克莉絲招手向侍者再點了酒，對楊瑪俐說：「今天感謝你聽我倒垃圾，這頓讓我請你。」

「哎呀哪裡是垃圾呢，承蒙金玉良言，謝上師開示～～」楊瑪俐捧起酒杯向克莉絲敬酒：「上師今天竟然降尊紆貴，跟我這俗人愚婦站到同塊舢舨上，慈航普渡，我真是榮幸惶恐～～」

「屁，聽你天主教徒假惺惺，到底要不要跟我去天后宮？」

*

手機充電器買到了令瑪麗安稍微鬆口氣，但是要回克里斯提昂那裡取回行李仍然給她很大壓力。事已至此，瑪麗安想到能夠求助的當地人只有岳華明。瑪麗安沒有細想，連電子郵件都不寫了，直接打電話給岳華明，她原以為岳華明不會接她電話，聽著撥號信號時一邊盤算該怎麼留言，意外地岳華明接了電話。瑪麗安對她說自己住宿出了問題，情況緊急，想要請她幫忙，而又怕被岳華明拒絕，她沒有坦白自己租的是 Airbnb 仲介的公寓。再次意外地，岳華明明快地答應她當天可以見面。

這回瑪麗安提早到了她們初次碰面的咖啡館，見到岳華明一如以往淡漠的臉竟然都覺得親切，她心中油然湧起一股委屈，再也無法忍耐地向岳華明傾訴了近來發生的事情，激動的時候聲淚俱下，她也管不了那麼多了，而岳華明竟是通通聽了進去。等瑪麗安的發洩告一段落，岳華明如常口吻冷靜地說：「……所以我說過，不要找 Airbnb。」

儘管岳華明聽來事不關己、隱含指責她不聽忠告的結論有點討厭，瑪麗安此時也不好嘴硬，只乾乾笑了兩聲，好在岳華明沒有窮追猛打責備她，反倒給了她一些建議。瑪麗安實在不喜歡岳華明，但是她不得不承認在內心脆弱的時候有個語言相通的人作伴是很有安慰效果的。瑪麗安在心底還是小小地感謝了岳華明。另外，因為應該她們並不喜歡彼此，說起話來不必考慮取悅對方，反而非常自在。這次見面瑪麗安甚至覺得岳華明其實是個好人，她幾乎想無視岳華明的意願拍一張她的照片，並且替她寫一篇人物側寫了。

情緒終於緩和下來，瑪麗安把鼻水擤乾淨，大吐一口氣：「柏林真的不是一個讓人能夠輕易待下來的地方。」

「它一直都不是。」岳華明垂下眼睫，本來想再加一句「而且越來越難了」，但是她止住了。

「我現在就受夠了，還好我就要回臺灣去了——岳華明我問你，」瑪麗安仍然帶著鼻音說道：「你就一個人在這裡，看樣子還會繼續在這裡，難道你不會擔心以後孤伶伶地死去嗎？」

岳華明對上她的眼睛，是她們幾度見面以來第一次眼神毫無閃避地相接，她無法解讀那是什麼表情。岳華明沒有回答她的問題，而這麼說道：「你臉書上寫要放飛自我從新開始，到柏林挺不錯的，然而那個不錯只有你自己才曉得。」

被岳華明這麼一堵，瑪麗安又感到無比委屈：「……你們柏林人都這麼冷漠嗎？」她的問題讓岳華明沉思起來。

岳華明認為瑪麗安不是腦袋不好，然而思考迴路實在讓她不想恭維——一字一句都充滿了她當初覺得難以忍耐而離開的那種氣氛。

對於她自己而言——不，對每一個人而言，姑且黏糊糊地概稱我們，我們大多時候都沒有預料到要去承接另一個人的生命，但是他們就這麼掉到手上了。有時候是因為良知與悲憫，也有很現實的算計，甚至內心的軟弱，於是我們承接了下來。然而沒有足夠的堅強，或者單純運氣不好，掉落的就變成是我們了。然而，就是這個然而，我們也會有承擔不下去的時候，那麼我們能夠怎麼辦呢。為了成全一個在他人眼中的美名，值得我們捨棄自己的人生嗎。

我們真的能夠遮斷那樣的眼光嗎。岳華明這麼自我詰問著。

「我要是真的冷漠你現在不會看到我。」她只是這麼回應了瑪麗安。

一往直前的感情往往充滿太多預設和自我催眠，本質上卻很可能是虛假的。虛假的東西無法給人滋養，再也無以為繼的時候我們只能斷開連結，轉身離開。那也不是頓悟看破如此超越的覺醒，不過是斷尾求生罷了。到頭來，無論聲稱多麼厭世，我們還是受到生存本能的驅使，死皮賴臉地活下去。

到最後，我們能做的只是看明白這一切，決定自己要往哪裡走，無論神明是否照看眷顧我們——不，這已經是神明對我們最大的眷顧。

＊

瑪麗安回去克里斯提昂的公寓時屋裡沒有人，瑪麗安覺得好險。她趕緊收拾了東西，把行李搬到旅館房間，心怦怦跳地坐在床邊，不知道自己身在何處。腦袋全空的瑪麗安這時發現自己的手機壞了。對3C產品只會用、其餘一竅不通的她只能跟怎麼都無法開機的手機大眼瞪小眼。這讓瑪麗安覺得自己被完全隔絕了，宛若面臨世界末日，媽祖或者觀音菩薩管不到這麼遠，而耶穌基督或者聖母瑪麗亞都不垂憐。瑪麗安想要發文發洩，再次意識到手機真的壞了。

能夠拯救她的只有錢。

她總是一直低頭，把自己塞在手機的世界裡，手機壞了她終於只能看向其他事物。她發現今天柏林的天氣竟然很好。她又來到奧柏鮑姆橋，並且想起《蘿拉快跑》。瑪麗安踅著，加快腳步，奔跑起來。

紅髮蘿拉一直在跑。她一直在跑的時候在想什麼呢。

她一直在跑。

＊

克莉絲又在接電話，通話對方説著：「這次要處理的房子是獨居老人住的哦，聽説也是堆了一堆垃圾在家裡，臭得要死，清理是大工程。以後這種案子只會越來越多，我們得有心理準備。」

「這個我們真是頗有深意。」克莉絲回應著，一邊聳起右肩，把手機夾在腮幫子下頭，問道：「欸，假如我以後比你早死，你會怕自己孤獨地死去嗎？」

對方不置可否：「每一個人都是孤獨死去的。」

克莉絲笑了：「確實是這樣沒錯，聽你哲學大論讓人好超脱，你若是沒有你媽就完美了。她應該既驕傲又痛恨你不是個廢物，不能真的一直把你拴在身邊，天天怕被你遺棄。」

「……你不要總是這麼説話。」

「我不像你有學問啊，而你提到的大智慧大概只能應用在有覺悟的人身上吧，看不開的人應該覺得你站著説話不腰疼，嫉妒你命好呢。」

「畢竟那只能看人在生死交關之際能不能開悟了，每一個人必然有走進死巷、覺得活不下去的時刻的。」

在沒頂於泥沼之前，上天是否垂憐。

「——在那種時候反而不要救他們才是對他們好。」

「我們都要這麼好好告誡自己。」

將我前途照亮

他人即地獄。

——沙特，《無路可出》

＊

『不管是誰剛到這裡，都會愛上這裡的。這個這裡究竟是哪裡其實並不重要，一切只是因為陌生、新鮮，讓人不由自主心存幻想。但是，這不過是熱戀的一時陶醉，現實一到你面前來你不馬上醒了嗎。比方說，你什麼時候會找到房子呢。』

『而且你會醒很久，醒到沒有辦法自己睡著。』

『事情就是這樣了——歡迎來到德國。』

他又從迴盪這段對話的夢醒來，無法細想，掙扎著再去看下一間房子，在每一間他希望會是自己未來的家的屋子裡他總是不自覺面對窗戶，從玻璃的反射不斷地看見自己的臉。

＊

李克明從同樣來找房子的人群中擠出一條小徑，想要打開落地窗站到待租公寓的陽臺，開窗時他特別看著反映在玻璃上模模糊糊的自己。站在陽臺上他一時透不過氣，並由於溫差接連打了好幾個噴嚏。他穿得單薄，打顫起來，很想抽菸。他順勢往下眺，看見樓下還有數十個人等著要上樓看房子，油生一股衝動，覺得自己乾脆跳下去算了。

在這一週之內他已經現場勘察了五六間房子，在網路上看的房產條目更是以倍數計毋須多提，重複刷到的資料跟廣告他都可以背了，而這只是他兩個月來找房長征的日常。隨著時間和存款毫無慈悲地倒數，他意識自己目前面對的種種淨是不可能的任務，內心不免相當動搖。

下一波來看房的人進來了，再次填滿了起居室跟廚房，自己在玻璃上的倒影跟屋裡的人混淆一氣，接著只剩下那些人的形體。出不去了，他乾脆繼續待在陽臺，發現零星冰涼的觸感貼到臉龐，原來下起了雪。距離聖誕節已經只剩兩個星期了。

甫來到柏林的時候他記得很清楚，自己是如此渴望一個光明燦爛的未來——他還在臺北時也是這麼想的。然而在臺北的生活沒有給他心中擘劃的那一切，拖磨了好多年，仍然如一灘死水，所謂的故鄉也不具有給他回去的理由，所以他想要徹底離開這座島，出國闖一闖。

自己的心態是不是被島上大環境惶惶的氣氛影響了呢，多少有吧，好些時候李克明也不是非常肯定，但是他都會告訴自己他的選擇會是正確的，為了明亮的前途，遭遇陣痛、面臨犧牲都是在所難免的。

他的同學不少是國中畢業後就當了小留學生，或者像是高中學長在臺灣念完大學當過兵後去美國進修，學業完成找到當地工作便定居下來。看著他們，李克明心裡不免對海外生活抱有一份憧憬，風聞相關的消息總是豎直了耳朵。

出國這個主意在心裡扎了根，是幾年前他跟一位大學高他幾屆、特別照顧他的社團學長見面的事情。他們已經好些年沒見，再會時那位學長已經辦好移民手續，回臺處理剩餘的待辦事務，與李克明相約是臨行前特別擠出時間來的。當時還是社會新鮮人的李克明聽著學長說「時機歹歹，移民要趁早啊，遲了連隊都排不上。」

學長那句話釘在李克明的腦袋，彷彿不快點跟上隊伍就輸了一樣，那種莫名的求勝心激化了他的意志，對自己說決計不回頭。為了讓一切看來合理，所以他的前路必須光明，不然此刻的決絕簡直毫無重量，僅僅像是一個幼稚的賭氣而已。

然而想要離開也不是那麼容易的，要是不做好功課，除了日後辛苦麻煩，還不免會給人一種盲目莽撞的觀感，他不喜歡那種遭人指點的感覺，而且特別討厭別人蔑稱海外工作的人「臺勞」。為了顯示他對自己的人生有規劃並且一步一腳印，不是漫天構築空中樓閣，李克明勤勤懇懇熬了幾年賣肝的日子，累積一點資歷，存一小筆錢；本想行有餘力再蒐集出國的資訊，然而工作時常讓他連睡覺的時間都沒有，終究是把身體弄壞了只得停下來。他辦了留職停薪，開始準備出國的事情。

家裡的長輩揶揄他「你幹嘛凡事聽你那學長的？什麼都學長說學長說，他是你的誰？」他根本沒去思索那兩個問題的核心，只覺得沒必要跟他們多說，自顧自繼續他的出國計畫。

儘管他很尊敬他那位移民美國的學長，確定將離開的念頭付諸實行的這段期間也一直向學長請教許多事情，但是最後李克明並沒有跟隨學長的腳步，而是選擇了歐洲，要去柏林。大學選修德文時他看了《慾望之翼》，那黑白片中的斑駁柏林莫名讓他難忘，另外他覺得既然學過了德文，荒廢掉有點可惜。再者他讀過許多報導，宣稱柏林藝文發展蓬勃，氣氛開放自由，做建築的他若是轉做設計總該有施展拳腳的地方。想著，李克明仍然認為自己的選擇必定不會有錯。

只是他錯過了申請打工度假的年齡限制，貿然整個搬去又沒個底，心想無論如何先去探個路。臺灣去歐盟申根國家雖享有免簽證待遇，但是時限無法延長，也不能轉簽證類型，李克明因而試著以學習語言為名義，真的去報了一期語言學校，將繳費證明附在學生簽證申請書中，面試時卻被簽證官質疑「超過三十歲了還讀什麼語言學校」，不由分說駁回了他的申請。終究他還是回到用觀光簽入境的方式，看看能不能找到可以給他工作簽證的公司，接著待下來。然而就算事情真能這麼順利，以觀光事由入境是無法在德國當地申請工作簽證的，非得回臺灣申請不可，李克明不認為自己敢犯非法居留的險，原先的計畫便修正成以找到工作和房子為目標，回來再申請工作簽證，日後俟機辦理移民。

行前諸事瑣碎，他總算敲定了行程，還可以在德國領略耶誕假期的滋味。想到自己總算要第一次踏上歐洲，李克明終歸是很期待的。

*

李克明在阿姆斯特丹轉機，轉機間隔一小時五十五分。他原以為時間很充裕，所以慢條斯理的，然而查驗護照的關防前面圍了一圈圈的人，等了好久隊伍移動的距離還沒有一公尺。眼看自己時間不夠，李克明不得已推搡前方低頭滑手機的人，顧不得禮貌或者修養什麼的，只求超前先行通關，推著擠著倒還給他殺出一條路，只是輪到他接受證件查驗時警察要求他出示返程機票，他反而一時找不著，自己耽誤了行程。警察翻看他的護照時低聲念了他夾在中文姓名之間的「克里斯」，多看了他一眼。

通關之後還要安檢，幾臺X光機前滿滿的人，這時他就難以插隊了，杵在隊伍中不時查看手機顯示時間，這時已聽見通報他姓名的最後通牒。安檢完李克明外套都不及穿好，抓著隨身物品便狂奔衝去登機門。十一月天也跑得他滿身大汗，好歹是趕上了。在機艙口他突然分不清左右，空服員對他說話他也反應不過來，張望了幾眼才找到自己的位置。坐進座位扣上安全帶他終於逐漸冷靜下來，認為有驚無險是個好預兆。放鬆下來就想睡覺，醒來，就是柏林等著他了。

柏林泰格爾機場的建築充滿一股仍然停留在二十世紀中葉的氣息，裡頭裝潢翻新過的商店反倒是有一種想要迎頭趕上時代的感覺，不過兩者都沒有讓李克明興起駐足的想法，來往的旅客也沒入他的眼，他想的只有要趕快投身新城市，展開新生活。但是打開手機映入眼內的訊息馬上給他的新生活投下變數。

原本他找了臺灣留學生短租公寓，對方卻在他啟程當天臨時變卦，在阿姆斯特丹史基浦機場的時候這封通知還沒寄到，他到了柏林泰格爾機場才發現對方信件。於是他窩在機場的一個角落上網查資料，網路訊號卻不穩定，網頁跑得老久他才姑且找到一間位在柏林東邊新市鎮的青年旅社落腳。本想玩個一兩個星期再開始辦正事，住宿的開支增加也不能這麼隨興了，而且他發現自己不如想像地隨遇而安。

青年旅社比自己預想的來得吵鬧，為了省錢他住的是六人床位的房間，不料碰到不知道是來自哪國的青少年半夜冶遊回來，喝茫了，為了找自己的鋪位，拿手機照明直直照向熟睡的他，他驚醒過來，睜眼發現有三四個年輕人站在他床邊，他們說著他聽不懂的語言，嬉笑的時候吐出的氣息混著酒臭制汗劑還有菸與大麻的餘味，而他們的眼神讓他害怕。什麼事都沒有發生。年輕人根本沒意識他，搭著彼此的肩膀走出寢室。聽著他們的腳步聲遠去，李克明的睡意已經完全消失了。隔天他想直接換到別家青年旅社，然而預付的住宿費將被沒收，為了錢李克明吞下了不知道在夜裡自己會發生什麼事情的恐懼，接下來都沒睡安穩過。

讓他不得不搬走的因素終究還是財物損失。有天李克明的儲物櫃竟是虛掩著，清點之下他發現不見了一雙鞋子，李克明自覺好險他總是隨身攜帶重要物品，錢包證件和手機還在。他去青年旅社櫃檯表示自己丟了東西，聽完他的投訴，青年旅社的人僅僅表示財物保管是個人責任，他們愛莫能助，也沒有要幫他報警的意思。李克明吞不下這件事，於是他換去另一家位於火車總站附近、評價好得多的青年旅社。要是再不行，那就只能去住比較貴的 Airbnb。李克明這麼想著，感覺內心跟錢包一樣揪了起來。

在後來的這間青年旅社他認識了一對年輕義大利情侶，名字是克里斯提昂和瑪麗亞。一開始自我介紹的時候克里斯提昂對李克明說「你好我叫克里斯」，李克明不禁稍許尷尬，對他說他也是叫克里斯，克里斯提昂才對他說他正式的名字是克里斯提昂，若是怕搞混就還是稱他克里斯提昂吧——「不過，」克里斯提昂問李克明：「臺灣人也會有基督教的名字？我原以為你們比較多佛教徒。」李克明想及當初英文名字只是自己覺得好聽選的，未曾細想，現在也不好解釋，含糊地交代過去。

落腳的事情儘管旁生枝節，終是暫告段落，李克明才有心關注其他的事情，此刻察覺語言班的開課時間也就到了。

一開始為了申請簽證而報名的語言班他沒有退掉。因為他認為倘若真要在德國生活，沒有德語基礎應付日常需要興許是行不通的。儘管他在大學時代上了四個學期的德文課，只是時數不多，加上他那時還沒有要來德國的想法，沒有很用心，成效有限，畢業後他學到的德文也全沒派上用場，口語溝通簡直登不了檯面。估量了自己的語言實力，所以他還是保留了那期德語課。

語言學校位在柏林西南的維爾默斯多夫，李克明得搭乘橫越柏林的幹線列車去上課。第一次經過火車總站時他還特地下車見識這座幾年前才啟用的新車站，半圓形玻璃屋頂非常氣派，多層建築看起來也很豪華，後來趕時間的時候老在車站裡迷路，反而認為月台分那麼多樓層只會搞混。他上課要坐的列車月台在車站最上層，火車駛出車站後視野相當寬闊，放眼所及卻幾乎淨是工地，穿越包圍火車站的工地時不免讓他想起總是在挖路蓋房子的臺北。沒想到柏林也是處處挖路蓋房子。

相較火車總站周邊大興土木亂糟糟的樣子，語言學校附近又給他回到上世紀的錯覺，不僅是建物風格，行人的穿著與神情也像是從時光之流沉澱下來的陳年遺跡，店面光鮮亮麗的新式招牌從時間的擱淺處，拖著跟前不了的那一切，像是手腳擺不對位置地投向當下與未來。李克明直覺這不會是他想要住下來的區域。

語言學校在安靜的街區民宅一樓，格局不像李克明印象中的學校，他在行政辦公室完成報到後依指示先做了語言程度測驗，接著被分發到符合他程度的班級去。其他人都已就座，而那一班的老師跟他年紀差不多，若不是她出聲招呼他，李克明無法分辨出她就是老師。

老師介紹自己是主修德國文學的博士生，李克明感覺她似乎沒有修教育課程，只是按著教材照本宣科，平板的語調也洩漏她不像有教學熱忱的樣子，她幾乎可稱無聊的教學讓他都為她難受。李克明在抄筆記的時候心想不喜歡自己工作的人到處都是，某種程度他很能同感她的處境，但是這不會改變他覺得課程乏味的結論。

短暫的課間休息時間倒是有趣多了，學生們會聚在小小的交流廳，端著自動販賣機的咖啡聊天。儘管大家都想練習德語，然而各自的德語程度相差太多實在無法溝通，後來所有人決定放過彼此，改用英語交談。

從漫天的交流之中他得知高級班有一個從俄羅斯來的年輕女孩，又是叫瑪麗亞。她之前已來過柏林，德語相對其他人來得嫻熟，但是她與其他人總保持一段距離，時常只專心在自己的手機上。李克明對這個瑪麗亞印象最深刻的是每到下課時分，她總在圖書室外的走廊，利用學校的公用無線網路與俄羅斯的家人視訊。李克明對俄語一無所知，單單語調令他感覺十分微妙。那是一個遙遠國度的語言，然而以當下的所在來衡量距離，臺灣則是在更遠的彼方了，一念及此他竟有些恍然。

李克明原以為自己不會跟這個瑪麗亞有交集，直到一天她過來跟他搭訕。

原來是先前李克明跟他人聊天時提到自己以前念的是建築，但是想要轉行，引起了瑪麗亞的興趣。他們聊起來似乎頗為投緣——大多是李克明聽她講。瑪麗亞提到自己在聖彼得堡念建築系第一學年時到柏林修學旅行，對柏林的藝術氛圍大為傾心，決定有朝一日要到這裡做藝術，闖出一條路。這個心願擱了快十年，離願望成真只差一步了——現在她一邊打工，準備藝術學院在隔年一月的入學考試，現在還跟朋友共同籌措一場聯展，一切看起來都如她所想。她眼中的篤定讓李克明有點心虛。

後來他也曉得了瑪麗亞在俄羅斯有一個五歲的兒子，不過是其他同學告訴他的。難怪有時候他會在瑪麗亞視訊時聽到小男孩的聲音。李克明揣想著比自己年輕幾歲、還不滿三十的瑪麗亞的處境。她真的要帶著兒子在柏林展開新生活嗎。

自己是隻身來此，李克明為自己新生活的設想就單純多了：找到住的地方，找到工作，申請到簽證，賺錢，繳稅，找個人穩定下來，是不是要拿永久居留或換國籍都再說，還沒想到那麼遠。無論如何，他總將自己的未來描畫得比他現有的生活光明美好，他告訴自己要這麼相信，那一天就會來。

然而無論他曾經為自己新生活的想像做過多少準備功課，他想得實在是太簡單了，光是瀏覽租屋網站的房價和條件以及租客論壇分享的找房經驗，李克明不禁懷疑自己之前接受資訊的真偽——臺灣媒體只要一提到德國，都聲稱德國是租屋客天堂，注重居住正義，這些側重正面的報導使他缺乏危機意識，沒料到自己查到的資料與現實差距原來大得驚人，在他光明燦爛的未來之前硬生生立了一塊鐵板，這幾個星期試著看了的房子通通不是自己能夠下手的目標。

找房子沒有進展的事實始終不停敲打他的神經，儘管語言課轉移了李克明一部分的注意力，可是他沒有心思做作業，跟人往來他也不放在心上，一逕滑手機查看租屋網站，好似一切淨由他選，但是他又下不了決定，後來變得只在閒逛各種網頁，各種進度都擱淺在原地。

手機螢幕盯得久了，令李克明的眼睛非常酸澀，但他只是揉揉雙眼，繼續在網路上看些不要緊的東西。

掛網忘了時間，李克明感到胃痛了才警覺自己該去覓食。他去超市逛了一圈，缺乏靈感腸胃空虛，飢餓以及胃部抽搐的疼痛讓他只想隨便找個什麼趕快塞進肚裡，他懶得再思索，轉去土耳其的熟食攤買了烤雞。

天氣冷烤雞也涼得快，李克明一口氣吃不完整隻，甚至覺得膩，明明基於這攤好吃才固定買同一家，今天卻覺得踩到了地雷。李克明瞪著被他拆得亂七八糟的雞肉。

大抵因為連續吃了一個星期，膩了，而且跟臺灣的小吃相較起來，這裡外食的性價比實在太低，天天吃外面只會加速破產，真的不是活下來的辦法。青年旅社無法炊煮，他也忍耐不了老是吃麵包冷食，尤其自己先前就因工作搞壞了腸胃，無法隨隨便便吃。李克明百無聊賴地撥弄雞肉，體驗到人在國外，拖延跟心存僥倖就是跟自己的生存過不去。他告訴自己這餐過後就要認真積極找房子。正將吃不完的烤雞打包起來時看到克里斯提昂和瑪麗亞走進交誼廳，李克明暗叫一聲不好。

這對義大利情侶住在這裡已有半年，一直沒有找到房子。他們的狀況令李克明警惕，而他總是告訴自己應該不會也是如此。起初他們時常在公共區域相遇，知道李克明也在找房子，克里斯提昂和瑪麗亞總會關心他的進度，給他一些建議；而正是因為同樣在找房子，李克明對他們懷抱一種微妙的競爭心態，不是很願意向他們透露太多，可是他們每次對待他都無比親切，那飽滿的人情味都會讓他想起他離開的臺灣，情感上非常複雜，選擇了迴避他們，而這趟躲不掉了。

這對情侶一如既往先跟李克明打招呼，李克明回問他們吃飽了沒有，他們說晚一點才要跟朋友碰面聚餐，並在李克明一旁落座，瑪麗亞問他晚餐好吃嗎。可能是這次的烤雞不得已意，經過曲曲折折的想像後讓李克明莫名想家，覺得需要向別人抒發思鄉之情，也不管自己對他們心有隔閡，從這隻烤雞讓他失望說起，對他們描述臺灣種種，尤其食物是多麼多元美味，講著講著自己饞得不得了，他相信也是老饕的義大利人必能感同身受。

確實如李克明所想，瑪麗亞和克里斯提昂聽到他描述的美食都很感興趣，看見他展示給他們的照片影像更是嘖嘖稱奇，接著他們問他：「既然臺灣那麼好，你所住的城市又如此繁榮便利，你對它也很有感情，為什麼你要離開呢？」

被這麼一問，李克明突然懵了，一時之間他不知道該從何說起。克里斯提昂倒是若有所思，望向瑪麗亞：「如果我們的家鄉像臺北一樣，我一定不會離開的。」

「……那麼你們是為什麼離開的呢？」

「我們家鄉是個小山村，全村只有一家雜貨店，此外什麼都沒有。對年輕人而言沒有未來，能走的都走了。」克里斯提昂說得很淡，「我們聽住在柏林好些年的朋友說柏林的生活還可以，一年前我們下定決心，變賣了所有家當，弄了一輛廂型車一路開來柏林。誰曉得現在的房租早已經不是我們朋友當年上來的價錢，而且金融海嘯後太多人湧進柏林，根本沒有那麼多房屋，我們實在找不著房子，只好姑且住在廂型車裡。但這也不是長久之計，沒有合法給廂型車的停車位就是到處被趕，警察也過來盤查，沒辦法安心住著，後來還是把廂型車賣了。」

瑪麗亞接著說道：「我打工地點的老闆說她辦公室有空房間可以便宜租給我們。那房間很窄，跟這裡的單人房大小相仿，卻要塞兩個成年人以及所有行李……我們告訴自己那只是暫時住所，忍耐一陣就好。可是那既然是在老闆的辦公室，什麼事情都在她眼底，而且她規矩實在太多，不時干涉我們的生活，還要我們連她的環境一併清理，真的受不了，終究只能搬出來，就到了這裡。再怎麼樣，都已經沒有退路了……」

李克明聽著，心底有什麼一直往下沉，卻沒有將這感受化為言語，意味不明地「唔」了一聲，眼光游移著，注意到電視的畫面——交誼廳的電視總是開著的，設了靜音只有畫面在跑，看的人不多，在交誼廳的人若不是在玩撞球，就是戴著耳機滑自己的手機。李克明一般也是如此的——他發現電視新聞正在報導柏林租屋市場現狀，不自覺盯住螢幕的影像，沒再仔細聽義大利情侶說話。他們也察覺到李克明的反應，一起注視新聞播報的內容。

一名租客代表嘴巴快速開合，幾乎講了一分鐘，李克明從螢幕上的關鍵字和畫面拼湊前後脈絡，仍然不真的明白那段新聞所指為何。這時克里斯提昂站了起來，對李克明說他們先告辭了，李克明心不在焉地跟他們道別，眼睛仍黏在電視畫面。

接下來的新聞則是在播報亞歷山大廣場路橋底下遊民遭柏林警方強制驅離的消息。他看見警察包圍一名裹著大外套、坐著的遊民，用一個白色袋子套住他的頭，遊民都沒有掙扎，最後任警察將他塞進警車帶走。因為電視沒有聲音，李克明看到的一切像一段劇情破碎的默片，但是那影像令他十分震驚。

接連幾天他夢見相仿的場景，遊民從警車踉蹌而出，頭上的袋子給摘了下來，露出的是自己的臉。

偶爾他還會夢見臺北的便利商店，彷彿是他最熟悉的街角那間，半夜時分便利商店的日光燈照明總顯得特別亮，捱著那光亮的有剛下班的男女或者發現家裡沒有宵夜穿著塌垮家居服就跑出來的人。或者像他，熬夜趕正職之外接的案子，本來是因為自己感興趣才接的，卻覺得自己做的東西都是狗屎，好不容易克服心理障礙交稿了，卻遭編輯放空處理，催促再三結果稿子沒上，酬勞給人擺爛跳票，沒錢到只能吃泡麵。李克明醒來還記得夢境裡重演了這些糟心事，感覺特別窩囊，同時想到現在也是憋著堵著，卻不想去青年旅社外的雜貨店透氣，打開手機在租屋網站上遊蕩。

由於先前被留學生放了鴿子，李克明不想再從同學會社團那裡打聽租屋訊息，他在租屋網上聯絡了幾個分租公寓的二房東，但是都遇上已有他人捷足先登，有一間甚至是看屋當天通知他不必去了，讓他覺得很沒意思。況且過了一定年紀，加上出外工作之後一直是一個人住，李克明其實不想跟人合住，仔細聆聽自己心聲之後決定轉為尋找單人公寓，難度不意外更高了：單人公寓一向供不應求，偶爾看到的臨時釋出的物件往往超出他的預算，觀望著企盼著，他總算找到一個負擔得起的標的，記下了看房子的時間。

當天他提早十五分鐘抵達仲介在廣告上說定的會合地點，那是在一個一九六〇年代興建的集合住宅的中庭，已經有幾十個人等在那裡，況且還持續增加。李克明感覺自己的太陽穴都緊繃了，他晃去街角路燈下抽菸，安撫內心的動搖。

仲介準時出現那刻中庭已聚集了上百人，得要分批前去看屋。他留在大樓門口，讓大部分的人先坐電梯上去，趁機觀察組成分子是什麼樣的人。李克明依他們的互動粗略點數可能有幾批人馬，少說還是有二十八組人，而其中許多是一大家子五六個人一起來的——明明要出租的不過是小坪數的兩房公寓。

等他終於來到要出租的單位，屋內仍然塞滿了人，他勉強卡了進去，連轉身的餘地都沒有。透過人跟人之間的縫隙他看見這屋子的格局，正符合他的需求，他心裡不免泛起該怎麼裝潢擺設、自己將可以如何於此居住的種種圖景，然而他的想像馬上被遭人狠踩一腳的疼痛打斷了。

已經習慣這份擁擠的仲介這時站在落地窗與牆面的接角，接連請求群眾注意她的發言，她表示現在要開始發放申請租屋須知與相關注意事項。

由於來看屋的人太多，每組人限拿一份，但是索取的人還是超出仲介準備的文件份數，李克明運氣好拿到了最後一份。李克明瀏覽文件中列舉的申請租屋所需遞交資料，好一些他不曉得那是什麼，然而光就他看得懂的他也明白了以目前自身的條件與這樣的房子絕對無緣，內在的動搖再也藏不住，將文件緊緊捲成一個小筒握在手裡。明明由於三不五時有人打開落地窗進入陽臺，冷風灌進來加上沒有暖氣以致室溫始終偏低，李克明卻感到自己的手心與頸背都是潮溼的。

一個男人擠著他走向陽臺，讓李克明轉而側對著落地窗，瞥見自己的倒影就在眼前，他突然覺得一切都靠得太近，他趕緊順著一波離開屋子的人潮走去另一個房間，心不在焉地東張西望。

一對看起來是土耳其裔的父母在李克明背後與他們的女兒以德語低聲談論著這間屋子是否適合，他以眼角餘光望向他們，那女兒一臉青春生嫩，實際要租屋的應該是她，約莫是要第一次離家念書的大學生，年輕得理直氣壯，還有父母的羽翼可以依靠，看著那一家人，李克明猛地不明白自己怎麼也在那裡呢。

走出參觀的房屋，李克明沒有逗留便往地鐵站前進，瞥見在鐵橋下以紙箱為家的流浪漢，穿得變成灰色的褲管與不合腳的球鞋從溼了又乾了起波浪的紙板下伸出來。他其實看清楚他了，並非無動於衷，於是別過頭去，快步走過他。

他又想起那些討厭的夢。這是一個表面安穩，然而一不小心便隨時會落難的年代。他不禁膽駭。臺北也是這樣的嗎，他突然想不起來了。

*

在臺北街頭，一名年輕女子在給電線桿上的租屋廣告拍照，給經過的中年女人看見，後者搭訕女子是不是在找房子，得到肯定的回覆，女人笑對女子說這還真巧，她正好有管道，說不定她可以給她一些有用資訊。女人熱絡地邀年輕女子一起喝咖啡，不顧年輕女子有禮的推辭，用自己的行動催促對方跟她一起走。往咖啡館的路上女人一直喋喋數算臺北市的房價跟租屋市場的情形，感歎現在的年輕人實在辛苦，想想她就心疼，今天就讓阿姨我有個幫助年輕人的機會吧。

到咖啡館坐定了，女人關懷地問起年輕女子找房子的情形，得知她原本住處的房東以兒子要回國定居為由，要她兩個月內搬出去，措手不及的她只得臨時找房，運氣卻不好，期限到了仍沒找到房子，目前暫且落腳在青年旅社。說著女子情緒不免起了波動，話音帶些哽咽，在女子訴說的這段時間女人一反先前不讓對方插話或拒絕的強勢主導態度，解語花一般聆聽了女子的故事，聽完幾乎是拍胸脯說了——

「別擔心，你要找房子，阿姨幫你。我有個好朋友啊，還很年輕，年紀可能跟你姊姊一般大但是很有錢喔，臺北市裡有好幾棟屋子在出租，我記得她最近要找新房客，我幫你問問。」女人接著馬上拿起手機撥打，等待接通的當兒她又迅速問了女子的預算多少，還讓她交代了自己的職業。講起電話時女人的語速又更快了：

「喂瑪俐喔，我克莉絲啦，哈哈我很好啦在喝咖啡——嗳喲我哪裡盈盈美黛子，我有大家要伺候哪像你那麼好命——好啦我長話短說，問你喔，你不是最近八德路市民大道那裡的房子要出租？」名叫克莉絲的女人對年輕女子眨眼示意，又對連線的對方說：「有响，太好了，我這裡遇到一個就古意的美眉在找房子，有正職工作生活單純，介紹給你當房客好不好啊？那個——」

年輕女子抬手示意打斷了克莉絲，細聲對她說自己想跟朋友兩人合租一間公寓，克莉絲聽完向電話另一方轉述：「美眉說要跟朋友兩個人合租一間公寓，你的房子甘係兩房一廳還是三房一廳？」克莉絲聽對方回覆、沒說話時的表情豐富，給人的感覺比她應該有的年齡小很多，笑起來竟然還有種少女嬌憨，說出的話卻十分世故：

「……哦是套房喔，三間喔，聽起來很大手筆喔，那其中兩間正好租美眉跟她朋友嘛，這樣你開多少錢？蛤，算便宜一點啦，我買一送一幫你找了兩個房客欸？我跟人家美眉打包票說阿姨有辦法，幫她找到一人一個月八千的房子欸。」

克莉絲沒放擴音，但是年輕女子可以感受到電話另一端的人並不滿意這個價錢，不免顯得侷促，這時克莉絲卻抓住她的手：「噯喲瑪俐，我話都說出去了，而且美眉還在旁邊——美眉來，來跟瑪俐姊打招呼。」不由分說克莉絲把手機湊向年輕女子，後者委實尷尬，還是對著手機喚了聲「瑪俐姊」。克莉絲隨即把電話拉回自己下巴邊：「聽到了响，瑪俐你就別讓阿姊我難做人嘛。」

克莉絲又停下來聽對方講，似乎是滿意對方的說法，回道：「好喔好喔你都這麼說了那有什麼問題。」她眉開眼笑地接連點頭，也沒問年輕女子的意見，直接說道：「既然這樣，那今天晚一點如何？美眉也沒事。」

對方說到屋子周邊還有得打理，克莉絲馬上會過意來，眼珠轉了半圈，仍然故意挖苦對方：「切～～結果你做房東的有錢賺還不急喔？果然有錢人就是任性，空房子擺著生灰塵也高興——那就下星期天吧，你房子弄妥當舒適來啊，合約也準備好，彼此認識認識，當天就簽一簽省事，我先幫你看過人了，安啦，我做中間人一向都有為雙方著想，不會讓任何一方有損失的啦——嘿啦我掛保證，我負責的事情哪次出槌過？錢什麼的我們見面再說咧。先這樣啦，掰掰嘿。」克莉絲便結束了通話，喜孜孜地啜了一口拿鐵，志得意滿地說：「好啦搞定。」

「……阿姨謝謝你。」

「欸～～阿姨就說這舉手之勞，小事。」克莉絲海派地說，「阿姨我呢一見到你就覺得特別投緣，真的幫上忙了，你鬆一口氣、我也助人行善了嘛，我才要謝謝你給我這個機會做功德～～」

「所以……那位房東我到底該怎麼稱呼她？」

「就瑪俐姊啊，美眉你怎麼這麼老實？」克莉絲咯咯笑起來，「雖然我跟她姊妹相稱，你要叫我姊也可以啦，但是我都自稱阿姨了，你還是叫我阿姨吧，不過那個楊瑪俐就不喜歡讓人叫老了。」

年輕女子心想自己想問的是那位房東貴姓，並沒有想要知道不相關的事情，如今好歹也是曉得房東姓楊了，便沒有再對克莉絲多解釋，而她又想到這些都還沒跟自己的朋友商量過。

「阿姨，我還得跟我朋友說一下，我不曉得她星期天有沒有空。」

女人笑瞇瞇的眼睛一時沒了笑意：「無所謂吧，你先看過房子，滿意了再跟她說也不遲。」

「……也是。」

「有些事情就是得打鐵趁熱，找房子尤其是，這個不用我說你肯定清楚吧。」

見對方只是點頭沒再表示意見，克莉絲便接續說了：「找房子也好，租人房子也好，不積極怎麼行？當房東也是開門做生意，誰要跟錢過不去？結果你那瑪俐姊還慢吞吞的，對房客挑三揀四，搞得自己房子空在那裡養蚊子白白繳水電費。當然我也是能理解她的考量啦，現在在臺北市租房子，別說租的人會怕，房東也驚驚咧！環境衛生歸一件事，要是搞出人命那才夭壽哦。我是不知道你們年輕人信不信這個，但是我們租人房子的超怕房客把房子弄成那種不乾淨，那樣以後幾乎都沒可能租出去了啦。我看你古意，不會是那種抗壓性低什麼憂鬱症躁鬱症隨隨便便就想不開的年輕人，所以我覺得可以幫你一把，現在我替你們牽線，你們雙方都比較不必擔心受怕，有疑問也找得到人可以商量，是不是？」克莉絲笑起來，臉頰肉頂得眼睛瞇成彎彎的線，眼角的魚尾紋倒也恰如其分。

年輕女子躊躇著，看向自己與克莉絲都已喝完的飲料，說：「那……阿姨，為了感謝你的幫忙，今天務必讓我請客。」

克莉絲眼睛稍微張開了點，瞥向自己朝天的杯底，又笑得看不見眼珠，輕拍著年輕女子的手臂：「哎喲，這怎麼好意思～～不用啦～～」

「不不，一定要。」年輕女子這麼說，克莉絲像是彼此拉扯搶著付賬，順勢推著她去櫃檯替她付錢。

兩人離開咖啡館前彼此交換了LINE，克莉絲盯著手機螢幕笑瞇瞇地說：「好啦，這樣你跑不掉了。」

「……那阿姨、不知道你方不方便把那個、瑪俐姊的LINE也給我？」

「咦，不用啊，我星期天也會到，不怕碰不到人。就這樣，今天感恩給你請，星期天等你喲～～」

＊

距離聖誕節不到兩週了，語言班的同學看李克明烏雲罩頂，問了確知他找房子處處碰壁，都一臉不意外。打從好幾年前柏林租屋市場便已經爆炸，身為外國人找房尤其困難，他們全吃過這個苦。目前好歹是從苦難脫出了，所以他們能夠暢談自身經歷，一方面他們以為分享經驗能讓李克明心情比較平衡，但是他們敘述的各種狗屁倒灶只聽得李克明胃都打結，必須打斷他們。他們終於繞回李克明的處境——

「倘若你找到房子、仍然得回臺灣重新申請工作簽證，你不是應該找人合租才方便嗎？分租公寓比較好找，況且房間可以再短期轉租出去，你不必人不在柏林還得白白繳房租。」

聽到這策略讓李克明只感一種回到原點的無奈，他卻不得不同意語言班同學的說法有其道理，有個室友多少有照應——假如運氣好的話。然而這些同學雖是義憤填膺地抱怨柏林租屋環境的惡劣，條理分明地剖析李克明接下來應該怎麼辦，住的地方卻都沒有空房間了，解不了李克明燃眉之急，而李克明也沒有把握短時間能找到一個談得來並且信得過的人當室友。提議的同學聽聞他的顧慮，又不知道是根據了什麼，覺得李克明的擔憂沒什麼大不了：「徵室友又不是徵婚，哪要那麼大費周章──說到這，你怎麼不從同學會或同鄉會打聽呢？語言相同不是比較簡單嗎？」李克明並沒有回應他這個問題。

儘管與人分租並非他心中所願，然而天曉得現在租房子比找工作的條件還要嚴峻，光是看房子比搶百貨公司周年慶限量贈品還刺激；至於申請資料無比繁複，令人在文件與數字迷宮之間打轉，才不像同學說的輕描淡寫，什麼不如徵婚複雜──相親都不見得要如此細報身家，而這仍不代表有機會可以進入下一輪面試，跟二房東租房間確實能讓他少許多折騰。

不過他已經預約了幾場看房子的時間，總也不應放棄任何機會，陪他商量的同學便自告奮勇要一起去看房子，以有人同行給予客觀意見有好無壞為由遊說李克明，聽得李克明也不好拒絕他們。這時俄羅斯的瑪麗亞經過圍在小圓桌熱烈交談的他們，她的表情顯示她肯定聽見了他們談論的內容，而她什麼都沒說，倒是李克明問她聯展準備得如何，她只是快速瞥了其他不知情的同學，簡短回覆「一切都很好」，便徑直往圖書室的方向走，應該又是要給家人打電話。李克明不明所以地有點失落。

下課後李克明一行人直接從學校出發，在柏林南十字站轉車。甫上月台，李克明便意識到有人打量他。他發現不遠處有個跟他年紀相近的亞洲女人視線跟他對上了，但是她幾乎同時把頭別開了。此刻李克明的同學問他在臺灣租房子的狀況是怎麼樣的，他感覺到那個女人在注意聽他們說話，故意把音量放大了一點。李克明同樣觀察著那個女人，發現她在看公告欄一張告示，先前他自己倒不曾留意過，不知道那跟什麼有關。等那個女人走遠，他有意無意領著同行的人朝公告欄走，將那告示看了明白。

原來是警方為了防恐，有一個開發人臉辨識系統的計畫，徵求志願受試者在車站內與大門區域參與系統測試。他心想這種事情在臺灣沒有人會問吧，恐怖攻擊聽起來太遙遠，監視器更多是為了提防宵小或者路霸占據停車位的主動手段。公家設置監視器頂多在機器上貼一張「維護治安警民合作」的標語，而在巷弄或私宅門口則處處可見監視器，而究竟有無法規限制在公共區域裝設私人監視器呢，李克明突然腦中一片空白，發現自己對此從來沒有深入認識，思慮轉了幾遍，最終他只有「德國果然是注重個人隱私的先進國家」的感想。

他同行的反應就激烈多了，說德國人總是把他們穆斯林當犯罪者，這種人臉辨識系統收集到的資料還是由人為判斷，腦袋裡思想沒變，恐怖主義只會越來越嚴重而已——「我們來到德國也只是求個好生活，誰不是這樣想。」

「……是啊。」李克明只能附和最後一句話，沒有再留心那告示或者引起他注意的女人。

這回去看的房子無可挑剔，但是李克明也知道自己條件不足，繞了屋子一圈明知沒機會他就打算走了，同行反倒比他還要興致高昂，扯著他暢論這房子的好壞，李克明耐著性子委婉解釋他的考量，一面內心埋怨為什麼自己還得向他們交代。然而他的同行非常堅持自己是對的，聽不進李克明提出的任何理由，讓李克明覺得相當沒趣。每次看完房子往往讓李克明心情低落，這回甚至由於還要面對他人得特別振作，不讓人看見自己的意興闌珊，使得他的情緒更是跌到前所未有的谷底。相較之下，他的同學當這是一間值得再三辯論的房子，滔滔說個不停一路走到大馬路。

這時其中住得離此不遠的一人提議地鐵站外就有一攤味道不錯的沙威瑪，可以吃飽再回家，拉著李克明繼續走。李克明儘管沒有興致，把握了將錢用在刀口上的原則仍然還在，既然東西好吃，就吃夠了再說。其間他沒聽進同行的人又說了些什麼。

直到他們吃完晚餐，同行一人一副此生夫復何求地拍了他的肩膀，滿嘴洋蔥味說道：「堅持下去啊，有了房子就離活得像個人近一步了。」

儘管生洋蔥的味道到了隔天都消不乾淨，五味雜陳的那句話仍然讓李克明稍微打起精神，他又去看了一間房子。這回他是一個人去的。

那間房子比家徒四壁都還要寒磣：牆壁還殘留斑駁的壁紙，地板也刮得不乾不淨，原始的水泥結構暴露出來，浴缸裡都是碎石雜物，若要真能住人得再花好一筆錢整頓，他可沒有那筆預算。李克明心想這間房子也是不必考慮了。

同時他又思忖這間公寓屋況那麼差，仍然有上百個人來看房，他認真感覺尋房的前景黯澹。他下樓的時候在樓道與正要上來看房的人交換眼神，彼此眼中只反映對方的疲倦與缺乏把握，沒有任何人出聲招呼。

那天特別冷，還下著雨，李克明縮著頸子鑽進地鐵站，在地鐵月臺盡頭他瞥見一座用紙板和超市購物推車圍起來的遊民居所。他對於一再遭遇遊民心裡有說不上來的難過，停下腳步，不願意再靠近。

紙板間簌簌地有動靜，一個人探頭出來。李克明假裝沒發現那人，眼光卻不斷瞥過去。那人用不知道原先什麼顏色而今變成灰黑色的厚重衣服包裹自己，腳上套著顯然不合腳的鞋。頭髮糾結成團，跟臉一樣灰灰沌沌的，嘴邊倒是沒有鬍鬚，這才讓李克明發覺那個人是女性。她抓了抓頭，緩慢地蜷伏回紙板下的舊睡袋，把褪色的背包當作枕頭，那一舉一動完全沒有了李克明印象中一個女人會有的樣子。

*

儘管進入號稱冬天的十二月，百貨公司開始主打各式冬至湯圓，這一天的臺北卻仍然像是秋老虎住在盆地底。克莉絲跟楊瑪俐約好了傍晚五點在萬福華廈一樓碰頭，楊瑪俐提早了五分鐘站在「萬福大廈」四字底下，感到空氣混濁悶熱，並且受不了車流帶來的廢氣與噪音，沒一會兒便退回了大門裡。

克莉絲晚了十分鐘，大門沒有鎖於是她直接走進去，發現楊瑪俐已經在裡面等著，一臉不耐煩，楊瑪俐還沒發作克莉絲倒是嘩啦啦講了起來：「哎喲瑪俐不好意思不好意思我遲到了，美眉還沒到嗎？」克莉絲往門外看去，才發現年輕女子站在大門外的另一側，因為被她漠視而顯得侷促。

「哦美眉原來你在這裡，怎麼那麼傻等在外面？我忘記跟你說先跟你瑪俐姊相認了啦～～」

這時年輕女孩才意會到她隔著大門玻璃隱約看見的人就是要租屋的房東，面對楊瑪俐，靦腆地笑了笑，楊瑪俐隔了一秒才對應地笑了。

「哦你就是那位要租房子的小姐，你好我姓楊，這是我名片。」

「瑪……楊小姐你好。」年輕女子也掏出名片跟楊瑪俐交換，楊瑪俐瞄了一下便把它夾在手機護套裡：「既然人都到了我們就上去吧。」說完便轉身走向電梯。

「好哦，耶～～美眉我們走。」克莉絲挽起年輕女孩的手臂跟上楊瑪俐，一邊當作來郊遊似地哼起歌，讓女孩簡直感到尷尬，找不到方法應對。

一出電梯他們都看見了公用區域堆了東西，克莉絲圓滑地勾住年輕女孩臂彎把她帶到另一個角度，直接對向要出租的房屋門口。

不過看屋時克莉絲並沒有越俎代庖多說什麼，自顧自在套房之間轉悠，楊瑪俐也不理會她，專心向潛在的未來房客介紹屋子，一邊打量對方，暗忖克莉絲再怎麼嘻嘻哈哈，看人倒是自有門道，觀察了一陣楊瑪俐似乎也滿意這個女孩——「看在克莉絲姊的分上，我們要不今天就敲定吧？合約我帶了，小姐你的證件印章有帶嗎？」

年輕女孩表示想再找上午的時段過來看採光，並帶朋友一起來看房，讓進了屋就一直沒說話的克莉絲打斷了——「欸美眉，你這是信不過阿姨我嗎？我都說了給你掛保證就不必這麼大費周章，早點把房子的事定下來早安心不是嗎？」

楊瑪俐一旁觀望克莉絲怎麼遊說年輕女孩，平心靜氣等待年輕女孩點頭答應，才拉出一對還封著塑膠膜的椅子讓彼此坐下簽約，雙方說好女孩下個月初搬進來，另一間套房也可以先預留給她朋友。

送年輕女孩離開之後楊瑪俐仍留在屋內，關上公寓鐵門轉過頭，面對依舊笑瞇瞇細看套房裝潢的克莉絲，兩人視線對上，克莉絲語氣高昂說道：「怎麼樣？我就說我給你找的人不會錯吧。」不待楊瑪俐表示，克莉絲接續又說：「你這套房弄得不錯，但是公共區域做得有點浪費，既然沒有要留空間當客廳，那麼以前的舊裝潢都可以不要，讓隔間可以再延伸出來一點。還有地板好像不是很平，管線是新拉的嗎？」

「改了一部分的電線而已，這樣每間套房有獨立電表。老建築的水管很難辦，明天水電師傅會過來再整頓。」楊瑪俐低頭發現地板上有一塊多餘的踢腳板，反射性地碎念裝潢工人總是粗心大意，「啪」地把它踢到房子面向大馬路的一邊。克莉絲順著滑出去的踢腳板望向被封成冷氣口大小的窗戶，儘管視野有限，仍然可以看得到市民大道的橋墩，她定定瞅著它，不知想到了什麼。

楊瑪俐不理會克莉絲，專心點收東西，眼看要收拾完了她讓克莉絲先出去，這時克莉絲手機發出臉書通知的提示聲，她揮手示意楊瑪俐先讓她查看手機。

「哦是我妹咧。稍等我嘿，我跟我妹聯絡一下感情啊——」她拉遠手機，瞇眼瞧著螢幕，「喲，看起來過得挺開心的嘛。」

楊瑪俐皺了眉，卻只能由著克莉絲搗弄手機，趁機再次查看剛簽的合約，偶爾岔一句話：「你妹怎樣？現在在幹嘛？」

「就又失戀了啊，然後說要自我放逐，跑去柏林了——嘤哦，這張自拍好假掰，開了多大的美肌濾鏡啊～～」

楊瑪俐目光仍然黏在合約上：「什麼？去了柏林？是可以這麼任性哦？」

「單身嘛。」克莉絲仔細看著妹妹在哪裡打卡，又給她按了讚：「雖然我看我這妹妹實在沒什麼挑男人的眼光，但是不輕易結婚這點可真聰明了，不像我們傻傻地在為誰做牛做馬呢。」

楊瑪俐哼笑一聲：「你老公沒虧待你什麼吧。」

「表面上看來是這樣，我還堪稱頗受優待，但是交出去的自由不復回啊～～」克莉絲一臉感慨，接著問道：「那你老公現在在幹嘛？窩在深圳都不回來？」

「我哪曉得，他不想講我能逼他把話吐出來嗎？」

「咦，這時候你怎麼就龜縮了？不管男人女人，避不見面一定有鬼。」不管楊瑪俐不願意承認這件事，克莉絲湊到她肩頭，口吻微妙地說：「我說啊，要是他有小三，也就那回事了，要是他有的是小王，你打算怎麼辦？」

楊瑪俐聞言一臉不可置信，但立刻回復沉著，沒有辯駁，克莉絲知趣沒再把肚子裡的話吐出來，她自發走出大門，等楊瑪俐關門，之間她們都沒說話。鎖好門後楊瑪俐才問克莉絲要不要去吃個飯，克莉絲撇撇嘴：「本來就是要給你請啊——怎樣，不請我去你家坐坐哦？」

「我懶得煮。」

「真是好命啊，還可以說懶得煮。這種老公不在身邊的偽單身生活多好，就你不懂珍惜享受——」她攬過楊瑪俐的手臂，甜蜜蜜地說道：「好啦，我們去吃好料的，然後姊姊請你喝酒～～」

克莉絲知道楊瑪俐會對外遇話題反應非常激烈，所以她沒有對楊瑪俐詳述妹妹的感情事。她真心覺得妹妹看男人的眼光差到無與倫比，東窗事發了男人就不見蹤影，放兩個當事的女人廝殺，自己裝沒事人，簡直一個混賬。事情要是再捅得大了，說不準還有各方老母會殺進來，那更是沒完沒了，所以她要自己的妹妹快走除了是怕妹妹又再次被那個男人拐騙，更是要縮小亂鬥範圍，免得事態無法收拾。妹妹耳根軟底氣弱，肯定又會給人牽著鼻子走，下場就會跟老母一樣。救不了老母，好歹救一個妹妹。克莉絲勸酒之際不自覺把這些盤算好的所有步數又想了八百遍。

不過提到楊瑪俐的老公是不是有小王了只是克莉絲隨便說說的，楊瑪俐倒是受到不小打擊的樣子，克莉絲給她添酒都不客氣，每次都乾杯，就這麼喝醉了，呆滯坐在位子上，重複說著「是因為這樣所以他不想跟我生小孩嗎」。克莉絲心裡「哎呀」一聲，覺得自己聽到了不是太意外、卻還是有點不得了的事。

楊瑪俐噁心得想吐，幸好仍有餘力自己跑洗手間，但是吐不出來，徒勞地回來座位，摀著嘴忍得眼角都溼了，最後哭了起來，顯得很是委屈。克莉絲在一旁陪她，喝著自己的酒，等楊瑪俐哭得有點清醒了說道：

「欸瑪俐，你要不要跟我去拜媽祖婆？既然沒人知道未來到底在哪裡，無依無靠的時候去跟神明說說話也好過自己一個人胡思亂想。」

「……我家信天主教的你又不是不知道。」

「知啊，信仰不同，六神無主的時候有人呼喚聖母瑪麗亞有人拜媽祖嘛，相同業務窗口不同嘛。不過我要說的是，咱們媽祖婆心很寬的，你去跟祂說事情祂老人家也是一視同仁的啦。這樣好了，我們去遠一點的天后宮啊，就當一日小旅行給自己放個假咩。」

「……」

「怎麼樣？去不去？」

*

那天晚上李克明在臉書看見移民美國的學長恰巧也在線上，心情很久沒有這麼振奮，立刻傳了訊息給他，表示自己也出了國，目前人在柏林。對方很快回了訊息過來，問李克明在柏林如何，李克明如實報告給學長知道，詳細得幾無遺漏，對方只是簡短回了個「嗯」，接著隔了好一會兒都沒回覆，李克明以為學長離線了，而對方再次傳來訊息，竟是表明自己要回臺灣定居了。看著那簡短的句子李克明突然不能確定自己的閱讀能力是否出了問題。

他當然不去相信學長所說的——他對國外生活懷抱了那麼大的希望，而他怎麼可以對他說他要離開了。李克明慌張之下按了視訊通話鍵，對方倒也接受了他的請求。李克明瞅著眼前的學長，感覺對方跟以前完全不一樣，卻又說不明白是哪裡不對勁。他想不明白，衝口問道：「學長你當時不是說美國的生活總是比臺灣的好嗎。怎麼就這樣要放棄了呢？你之前的那些努力怎麼辦呢？」另一端沉寂了一陣，接著是意味不明的句子。

「好棒，你這麼天真樂觀，我羨慕你。」

這讓李克明急了：「學長，我是很認真的啊。」

「你在柏林找得到房子嗎？」

李克明垂下頭：「……正在找。」

「我看柏林這幾年房價也是跟飛的一樣，漲幅跟洛杉磯有得比吧，只差收入趕不上房租飆漲的中產階級還沒有睡在市中心。」說得他自己露出苦澀的笑容。見李克明沒有搭腔，學長又說：「混不下去大不了就回臺灣啊，又不是世界末日到了，幹嘛這麼死腦筋。」

李克明聞言抬頭直視對方，儘管字字說得中肯，然而這時學長的態度讓李克明有一種被背叛的委屈。

不，不是這樣的。我那麼地相信你，崇拜你，才也走上這條路的。李克明在心底呼求，但是他在這個時刻卻無法將心聲吶喊出來。他回想起幾個月前決定來德國時知會了學長，對方顯得相當冷淡，李克明以為那是由於自己未聽從學長意見另作主張的緣故，而今看來並非如此，很可能當時對方便已決定要回臺灣。但是學長先前沒對他透露，現在也沒有要再讓他探問的意思，李克明感覺有什麼卡住了自己，又無從說出口，明明是主動要求對話的一方，卻一直找不出想說的句子。

看李克明進退為難，他的學長又笑了一聲，也像是憋了很久而今不吐不快：「拜託，我是你的誰，需要給你當人生的榜樣，非得成功不可？這麼多年了老是賴著我，你有沒有要長大為自己負責啊？」

李克明聞言完全停擺，又是不知道那一串問題究竟在問什麼。他的學長並沒有給他太多時間，便說他有事要離開了便結束了視訊。李克明盯著已結束通話的訊息視窗，腦袋亂哄哄的，過了好一會兒他才好像回過神，拉起外套拉鍊戴上帽子走出青年旅社，在大門玻璃上映出的他雙眼睜得老大，視線不知朝向哪裡，嘴角下彎拐出一個尷尬的折度，鼻翼兩旁的法令紋銜接上下垂的嘴角，耷拉得要扯破他的臉。

他低著頭走向青年旅社外的一座小公園，一路腦中迴盪著自己與學長方才的對話，到了學長最後的責問時所有思緒都斷掉，再也接不起來。他枯索愁腸，肚裡留著的是另一個問題。

他不過只是企求活得像一個人，為什麼活得像一個人那麼難。臺北沒能讓他實現願望，到了柏林也沒有雲現天開。想到這裡他不自覺仰望天空，才發現雨下完後的夜色湛藍純淨，空氣冷冽清新，他突然感覺到這個也讓他失望的所在還是有好的一面的。

柏林的好是，抬頭就有機會看見乾淨的天空，認不出星座也沒關係，遙遠的明星越過了恆河沙數光年的距離向我們呈現了它們的過去，而那裡發生的一切則是在我們的未來才或可知悉，彷彿神的預言。

自己的未來在神的安排之下會是什麼樣子的呢。李克明很想知道這件事。他並沒有特定的宗教信仰，在無比絕望的時候——例如這個當下——他總在內心祈禱，對他的神或者一個至高的存在請求，將他前途照亮。

若是在臺灣，無論廟宇裡供奉的是什麼神，香客擠在一起向神明請願的無非是順遂平安的未來，祈求神明照引前路，透過裊裊香煙，我們瞻仰得見神明的臉。神明總是慈悲的，大家都這麼相信，這就是臺灣的好吧。雖然不理解他，自己的媽媽還是去天后宮為他求來平安符，要他隨身戴著。

他們都說要是真的不行就回來吧，但是他並不想要如此。他嘴上不說，不想向給他退路的人示弱，卻又拽著那平安符，時常在想媽祖能不能庇佑應許他的願望，希望祂能夠顯靈給自己一個明確的答覆。

他沒有聽見神明怎麼說，那無有回應的時間是這麼地長，日子卻過得好短。

他想要的沒有發生。就算再怎麼裝作一切都在掌控之內，李克明也知道這樣下去這一趟白來了，臉上全沒了笑容。日子還是要過，他勉強自己去上課，就算不為轉移注意力，也是看在錢的分上。

休息時間李克明又讓先前陪他看房子的同學安慰，但是他們也沒有更好的主意了，這時從未就李克明的租屋問題表達意見的瑪麗亞過來問他有沒有意願去看看她住的地方——

「我要搬家了，如果你有興趣，我現在住的地方可以讓你來頂。」她說得小心翼翼，似乎經過了很長的考慮才終於開口，即使說出來了她依然顯得遲疑。

「哦當然！」李克明聽了喜出望外，迭聲感謝瑪麗亞，可是對方沒有顯露助人為善的慷慨與餘裕，反而特別謹慎冷靜：「你還是先看過屋況再決定吧——而且你得跟房東同住，你能接受嗎？」

李克明聞言心裡涼了半截，然而眼下不宜放棄任何機會，當天下課他便跟著瑪麗亞前往她的住處。沿路她對他接連說了幾次要有心理準備，這讓李克明心中更多疑問，卻不好開口，只能把注意力放在沿路的環境。

瑪麗亞住的地方離語言學校並不遠，但是在比較老舊的街區裡，李克明跟著瑪麗亞進了可能自柏林圍牆倒塌前就沒有整修過的老屋。

老建築別有洞天，有兩進中庭，只是缺乏修繕中庭的地面充滿坑洞，夜霜化了積在裡面變成水窪得繞過它們，建築牆面的常春藤長得猖狂，把好幾扇窗戶都掩住了。冬天本就缺少日照，而如此中庭更顯得陰溼。這庭院讓李克明心底直犯嘀咕，其實想跟瑪麗亞說他打消念頭了，可是找到房子委實當務之急，他把自己勸了下來。瑪麗亞的腳步一直沒有放慢，李克明甚至以為還有第三進，直到瑪麗亞換了一把鑰匙要打開後棟地面層最裡面的一扇門。門才打開一道縫，就有東西要滿出來，他便會意過來瑪麗亞先前指的是什麼了。

瑪麗亞費了好些力氣才把門推開一半，一堆東西已經土石崩塌般地洩到腳邊了，李克明並見到那屋裡堆滿各種物事，因而比樓道更陰暗；室內空氣蒙著薄塵，在東西的縫隙間勉強透著一絲燈泡發出的昏黃光線，李克明只能盯著那光，還弄不明白自己來到了什麼樣的環境。此時一名全身著黑的老女人從不知究竟何處冒出來，像是擠過了異空間的罅口終於恢復了原本的身形，敦實矮胖地站在兩人面前。瑪麗亞向李克明介紹她就是自己的房東，也叫瑪麗亞。李克明對她點頭致意的時候老瑪麗亞似乎笑得和善。

兩個瑪麗亞交談了一下，老瑪麗亞應是明白了李克明的來意，示意他們進屋。在老瑪麗亞的帶領下，李克明發現屋子裡竟然還有可以通人的路徑，坐到了一塊顯然打理過的角落。老瑪麗亞看到瑪麗亞帶李克明過來大抵相當開心，想要泡茶招待李克明，光是翻出爆滿櫥櫃中的茶具就費了好番工夫，電爐上的鍋具得往別處挪，老瑪麗亞隨手就把大小鍋子堆到電爐旁從地板疊起來的雜物上，之間她說了很多話，但是李克明幾乎都聽不懂。

老瑪麗亞不會英語，李克明的德文程度又不足以跟她溝通，瑪麗亞總得居中簡易翻譯，據瑪麗亞轉述，老瑪麗亞表示假如房客能幫她打理家務，可以抵掉房租。

老瑪麗亞一直有個想法：她想把自己的屋子收拾乾淨，再把空出來的兩個房間分租出去。她這個想法有了幾十年，不知道對多少人說過，每天都要對目前的房客瑪麗亞這麼說個三五遍。但是她的房子堆滿了無從分類的東西，什麼都丟不出去，甚至一再把新的東西撿進來，垃圾與不是垃圾的所謂東西已經幾乎沒有分別，唯有她自己的床前和瑪麗亞的小房間尚且仍看得到地板，那僅有的空地還是瑪麗亞清理出來的。倘若老瑪麗亞還懂得網路購物，兩個瑪麗亞肯定都不會有能夠落腳的地方。

李克明打量這個不知道該從何整理起的屋子，滿屋子的東西而自己竟然還能跟其他兩個人置身其中，不禁感覺有點魔幻。他注意到在另一角堆到直逼天花板的雜物堆上有一個像是特地擺在那裡的相框，順著李克明的目光老瑪麗亞解釋那是她的父母跟她當年還在羅馬尼亞拍的照片。老照片總是勾起回憶，老太太開始源源訴說她的家族故事，關於她的德國父親、羅馬尼亞母親和自己跨越超過近一世紀的人生。她作為女兒，離鄉背井、懷念父母，但是不能跟他們一起生活的諸多情意結。李克明求救地看向瑪麗亞，可是她並沒有打算要為他翻譯這一切，於是李克明完全迷途於老瑪麗亞沒有間斷沒有起伏的聲音，他感到更加脫離了現實，不知道這一切要將他帶到哪裡。

基於禮貌，李克明還是佯裝聆聽老瑪麗亞細訴幾十年來的往事，表現出真的很投入的樣子，或許就是因為無法完全聽懂才特別有耐性。他也不知道要在什麼點打斷老瑪麗亞，若不是瑪麗亞表示她有事得先出門，問他要不要同行，李克明覺得自己還要再聽老人講古兩個鐘頭。

老人見聽眾要走不免露出寂寥神態，他們離開時老瑪麗亞還送到門前，央李克明有空再來──「我屋子整理好的時候歡迎你搬進來。」因為老瑪麗亞這句講得很慢，李克明猜出了其中意思，客套地說「好」，老太太甚至用力握了握他的手，竟然顯得有點難分難捨。

好歹是話別了，李克明在轉身的當兒幾乎要嘆出一大口氣，怕老太太可能聽見所以憋住了。瑪麗亞步伐很快，李克明跟得吃力，感覺到她在趕時間李克明心裡有點過意不去，瑪麗亞開口卻說：

「要不是我替你脫身，你打算聽完她超過一世紀的家族故事嗎？」

「……你跟那個老太太一起住了多久？」

「半年了。」

「天啊。」李克明驚呼，「當初你哪來的念頭住到這裡的？還有你的小房間是怎麼變出來的？簡直是沙漠中的綠洲。」

李克明的比喻讓瑪麗亞睨了他一眼，他的問題她都沒有回答。李克明只好自己接話：「虧你能住在那樣的環境裡那麼久。」

「不然能怎麼辦。靠同鄉幫忙被人說長道短我受不了，Airbnb 一個比一個坑人，我又沒有錢可以一直住在青年旅社。」

感覺自己被這句話刺了一下，李克明悶不吭聲，認分地跟緊瑪麗亞，突然李克明想到：

「那麼你是怎麼找到新房子的？」

一直目視前方的瑪麗亞沒有慢下腳步，然而安靜了幾秒：「我準備展覽時認識了一個人，他說他公寓有空房間可以讓我住。」

在這簡短陳述後瑪麗亞沒再多說，然而李克明聯想到了什麼，「哦」了一聲，他其實沒有打算要刨根究底，瑪麗亞倒是已經把話題轉回他身上：「老實跟你說吧，老太太聽到是男人要來頂我的房間，原先不是很願意，我對她說男人力氣大更能幫她整理屋子才說服了她。」

「噢。」

瑪麗亞仍然直通通地說：「總之你好好考慮。反正我也沒有任何義務非得替她找到下一個房客不可——地鐵站到了，就先這樣吧。」

「瑪麗亞。」瑪麗亞聽李克明喚她名字，終於轉過頭來看他，而且正對著他的雙眼，她冰藍色的眼珠總是讓他無法捉摸她的心思與情感。因為李克明沒繼續說下去瑪麗亞表示要先離開了，他在她挪動腳步之前問她——

「你有沒有過，人生之中不知道該要往哪裡去的時刻？」

「現在不就是嗎。」瑪麗亞一如既往不加思索般飛快回答了他，顯得理直氣壯，而且無畏。「那些時刻來了就是來了，你只能任它們來，不然又能怎麼辦呢。」她仍然沒有笑，但是語氣裡多了少許的勸慰：「有個可以落腳的地方總是會讓人比較心安的。房子的事情你好好考慮。」

瑪麗亞說完就轉身要下樓梯了，李克明又叫住她：「對了瑪麗亞，你展覽開幕式哪一天？我把時間空下來。」

回頭過來的瑪麗亞仰視著李克明，眼裡彷彿有笑意：「……就在這週六，晚上七點開始。」

李克明回到青年旅館，正巧遇到克里斯提昂在交誼廳滑手機，被他喊住，交換了一下近況。說話的時候克里斯提昂因為只穿了一件單薄的毛衣，不時聳肩或擺動身體想讓自己暖和點：「現在天氣好冷，真不想出去看房子，而且聖誕節快到了大家心思都提前放假了，大概也不會有什麼看房的機會。」

「是哦。」李克明沒想到聖誕節快到對看房的影響，露出不確定的神情，克里斯提昂點點頭，倒是沒再繼續找房子的話題：「對了克里斯，我們平安夜要去朋友家聚餐，你有什麼打算？」

李克明愣了愣，思索了一下才道：「哦，我應該就待在這裡吧，或者出去晃晃，找個有趣的酒吧打發時間。」

克里斯提昂盯著他，補充道：「就算是柏林，平安夜跟接下來兩天也是節日，店家都休息，沒什麼地方可去。」

「不會吧？」李克明心想這不是柏林嗎，怎麼聽起來有種偏鄉的感覺。但是看著克里斯提昂理所當然的表情，他只把狐疑擺在肚子裡。他們又聊了幾句，等瑪麗亞出現，兩人便跟李克明道別。等他們離開視線，李克明的心思又回到房子的事上。

他反覆思量，不打算接手瑪麗亞的房間，他只當與老瑪麗亞的相遇只是他找房經歷之中魔幻的插曲，不需要當真，想來竟然可以莞爾。距離他必須出境的日子越來越近，李克明承認此行是沒指望找到房子了。

不知道是否因為接受了這項事實還是自我放棄，李克明顯得輕盈起來，把看房子當成增加閱歷的消遣，連擺明不可能租得起的房子也跑去參觀。儘管克里斯提昂說過時近聖誕節房仲也沒心工作了，李克明仍然在網上找到一個就在離聖誕節最近的那個星期六的看屋機會，那天也是瑪麗亞展覽開幕的日子。

這次的房子在相當好的地段，坪數也很大，他可以想像一家五口住進去都沒有問題。他把自己藏在角落，觀看那些確實有意也有能力租下這套公寓的人。

不知怎麼的，這回他隱約察覺看屋的人之中分子並不單純——當然他自己也別有居心，然而有人似乎是來搗亂的——一名衣著光鮮滿身古龍水味的男子似乎也是地產界的人，朝著看屋的人們嚷嚷，或對負責這間屋子的房仲叫囂。李克明聽不懂那人說什麼，看著他指著暖氣或牆壁，猜想他是不是在挑剔屋況——而那人突然向著他大聲說話，著實嚇了他一跳，然而無論如何這房子有什麼都不會與他有關，李克明默默告訴自己要鎮靜。那人又轉移了目標，看來李克明並不在他眼裡。

稍微定下心，李克明察覺屋內其他人臉色都變得相當凝重，彼此低聲交換意見，完全不是交易熱絡的積極氣氛。明明是各種條件都很吸引人的房子，但是在男子鬧過之後沒有幾個人留下繼續看屋。李克明跟著最後一批人馬離開，走出門前還回過頭多看了屋內一眼，然而他沒能看明白這究竟是什麼樣的情形。

出了建築物大門外，李克明想到當晚瑪麗亞的開幕式，展覽地點又是要橫跨大半個柏林，若不及時出發就會遲到了。

展覽地點位於一間珠寶店的舊址，原本的招牌還橫掛在大門上。瑪麗亞跟朋友的聯展就選在這裡。李克明走入展場，這空間內留存了許多珠寶店原本的裝潢，於是格局切割得比較瑣碎，空間顯得窄仄。或許是這段時間看了太多房子，李克明不自覺地分析起空間分配。而展場裡已經站了許多人，探著頭從人群之間的縫隙望去，李克明仍是一時找不著瑪麗亞，只好先欣賞展覽，空間本身的氣質依然先抓住了他的注意力。

為了保護珠寶，桌面與櫥窗都貼有深紅色的氈布，布置展覽的人便善用這些空間的特徵，將一些立體作品置放在展示珠寶的櫥窗內，櫥櫃的抽屜拉開也各是收納了迷你作品的百寶格。此外在空間最底的一角仍立著一座足有一人高的厚重保險櫃，沒有上鎖，打開來是個展中展的小空間。保險櫃被裝飾得有如東正教的神龕，掛了一幅用雜誌圖片拼貼出來的聖母與聖子像。

正當李克明專注看著保險櫃裡的展品，瑪麗亞喚了他，李克明轉身見到神采與平日截然不同的瑪麗亞。

瑪麗亞應該已經喝了好些酒，顯得放鬆而愉快，問李克明覺得這個展覽如何，李克明回答「這個空間很有意思」，接著問起他們是怎麼找到這裡的。瑪麗亞回說這店面閒置的期間讓別人短期租用，租金比較便宜，他們覺得地點大小都很適合，就決定租下來。

「不過跟我們有類似主意的人很多，場地的檔期排得很滿，最後只搶到年底。我們原先擔心這時段大家都忙著過節度假，現在看來是可以放下心了。」她指了指保險櫃，問道：「那你覺得我的作品如何？」

李克明沒料到那是瑪麗亞的作品，一時也沒有什麼感想，只用「很好」回覆她，說出口自己都覺得敷衍，他又補了一句：「恭喜你在柏林辦了展覽。」

這句話真的讓瑪麗亞開心，她聲量不自覺地提高：「這只是第一個展覽，以後還會有更多更多，也會有我的個展哦！」她短促地迭聲笑了，身體跟著搖擺，似乎控制不住快要失去平衡，李克明心想瑪麗亞肯定是喝多了，斟酌著該不該出手扶他，而此時有人來到了她身邊，瑪麗亞便半倚著那個人。她讓他親暱地在耳邊說了幾句話，接著對李克明說她要再去跟別人打招呼，讓李克明慢慢看。

展覽作品並不多，所以李克明看完保險箱裡的作品後也已經逛完一圈了。展覽本身並不特別吸引他，然而瑪麗亞的反應讓他有所感觸。她今天站上了舞台，那麼他自己的在哪裡呢。

儘管開幕式越晚越熱鬧，但是除了瑪麗亞沒有他認識的人，自己又不是個在派對上能跟人馬上混熟的人，李克明忍耐地待著，加減找樂子，還是感覺無趣想要走人。他看了看時間，已經過了凌晨一點。就算週末大眾交通運輸通宵營運，晚了班次終歸比較少，他不想在冷風中等很久的車。

他本來想跟瑪麗亞說一聲，卻不知道她去了哪裡，李克明決定就這麼離開了。走出展場時，展場外還很多人拿著啤酒聊天，但是李克明的眼光莫名落在一個距人群有點遠的高大女人身上。她就站在隔壁的大門，擎著菸，眼眺街道另一方，似乎才送走了什麼人。彷彿意識到李克明的視線，女人轉過來看著他。李克明趕緊別過眼去，裝作什麼都沒有地走開。

李克明憑著記憶要走回亞歷山大廣場，卻再次迷失了方向。當他看到一整段人行道給鷹架罩住的街道，總算認出那是自己原先走過的路。他走在那甬道中，一名迎面而來的人步履匆忙，幾乎撲向他，李克明沒有足夠的空間閃避，讓那個人狠狠撞上了肩窩。光線很弱李克明沒能看清對方的臉，並聞到一股脂粉味。在那一瞬遲疑之際那個人已經走出隧道，消失在潮溼的夜裡。

李克明走回車站，坐在門口衣衫襤褸一直像是不曾醒來的男人在他經過時突然呼喊了一聲「人生就是一場戰鬥！」，李克明嚇了一跳，瞪住他，但是男人沒有再說任何話，也沒有乞討，好像又這麼睡下去似的。李克明帶著驚嚇與疑惑走上月台搭車。

李克明又是渾渾噩噩地醒來，在床上亂滾的時候李克明發現租屋網站有新通知，當天有一個看屋時段。他仰躺著滑開手機，醉眼朦朧間瀏覽那待租公寓的資訊：屋況並不糟糕，性價比莫名漂亮，儘管他仍然租不起。他掙扎地撐起身，跟捷運施工一樣沒止沒休的疼痛一直鑽進他的太陽穴，李克明感覺自己要是不起來動一動，真的會死在床上。孤獨死在異國不是他想要的結局。反正去看看也沒什麼大不了，他這麼告訴自己。去了他才發現那公寓居然在瑪麗亞展覽所在的大樓樓上。

白天去到那裡，珠寶店的鐵門是拉下的，上面是曾遭人塗鴉過為了遮掩而補上的白漆，油漆底下還是黑黑紅紅的。至於大樓的大門已經打開，來看房的人三三兩兩，不若李克明先前的所有經驗，等走進大樓他便有點明白。

整棟建築物內冰冰冷冷的，沒有生活氣息，帶著一股刺鼻的清潔劑氣味，像是要掩蓋另外的什麼味道。雖然有座窄小的電梯，門面上卻貼了故障暫停使用的告示，李克明找到了樓梯間上樓。

樓層裡的走廊很深，一格格的門嵌在泛灰的牆裡，即使是白天、開了日光燈仍然顯得陰暗。根據房號，待租的物件在四樓長廊的尾端。站在樓梯口的李克明直覺告訴自己不要過去看，停在原地的他被要往裡走和離開的人視若無物地越過。李克明打定主意，轉身走下樓道，不料在二樓轉角遇上了前一晚瞥見的高大女人。女人對他笑得很職業，一副認得他的樣子。

「嗨年輕人。」女人用英語跟李克明搭話，不知是很習慣說英語了，還是由於李克明的模樣。李克明被她這麼叫住，和她視線相接。

「……嗨。」從女人的聲線和體格李克明知道她曾經是個他，猶豫地回應她。女人也習慣別人如此反應了，再開口前她察覺有人要上樓，先側身貼在牆側讓他們通過，眼神沒有離開李克明。等樓道上又只剩他們兩人，女人故意環視這棟大樓，問李克明：「你來這裡觀光嗎？」

「……不是，樓上在招租，我來看房子。」

女人微微抬了頭，順著李克明往上指的手勢看去，笑了：「哦。那你會成為我的鄰居嗎？」

「大概不會吧。」李克明思索著，沒有再說下去。

「總之，又是個未來的柏林人。」女人意味深長地笑了笑，注視李克明的時間久得讓他侷促，她也察覺到了，慵懶地說：「歡迎來到德國。」說完她便往上走了。他們擦肩掠過對方，沒有迎上彼此的眼睛，但是他可以感覺到她讓她在他身上發生了什麼。

走出大樓李克明回頭再看了看，此時他覺得那珠寶店招牌的黃底紅字儘管俗豔突兀，卻是讓他感覺最舒服的東西；他明明認為自己應該就這麼離開，然而不知道究竟是什麼攫獲了他，他漫無頭緒地來回踱步，又晃進了建築物，去看那間瀏覽過後馬上失去印象的房子。當他再次要離開那裡，走回樓梯口果然已經忘記自己剛剛看了什麼，下到三樓卻是又遇見了那個女人。

女人正好打開了門，迎上李克明的目光，一點都不驚訝，像是預謀好的；她直勾勾地瞅著李克明，握著門把的手略略轉了一下，光是這個小動作就讓李克明移不開眼睛。女人了然於胸地微笑，用她低沉的嗓音說道：「未來的柏林人，你又來這裡觀光嗎？」

李克明給問得進退維谷，讓女人覺得特別有意思，她又問他：「你要來喝杯咖啡嗎？」李克明過了兩秒才像是聽懂了，懷疑地望著女人，令她笑了，這次笑得不那麼職業。

「沒有要收你錢，進來吧。」

理智上知道自己是不該這麼做的，李克明卻是順著女人的邀請走入門裡。視線所及的格局擺設不像一般住家，說是辦公室比較貼切；另外，所有窗戶的百葉窗都拉了下來，室內照明也沒有打開，讓陰暗的冬日更加沉鬱。李克明感到後悔的時候女人已經關上了門。女人雙手背在身後倚著門板，口吻帶著微妙的笑意：「我叫克莉西，你的名字呢？」

「……克里斯。」李克明頭低低的，看向地面鋪的赭灰色地毯，發現在兩人之間有一塊碗口大的汙漬。他別開眼，去注意其他事物。

「哦——克里斯。」克莉西再問：「你是從哪裡來的？」

他仍然迴避著克莉西直視他的眼神：「臺灣。」

「臺灣。」克莉西複述了一遍，一臉玩味，更仔細地打量李克明，但是她沒有多加評論，又問：「那麼，克里斯，你為什麼來柏林？」

「我想在柏林生活。」李克明腦中明明是不想答覆她的問題，然而他不知道自己怎麼了，坦白回答了女人的問題。他斜過眼睛，盯著女人的皮靴，女人走近了他。

「為什麼是柏林？」

「柏林很好啊。」

感覺到對方的敷衍，克莉西笑了笑，並不在意，她走往室內的茶水角落，拿起煮水器裝水，伴隨著水在容器內逐漸沸騰發出的滾動聲她準備了兩個馬克杯，將擺好濾紙的陶瓷濾杯放在其中一個馬克杯上，水滾了克莉西便注水潤溼濾紙，同時溫杯，把馬克杯的水倒掉後，她接著把咖啡粉加進濾杯，提高煮水器緩緩手沖咖啡，看來十分熟練。咖啡的香味令李克明稍微放鬆了一點。

克莉西將咖啡遞給李克明後，她對他舉起自己的杯子，說了一句李克明也聽得懂的「Prost」，李克明不禁莞爾，在這個時刻他不討厭這個奇怪的女人。克莉西也知道他不討厭她，又是逕自說起來：「對，柏林很好——不管是誰，剛到這裡都會愛上這裡的。」

此時她的嗓音特別低沉，而且有種粗糙的肌理，圍上周身就像是從潮溼的地窖爬出來的苔蘚，鋪滿他的皮膚，讓他感到難以呼吸。克莉西顯然很明白自己聲線的魔力，故意放慢說話的速度，語句停頓的時候銜著挑逗的嘆息，聲音裡的顆粒滾過他的耳蝸，掉到聽覺深處，激起的漣漪沒有反彈任何聲響。李克明不自覺往出口的方向挪動，但是女人的聲音包圍了他。

「這個這裡究竟是哪裡其實並不重要，一切只是因為陌生、新鮮，讓人不由自主心存幻想……」克莉西幾乎只用氣音，也不在乎對方是否聽得清楚，甚至也不見得是說給眼前人聽的：「但是，這不過是熱戀的一時陶醉，現實一到你面前來你馬上醒了吧——你房子什麼時候會找到呢？」

李克明聽得一震，彷若現實砸到他的腦袋，一時痛得無比清醒卻立刻渾渾噩噩只能由人擺布，女人的話語一直流過耳邊——

「至於工作呢，身分呢，保險、稅務、退休金，一切都是煩得要死的瑣碎文件，把所有浪漫殺死，」接著女人語調變得聽不出情緒：「你會醒很久，醒到沒有辦法自己睡著。要是想找一個人讓自己可以睡著，很可能是上面那一堆狗屁倒灶加倍仍然搞一身灰。」說完她開始笑，笑得顛三倒四旁若無人，令李克明相當尷尬。等到女人終於再次意識到他，她對他說：

「這就是你接下來的全部了喲——歡迎來到德國，克里斯。」

李克明不知道自己有沒有喝完那杯咖啡，怎麼離開那裡，回過神，自己已經又在前往地鐵站的路上。天色早暗下來了，這一天就像是被吸進黑洞，記憶的斷片也跟著無影無蹤。他還有印象的是女人送他到門口時說了：「我們還會再見面的。」

他不想要肯定她的預言，而她那些他已記不清的話語令他無比鬱悶。他明白自己無法辯駁任何事情，因為他在腦中想到的所有理由說出來都像是邪教信徒缺乏證據的狂熱盲信，他在德國經歷到的一切一再打擊他原本的設想，都已經到了必須承認此趟徒勞的時刻，他不想要其他人來提醒他這項事實。然而，即使如此，他心裡的某一處依舊認為，他的選擇必然是正確的。

或許是心內煩亂，李克明前一天才走過這區域迷過路，現下仍又失去了方向感，他要在亞歷山大廣場轉車，明明該往東邊走，卻跑到了哈克雪廣場附近。

天早已黑了，所有的建築與岔路看在他眼裡都一樣，當路上電車從他面前駛過時，李克明感受到一種不知到底視覺上還是意識上的模糊。隔著三岔路的分隔島，他還看見一個亞洲臉孔的人穿得烏沌灰黑，跟眼下的天氣一樣。他不清楚那是個他還是她，想看仔細卻讓對方用相機瞄準了。李克明下意識快步走開。

什麼都想不仔細，他本來期待的聖誕假期與他無關地到臨了。

平安夜那一天李克明什麼安排都沒有，也沒想到要去哪裡殺時間，坐在公共空間的沙發上滑手機，瞥見克里斯提昂和瑪麗亞攜帶著禮物要外出，與他們視線相對李克明才想起來他們要去朋友家聚餐。意識自己孑然一身，不免有點尷尬。

看見李克明，克里斯提昂和瑪麗亞不知道在討論什麼，接著瑪麗亞走到他面前開口問他：「克里斯……你要不要跟我們一起過平安夜？我們有先問過主人，他們說你不介意的話歡迎你去。」

他們坐火車到柏林北方的柏瑙，克里斯提昂和瑪麗亞的朋友以琳娜已在車站等待。他們見了面熱情地親吻擁抱，之後以琳娜跟李克明握手問好，再三表示很歡迎他。接著她招呼三人坐上她的大型廂型車。開了將近二十分鐘，抵達了以琳娜的家。

以琳娜的家是個有個大院子的獨棟房屋，主屋後面的空地上還停了兩三輛車，看來其他的客人已經到了一陣。進了屋子走到廚房，李克明就聽到滿室義大利語飛來飛去，跟德語的感覺全然不同，加上烤箱裡和瓦斯爐上料理的香氣，蒸騰喧嘩得讓屋子非常溫暖，莫名地讓他想起家來。

這些初次見面的陌生人逐一向李克明自我介紹，然而李克明一下又忘光了他們名字，他們也不介意，對他非常非常好，甚至對他說要是他跨年沒安排，再跟他們一起聚聚吧。他們有車，可以開車到柏林外透口氣，布蘭登堡州有很多隱藏的美景。

而聽他提到就要離開柏林，這些初次見面的陌生人無不露出惋惜的眼神，雖然李克明再三說了只是暫時的，他們仍接連問他「你會回來吧」、「什麼時候回來」，那滿出來的善意讓他鼻子發酸。

陌生人對我們的善意那麼輕卻無比實在，他們必不知道他們不經意的體貼可以拯救另一個人。就因為是陌生人，那善意多是不含算計，也不要求回報的，實然是一種慈悲，使我們願意接受他們伸出的手。很多時候，在那些關鍵的時刻，我們都是仰賴陌生人的善意活下來的。

那麼，我們對陌生人的善意呢。

跟那一群義大利人狂歡之後李克明完全不記得自己是怎麼回到青年旅社、躺上自己的床位的。他醒來的瞬間只覺得腦袋痛得要炸掉，連起床的力氣都沒有，他自暴自棄地想乾脆一口氣睡到新年算了，連反省人生都不要。

＊

一大清早克莉絲接到妹妹打來的越洋電話。忙完一天既定行程後她給楊瑪俐打了一個電話。

「瑪俐你今晚有沒有空，找你喝酒。」

楊瑪俐心裡也正悶，一口答應了克莉絲，兩個女人在習慣去的小酒館碰頭，見了面楊瑪俐就問克莉絲發生了什麼事。克莉絲身上帶著定型液的嗆味，看起來跟往常一般，不像有什麼煩惱的樣子。她們各自點了酒，並獲得店家招待的小菜。克莉絲也如往常跟吧台的酒保聊天，又讓人招待了一杯龍舌蘭。克莉絲一口飲盡，轉頭向楊瑪俐。

「……噯瑪俐，你那套房給我留一間。」

「幹嘛，你要當祕密基地養小白臉？」

克莉絲聽了一臉嫌惡：「要養男人才不會這樣搞咧，以前男人就是愛來這套被女人抓包啊，我幹嘛沒事留把柄給人糟塌？這路數就跟打金鍊子一樣咬起來摸起來有感覺，我們做這行的當然同意這一點，有人就愛這味，但我不必，謝謝感恩。」

儘管語氣犀利說得迅速，克莉絲難得露出在思考她要講什麼話的樣子：「……我是想給我妹留個後路啦。每次聽她講得斬釘截鐵，說要做獨立自主新女性、要跟一百個男人戀愛才不要被誰綁住什麼鬼的，結果還不是夢想有個只屬於她的白馬王子。可是憑她那三分鐘熱度，沒有在三分鐘以內找到她的真命天子肯定只能夾著尾巴逃走。話講得那麼滿，面子掛不住，一定得先躲起來一陣子，心理建設好了才能見人的啦。那傢伙去個柏林把臺北的房子也退掉了，要是收留她住我那邊，我一定三天就看她不爽把她轟出去，想到就累，我懶得花這個力氣。」

「你對你妹真好欸，簡直跟媽一樣。」

「切，我才不想當她老媽咧，而且若是我老媽，我妹又不是兒子哪裡會有優待，不被身為女人這件事被嫌衰小就不錯了，唉。」克莉絲想得搖頭，「你想想，我老妹那麼沒用，沒有我給她挺著都不知道要去哪個路邊把她撿回來。」

「有你這樣的姊姊，你妹不管怎麼都會覺得有依靠的吧。」

「嘖，這樣永遠不會長大啦。你看像現在，在國外受委屈了不會自己解決，先打電話來跟我哭，真是有夠沒用。日子過得順風順水的時候就忘了我，三個月都不會有一通電話的啦，而且都覺得其他人比較有意思好作伙——」

克莉絲埋怨自己妹妹的開關打開了，什麼東西都能拿來損，拐彎想到了別的事情，說：「欸你知道嗎，我妹小時候特別崇拜你，明明是我跟你是麻吉欸，反倒是她把你天天掛嘴邊，說啊你名字跟外國人的一樣超炫的，聖誕節有另外的過法跟我們都不一樣。我們去美語教室第一天取英文名字，我妹就說她要叫『Mary』，真是搞不懂哦。」

「我名字不是自己取的也就算了，你兩姐妹取那外文名字到底有什麼道理？」

「就我們高興——啊不過，」克莉絲抿抿脣，「美語教室的老師說班上太多叫瑪麗的小朋友了，跟我妹講她叫瑪麗安好了，我妹不肯啊，當場就哭出來嗳，搞得我超尷尬的，後來她被我媽念了超久，名字當然也不會給她改，所以變成現在這樣了。」

「怎麼聽起來有點悲傷。」

「什麼悲傷，超白爛的，我只覺得她莫名其妙啦，不知道堅持個什麼鬼。」

楊瑪俐沉吟半晌，問道：「說真的，你妹在想什麼你知道嗎？」

「我哪曉得，」克莉絲撂撂新燙的頭髮，「我連自己在想什麼也不怎麼知道。」

「你最好是，克莉絲。」

克莉絲對楊瑪俐眨眼，抓住她的肩膀搖晃：「那我這新燙的頭髮好不好看？」

楊瑪俐揮開她：「你夠了哦。」

「我說真的嗳，這樣比較輕鬆不是嗎？」克莉絲又跟酒保點了一杯馬汀尼，向楊瑪俐舉杯：「來啦，喝酒。」

楊瑪俐淺啜手裡的酒，一面思索著：「我記得你家還有一個兒子，是你弟嘛。不過你姐妹倆表現的樣子彷彿你家就你們兩個小孩，你弟超沒存在感的，而且光看你跟你妹的互動，你也未免太像個媽了。」

不知道是意外還是讚許楊瑪俐的評論，克莉絲噴笑，酒都灑出來了：「你也這麼覺得喲，這就是長女衰小啊。而且千萬不要被人灌迷湯就掏心掏肺，自己家人尤其是。」她指著楊瑪俐：「我告訴你，溢美的言辭，浮誇的情緒，根本不符比例原則的獻殷勤，都是有問題的。所以你姊我從來不跟你講客套話。」

楊瑪俐陪笑地說：「是是是，姊對我好小妹銘感五內～～不過你這連比例原則的說法都出現了，感覺體悟深刻哦。」

「真的啊，例如說一個二十年跟你沒聯絡的人突然跟你說超想念你的，發現你才是她一直遺漏的知心好友，你就要小心你會為『知心好友』這個虛詞被騙走財產或感情，最好是立刻封鎖她的帳號，能離她有多遠就多遠，千萬不要跟她攪和，這種人都不知道背了多少爛攤子在身上的。」克莉絲的手機響了，她看都不看設成勿擾模式繼續說道：

「但是這種還算好的，再怎麼難纏還擺脫得掉，要是家裡出一個挖牆角的，認賠殺出之前大概都已經被掏空了。每次在節骨眼跟你情深意重談感情的人就是看準了你什麼沒有，盲信最多。你看，我們多少次相信了老公的各種屁話，不停地給他們找藉口，還替他們擦屁股，被賣了還幫他們數鈔票，我們這樣缺角都給人看明白了。」

「……」說到丈夫楊瑪俐也悵然了：「為什麼這聽起來這麼像邪教，而你講得一副我們再會算也逃不出網羅。」

「因為它就是邪教，人呢，也真的自我欺騙到天涯海角，一點都不無辜。你看看，一堆人拚了命活在自己編的謊言裡，信真理都沒有那麼虔誠，僅僅因為若非如此他們就活不下去了。一切都是為了活下去而已。」最後一句話克莉絲說得用力，接著停頓了很長一段時間。

「講得事不關己，說到底，他們不就是我們，我們果然沒救啊，瑪俐。」

*

李克明發現自己的手機掉了。他托克里斯提昂代為詢問以琳娜，儘管他們很熱心，卻毫無所獲；寫信問瑪麗亞，幾天下來她都沒有回覆，李克明不知道與世隔絕的是誰。最後他的心思回到了那個陌生女人身上，儘管他想要忘記遇上那個叫做克莉西的女人的事情。

手機裡有多重要的資料，不能掉了就算了，憑著印象李克明再次去到那棟建築，這次總算沒有迷路。他站在大樓正門前等待著，一段時間下來竟然都沒有人出入，那街道莫名顯得荒涼，令李克明感到特別寒冷。他聳著肩來回走動想驅走寒意，腦袋裡又是一堆胡思亂想。天色黑下之前路口轉角的街燈亮了，李克明又冷又餓，不想再等下去，正在打算離去的時候，他居然等到了她。

女人不知去了哪裡，身著華麗毛氈大衣，從路口走出來時街燈照得毛氈上的水珠閃亮得跟碎鑽一般；她過街的姿態與珠寶店招牌的作派不分軒輊，然而她豔麗妝彩底下的神情莫名憔悴。當她發現李克明，這回也流露意外的表情了。

她張望左右，確定了什麼之後才走近李克明，低聲說道：「是你啊——你這是想我了？」被女人這麼一問李克明感到困窘，幾乎同時知道自己的反應正中女人下懷。他辯稱他是來看展覽的，然而那個時間點展覽沒有開放，珠寶店鐵門深鎖著。女人沒有戳破他，示意他跟她上樓。李克明其實只想問她有沒有看見他的手機，倏忽猶豫便錯失了時機，他默默跟上克莉西。

在樓道間半途，他們與一名年約五十的女人和跟在她身後、大概只有二十出頭的年輕男子錯身而過。那年輕人看上去跟李克明一樣也是從異國來的，經過克莉西的時候他把自己的帽子壓得更低，克莉西似乎因為他那個小動作停了下來。李克明詢問地望著她。

「你還沒有走投無路到那個程度吧？」克莉西以眼神示意剛剛從他們身旁下樓的那對男

女，等樓道間另外的腳步聲消失了才繼續開口：

「那個女人接納了難民，但是事情才不是人道主義這麼冠冕堂皇。那個女人要那年輕人以身體來支付房租。當然，俊俏的小鮮肉嘛，要我有需求說不定也會考慮這麼做。」

「……」

克莉西玩味著李克明的沉默，一邊打開房間的門，等在門口讓李克明自己下決定。李克明還是進去了。

這一次克莉西沒有問他要不要喝咖啡，直接給了他一杯伏特加。光看著李克明就覺得腸胃不適，但他還是接了下來。女人又低聲笑了，從皮包拿出一盒菸點起一支，並且把還開著的菸盒比向李克明，後者還未回覆，她已從他閃爍的眼神讀了明白，叼著菸笑著把菸盒收起來，讓李克明沒了表達自己意見的時機。瞅著李克明進退維谷的模樣女人笑得更為招搖，她緩慢地、深入地抽了一口煙，菸頭紅得發亮，怕是就這麼燃掉半支菸，她含住煙盯著他，靠近他，把嘴裡的煙全噴到他臉上。

「你怎麼知道他們是那樣的關係？」明明他只是要找到自己的手機，李克明卻是問了另外的問題，他懊惱地皺了眉頭，克莉西以為那是他基於說出口的問題產生的表情，咯咯笑了起來：

「女人的直覺。」她並對他眨眼：「還有職業的眼光。」

克莉西與他們在出入大樓時碰過幾次面，很快便爬梳出了他們的關係，像攔住李克明一樣在樓道堵住了那個年輕漂亮的男孩。會英文要搭訕外國人實在是方便許多，而且她一向能使男人輕易卸下心防，他們期盼著什麼的眼神總令克莉西想撩弄他們一番。每次刺激那些男人他們的反應讓她滿意極了。她永遠記得她問那個男孩他的房東要他貢獻他的屌還是屁股時，他的表情。她一口乾完自己的酒，並盯著李克明手上的酒杯，用眼神催促他也把酒喝了見底，她又露出得意的表情。

「做我這一行的一堆是非法外籍，他們有什麼把柄在他們老闆手上我太了解了，光是護照被扣押就沒皮條了。收容所也不見得回得去，沒錢了就得睡到街上，而且拿不回來自己的證件，不可能得到下一次的居留許可。」克莉西幾乎打了個嗝。

「當初是靠人蛇偷渡進來的難民就更慘了，花了大筆錢辦了個假身分，光是這點在德國就見不得光了，人蛇要他們往東就別想去西，不可能有個合法的去處，那些難民如果逃開了，以為警察可以救他們，德國政府還要拿他們法辦呢。」

「那些打著人道主義旗號的人實際上有沒有比較不黑就不知道了，那個女人應該沒有那麼邪惡的心思。反正，用住屋空間來換取性很實際，跟換成錢沒有不同——現在有房產可真是寶呢，換得到很多東西。」

克莉西的發言令李克明益發感到混亂：「你為什麼要跟我說這些？」

「來到這裡，為了要活下去，那些人是那麼做的。只要活得下去，不管碰到什麼遭遇他們都會感恩戴德的——那麼你呢，做得到那種程度嗎？或者就什麼都別想，當作來柏林度個假就好了？」

「我的事跟你有什麼關係？」

「是沒有。」感覺到李克明言語裡的怒氣，女人笑了，「那麼你是為了什麼來的呢？」

「我的手機不見了。」

「哦～～原來是這樣啊，」女人又倒了一杯伏特加喝下，「不過我不是問你這個。」

「我來也不是為了聽你說那些有的沒有。我的手機有沒有在這裡？」

「沒有。」克莉西斬截俐落地回覆了他。感到自己氣勢輸人，李克明額外心悶，一時兩人相對無語，他看著女人把剩餘的伏特加都喝下了肚。

「……手機這種東西真是麻煩呢，不見了就去找該死的警察啊，都來問我做什麼。」克莉西這麼咕噥，讓李克明直覺她一定知道些什麼，他盤算著該要怎麼讓她吐出實話。克莉西的語言空白著，彷若她自己已然不在場，接著又發出意味不明的笑聲。

「你知道，人生就是一場豪賭。」克莉西比著誇張的手勢，「然而賭博說到底都是一樣的，賭客終究會輸到脫褲。上帝就是這麼一翻兩瞪眼，所以愛因斯坦說上帝不玩骰子。」說完她又連聲笑起來，站都站不穩，撲通跌坐到沙發裡。

李克明其實不明白克莉西所言的來龍去脈，加上語言的隔閡，花了好一些時間思索，而他也不知道自己為什麼要犯意氣跟她爭辯：「你這麼說完全是你自己的解釋吧，愛因斯坦可不是那個意思。」

女人又出現思想的空白，看不出有沒有聽懂李克明話裡的意思，只是誇張地笑了起來——

「但是在某種意義上我有說錯嗎。」她似乎把肺裡的空氣都擠出來地笑，甚至發出哮喘的聲音，連笑了好幾分鐘都不停，趴在沙發不時打嗝，若不是她及時順過了呼吸李克明不知道該怎麼救她。在驚魂卜定的瞬間他彷彿看見她脆弱的樣子，突然覺得自己可以理解她，心中油然而生一種相濡以沫的感情。儘管他的手機不在這裡他大可離開，但是他沒有。他靜靜地望著倒在沙發上的女人，如此揮霍掉自己目前無有去處而多得奢侈的時間。

克莉西可能喝醉了，已經聽不明白他的話，李克明也不真的非要得到一個認真的答案，然而他還是要問這個他不停在問別人的問題：「你有沒有過，人生之中不知道該要往哪裡去的時刻？」

「有啊，總是。」原來克莉西並未完全醉倒，她笑得歡快，彷彿他問了個傻問題，但是他感覺得出她沒有取笑他的意思。儘管神智模糊了，克莉西仍坐起來點了一支菸，她凝視上升的煙束，眼神逐漸空洞：「也只能任那些時刻到來，不然又能怎麼辦呢。」

李克明看著克莉西嬉鬧地吹開白煙，心中莫名有種受到撫慰而生的酸澀情感。

＊

跨年夜李克明儘管參加了布蘭登堡門前的跨年派對，在彷彿快樂的時刻也知道一年乏善可陳地過去了。距自己離開德國的日子已經沒有幾天，未知的前途沒有亮起來，一切都太不勵志。李克明覺得他應該給自己短暫的柏林生活一個像樣的結尾，這樣他心裡比較過得去。他決定跟他所認識的人一一說再見。然而沒有了手機，他對外聯絡的管道剩下青年旅社的公用電腦，道別這件事突然變得相當古典，所有人都像是退出了他的生活圈，又或者，這不過揭示了他原本就是孤立的。

瑪麗亞終於回覆了他。她也沒有看見他的手機，李克明已經接受了這件現實。另外瑪麗亞提及她的展期將屆，得要討論撤展事宜，如果李克明想跟她見面的話她人就在展場，於是他們又相約在那裡碰面。

瑪麗亞的心思一直只在展覽和一同參展的人身上，李克明無法跟她完整地交談一段話，他不禁問自己在期待什麼，連道別都顯得無足輕重。

而當他回到青年旅社，心想也應該與自平安夜後便未再見的義大利情侶告別，沒想到他們已經要搬出去了——「我們要先去頂一個朋友的房子，等她搬完家我們就可以接續住下來了。」

他記得平安夜時那群義大利人還與他難捨難分，然而真到了離別時刻每個人還是只能顧好自己，當初想像應該感性的時刻實則非常冷靜。而他自以為的想念是一種優美的情懷，對於美好幻影的投射，但是它在現實面前往往渺小得連說出口都不必，終究只能化約成一縷朦朧的情緒。

送走他們之後，便輪著該送走自己，李克明發現自己始終掛記著克莉西那個奇怪的女人。他對自己藉口說在瑪麗亞撤展前再找一天把展覽仔細看過，又到了那裡。他確實期待能夠再次見到克莉西，在心裡琢磨若是見到她要怎麼跟她開口。他轉進那街口，看見克莉西跟一個男人在爭執，直到男人離開了他才出現在她的視線。她瞪著他，發著脾氣。

「你為什麼來？」

「……我是來道別的，我要回臺灣了。」

「我知道了。」克莉西顯得冷酷，但是並未讓李克明知難而退，克莉西繼續怒視他，語氣更為嚴厲：「你到底為什麼來？」見李克明不回答她，女人逐漸收斂了怒意，轉為當初她見到李克明時那種接待客人的態度，然而又帶著傲慢的粗魯。

「我知道了。如果你是來消費讓人服務的，可以喲，我有空。」不待李克明表明自己的意願，克莉西把他拉進大樓。才踏入那個毫無氣氛的房間，克莉西已經動手脱掉李克明的外套，接著解他的褲頭，一切顯得完全沒有情趣。

克莉西的舉動讓李克明很不自在，他想要的並不是跟她的性，撥開對方的手幾次讓克莉西也明白了，她推開他，自顧自點起菸來。

「不想做就拉倒，錢還是要照算的。既然錢都是要花出去的，好好想想你要怎麼運用你的鐘點吧。」

李克明衣衫狼狽地站著，腦中一片空白，又給克莉西嘲笑：「説實在的，你根本不知道你為什麼來到這裡吧？」

「……」李克明努力回想著，然而他不知道在這已然失敗的德國之行的尾聲自己該説些什麼。儘管他很明白人生的各種艱難時刻都是映照著心中過不去的坎，越失望的時候越多企盼，挨著那稱為希望的期盼忍耐下去，而他相信，好結局一定是等在那裡的。

『為什麼你認為事情最後必須是好結局呢？那個好又是要怎麼定義？』

他腦海中突然閃過學長在他們最後一次視訊丟下的問句，他還是想對他說不是這樣的，而他面對的是一個和他毫無干係的女人，並且他對她說起學長的事，說他因為他決定離開臺灣。

聽完李克明其實掩蓋了許多細節的描述，克莉西倒是聽得心如明鏡，不好聽地笑個不停，她的心情不知有多久沒有這麼好了。

「所以說，你這是失戀了嘛，難怪你淨做鬼打牆的事。」

這句話聽得李克明腦袋當機了。

——我們忍耐的所有事情代表了很多很多，然而意義可能沒有在裡面。

「所以，克里斯，你是誰？」

——我們忍耐的所有事情是潘朵拉的盒子嗎。

問完這個問題克莉西仍然止不住笑，聽起來卻有幾分像哭，她的眼線因為泛出的淚水糊掉了，臉頰上掛著兩條歪歪扭扭的黑色條紋。

「你們都來找我，當我是聖母瑪麗亞嗎？」她抹過自己的雙眼，吐出一種了然的慨嘆。

＊

媽祖也只是說，心存向善，好好做人。只是我們人總是太容易陷入一廂情願，以為前方定有光明，神明必然保庇，最後要吞下自己結的果並以為神明不曾聆聽。

克莉絲跟楊瑪俐一起在天后宮，克莉絲對坐在廟裡的志工老人特別和善，耐心聽著老人家無論巨細訴說所有事，還會拍拍老人家的手臂安慰他們，彷彿她才是協助他人的志工。在洗手台淨手時楊瑪俐問她：

「你什麼時候變得這麼好心了？」

「你不覺得看著他們就像看到以後的自己嗎？想對自己寬容一點有什麼不對？」克莉絲領著楊瑪俐入了大殿，由於裊裊香火瞇起雙眼，又熟門熟路去取香，在瓦斯燈台引火。

「我有一天忽然明白，那些老人都很需要他人的關注，但是各種狗屁倒灶嘛，到最後只能自己看著辦。在這人世間終究只有神明慈悲，無論如何都會聽他們說話。」

「我另外明白的是，有一天我也會是那些老人，怎麼抗拒都還是會走到那一步的，不管我曾經做過什麼都一樣。所以，想要對自己寬容一點。我相信媽祖婆肯定懂得我的心的。」

克莉絲遞香給楊瑪俐，見對方還是有所抗拒不想拿香，克莉絲對她說：「圖個心安，求神拜佛穿鑿附會有什麼不可以，千百年來人都是這樣，不用覺得自己對神明不誠實，安啦——你的香我幫你拿，媽祖婆都了解，瑪麗亞也什麼都不會說的。」

請你傾聽我虔誠的呼喚

沒有人愛我的意思是，請你愛我。

＊

因為社區對街的工地正在趕進度，挖地基的噪音從清晨七點到傍晚都不曾停過，麥亞女士把窗戶關了起來。

在這一區大興土木之前，麥亞女士在溫暖時節常常倚在座落三樓的自家窗臺，觀察鄰居的動靜——哪一戶在聽廣播，哪一戶的小孩放學回來乒乒乓乓踩著樓梯，哪一戶看色情影片時沒有注意音量，任片中的男女喘息，前戲都做完了才慢條斯理把聲音調小；哪一戶拿衣服去晒衣場披掛，哪一戶的情侶在陽台親暱調情——哪戶搬走了又有人搬來了家具進進出出，她都看在眼裡。手肘倚得麻了她就去廚房沖一杯藥草茶，喝完就去中庭晒衣場外圍的花圃整理她栽植的區塊，就算對街工地揚起的灰塵讓她的植栽黯澹，麥亞女士也不因此減少任何照顧。當她彎腰提著花灑在公用水龍頭裝水，她看見一個東方臉孔的年輕女性背著大包小包快步進樓裡。那是住在她樓上，然而不確切知道是哪層樓哪一戶的鄰居。

女子總是穿著一身黑，眉宇之間帶著一種說不上來的不確定，儘管她每次都會對她點頭致意，但是眼睛總會很快地瞥到一邊，這讓麥亞女士特別留意。麥亞女士曾經揣想這女子可能來自日本或中國，偶爾會有想要弄明白的念頭，不過她們幾年來除了打招呼，一直沒有說過話，麥亞女士也只知道這女子住在她的樓上，至少絕對不會是她正上方的討厭鬼──

她先前要準備給花圃添新土的時候在一樓樓梯間的公布欄看到一張浮貼在玻璃上、用列印輸出的「公告」──「敬啟者：敬請各住戶配合不要在大門前堆放個人物品、園藝器具，本人已與該相關住戶多次協調，然而時經一年未有改善，例如那只有礙觀瞻的灰色塑膠桶已經擺在大門口超過半年，裡面甚至擺了越來越多垃圾。此外中庭花園屬於公共空間，不是『某些人』的私人用地，它的景觀設計應該由全體住戶決定，懇請所有住戶重視自己的權益。」告示結尾撰文者署名「史密特」──麥亞女士想都不用想就知道又是住在她正上方的鄰居，永遠有事情看不順眼，誰都礙著她似的。

盯著那告示，麥亞女士當然明白史密特現在是透過群眾給她施加壓力，但是她不在乎。她打開大門，側頭看向那些她放在那裡已經一個冬天跟一個春天的灰色塑膠桶，裡頭塞了一包她新買的培養土，三五支木條散置其中，還有一副用舊的園藝手套。旁邊由她打點的花圃綠油油一片──接骨木的花期過了，接著是去年種下的薔薇開過一輪，之後還有向日葵，地上的南瓜也開始成熟。看著花圃欣欣向榮金風送爽，該是心情明媚，然而麥亞女士多少給那

「公告」搞得不是滋味，她撈出塑膠桶裡的園藝手套，還站在門口，聽見樓道間匆忙下樓梯的腳步聲，來人猛地打開門，幾乎要撞上她，及時停了下來。麥亞女士看清又是那個亞洲女子。

女子雖然說了一聲「抱歉」，她們仍舊沒有交談，女子照樣背著大包小包往門外走，麥亞女士瞅著她的背影，喃喃說了什麼，戴上手套，緩步走去樹叢，扯掉藏在之間枯萎的莖枝。

*

岳華明搬到這棟樓已經三年八個月。那不是一幢很大的樓，位在社區的後棟，每一層樓有四戶，五樓的公寓總共不過二十戶人家。住戶間的互動很稀薄，儘管他們在樓梯間碰到會打招呼，彼此卻鮮少說過除了「哈囉」「早安」「午安」「晚安」「再見」以外的話語；若是在碰到鄰居的幾秒間想不到打開話匣的點子，對方便已掏出鑰匙開門連再見都沒有說。不過她曾經去查看對講機的住戶表，核對方才幫她扶住大門或者替她代收包裹的鄰居是誰。在她不算頻繁的確認間這棟樓只換過兩塊名牌，新住戶的名條用透明膠帶直接覆蓋在前任住戶名牌的塑膠護片上；安在名牌格子內，沒有更動的那些名牌所代表的住戶不知道在這裡生活了多久。她不認識他們，他們也不認識她，有幾戶她甚至從未遇過。

不知道是作息類似的緣故還是如何，她最常碰到的鄰居是住在與她的公寓同個方位、三樓的老太太，姓氏是麥亞。她會知道她的姓氏是因為她替她代收包裹好幾次，然而也不過多了「您好我有包裹寄在您這裡」還有「謝謝」這兩句話可講，彼此都不知道對方更多什麼。

今天稍早她又碰上了麥亞女士，由於趕時間她沒有心思注意其他事情，等她傍晚回來才發現了公布欄的玻璃上貼了新消息，是她正下方的史密特女士又一次的布告，在公告的空白處還有兩道表示贊同的字跡。另外應該也是史密特女士新增的手寫字跡，請贊同者具名，並邀請對方一同商量如何布置中庭花園——她進門前才看到麥亞女士跟另一位同棟樓的鄰居拉著水管，替花圃澆水。克莉絲汀——那位較麥亞女士年輕的鄰居察覺了她，抬頭跟她打招呼，她拘謹地點了頭。麥亞女士和克莉絲汀肯定也看見了那篇告示，並且不會是匿名贊同的那兩人，因為岳華明很清楚把灰色塑膠桶擺在門口的人就是方才沒理會她的麥亞女士。

她進了樓，樓梯間與戶外的溫差很大，她打了一個噴嚏。剛剛還亮著的樓道燈熄了。趁著夕陽餘暉她沒再開燈，走上樓，在三樓多看了麥亞女士擺在自家門前的廚餘堆肥桶一眼。岳華明繼續走向四樓，史密特女士正好開著門把垃圾袋暫放在門外，察覺她走上來便側身滑進屋裡，匆匆關起門。岳華明盯著那道就在她面前關上的門，露出很微妙的表情。她再往上一層回去自己的住處。

這棟樓的住戶跟彼此多說一句話似乎對誰都很困難，儘管她也沒有興趣要知道他人的生活。然而不必特別留心，她在搬來不久之後便發現她的鄰居們有一種她很難理解的溝通模式：在社區布告欄旁邊或樓梯間的牆壁上不時貼了一些紙條，例如「請勿在樓道抽菸」、「不要堆放雜物或垃圾」，甚至直接貼在鄰居門上，要求該戶如何怎樣。這些紙條出現的頻率比她遇到鄰居互道哈囉早安午安晚安再見的頻率還要高——其中最善用這種溝通模式的住戶就是史密特女士。

前天早上史密特女士才在她門上貼過「謹記社區守則，不要在晚上十點以後使用洗衣機」的字條。明明只有一句話，史密特女士卻是將它列印出來，並且把整張A4紙浮貼在她的門板。那行沿用預設字型與大小的字印在直式列印的慣例起始位置，以下的紙面孤伶伶地空白著，還微微翹出一個弧度。

這不過是史密特女士貼過的諸多告示裡微不足道的一例。史密特女士在樓梯間的所有可能地方貼過紙條，寫過一再超乎想像的內容，跟其他鄰居相比她的字條材質與格式還逐年進化，發展到自成一格：用膠帶固定的一般便條紙或者黃色便利貼係屬她的手寫時期，今年她可能買了印表機，所以她的字條都變成用標準規格的辦公用紙列印。她有時候會簽名，更多時候不，然而她的措辭總是讓人一看就知道又是她的手筆——

在岳華明搬來的第一個冬天史密特女士在樓道位於四五樓之間的窗戶上貼了一張便利貼，寫道「請確實關緊窗戶，現在是冬天！」，而不知道哪個鄰居直接在她那張條子上附貼了一張便利貼，窗戶則開了一道縫隙：「親愛的芳鄰，即使是冬天，樓道的空氣也需要流通。」史密特女士再次關了窗，並回覆一張便利貼，黏在兩張既有的字條上：「通風不需要將窗戶打開一整天，我的屋子會因此暖不起來，影響本人的生活品質，請堅持開窗的鄰居為我支付無謂增加的暖氣費。」後來不曉得是誰撕掉了那幾張便利貼，玻璃上隱約留著貼過條子的痕跡。岳華明經過那扇窗時總會佇留半晌，那膠痕似乎只有她非常介意，每回上下樓梯她的視線都被它黏住，有次她終於摳掉它。此後她還是習慣查看那扇窗戶是否鎖緊，甚至會再壓一壓窗框權作保險，並且想起那幾張早已經不知去向的紙條，懷著一股「等著瞧一定還會再來」的情緒等著史密特女士下回會從哪件事發難，但她始終迴避遇到她。

鞋櫃上還擱著那張史密特女士前天貼在她門上的紙條，岳華明撕掉紙上頂端的膠帶，把它塞進回收紙堆。

隔天她發現昨天的那張公告旁的牆上，等高的地方多了一張同樣大小的列印紙張，仍然是史密特女士貼的——儘管沒署名。內容與上一張大同小異，但追加了她與「那位鄰居」的協調仍然不果，她決定在週末挪空清除大門口的障礙物，同時更強烈呼籲同棟的住戶積極參與公共事務。結果當晚兩張告示都不見了。用來固定第二張告示四角的膠帶被摘掉的時候連帶剝下了一層水泥漆，而破碎的指印在殘膠的位置更明顯弄汙了新粉刷的白牆。

因為史密特女士在告示上試圖召集住戶會議，岳華明接連幾天觀望史密特女士的下一步，不過什麼都沒有發生，史密特女士沒有去按鄰居的門鈴與他們面對面溝通，樓梯間一如以往沉寂。她站在公布欄前，大門沒有關，她順著看出門外，那只灰色塑膠桶仍在原地，裡頭裝了半滿的枯葉與乾掉的花萼。史密特女士並未如自己在告示寫的清理掉她所認知的垃圾。牆上剝落的痕跡顯得無妄。岳華明走出去，沒帶上門。

她回家時一樓大門仍是開的，而麥亞女士微駝著背，站在花圃裡，手中握著一束萎掉的花莖，又彎腰摘下一叢黃葉。岳華明扶著門，並轉頭多瞧了麥亞女士一眼——公布欄的玻璃上新增了一張「請確實關門」的告示。

在她打算關門時麥亞女士喊著「等等」，把花莖丟在花圃邊的培養土堆，一面脫下園藝手套，不疾不徐地走進來；當岳華明要放手把門留給麥亞女士，麥亞女士越過她，說「可以關門了我忙完了」，岳華明再次看了麥亞女士一眼。她踢開門下的木楔，等在一旁，眼睛盯著公布欄，直到聽見門關實的聲音才要上樓，不料麥亞女士仍站在樓梯前，居然在等她的樣子。

「對，門要關好——」麥亞女士讚許地這麼說，卻馬上顯露驚恐的樣子，縮起肩膀雙手亂揮，用跟她真正的聲音相比過高的音調嚷著：「『現在治安變得很差要小心門戶大門一定要關緊留意陌生人！』」接著她切換回一般的語調說道「真是大驚小怪」，甚至帶著惡作劇的笑容。

麥亞女士此舉讓岳華明愣住了，沒有應和她，麥亞女士也無所謂，掉頭走在她前面上樓。岳華明總算明白麥亞女士方才是在演戲諷刺史密特女士，不想表示什麼，只悶聲跟上，半途麥亞女士又轉過來看她，仍然沒頭沒腦地說：「有些德國人真是可怕啊——」

岳華明不明白她的意思，問道：「對不起您說什麼？」

麥亞女士單薄的雙唇咧開，露出泛黃的假牙，臉上的皺紋排成另外一種行列，傳遞難以言明的古怪意味：「我是指有些德國人啦不是所有德國人，那些德國人噢——」麥亞女士模擬了喊口號的腔調，舉起拳頭：「秩序最重要！公共區域的使用應該由全體住戶表決！公共空間不容許挪作私用！」說完，麥亞女士笑了，那笑容只顯得別有用意。她也不在乎聽的人到底知不知道她所指為何，接下來卻這麼說道：「哦，我到家了，祝您週末愉快。」麥亞女士又一副旁若無人的模樣自顧自掏著鑰匙，開了門又關上門，岳華明聽著麥亞女士反鎖家門的聲音，心裡覺得有一種擺脫不掉的黏膩。

最初找房子的時候岳華明並沒有考慮過鄰居這一環，畢竟當時急著要找到房子，能夠落腳就讓她鬆了一口氣。而搬來沒多久她便隱隱感覺這社區的分子跟她不合，一開始她只當自己對環境陌生，再者她本就沒有心思敦親睦鄰，也確實曾經以為自己干擾不到他人，只要不和別人打交道、走在不引起任何注意的邊緣，那直覺感應到的不對勁就可以當作不存在。然而事情並不那麼簡單。

有個下午天氣很好，中庭沒有人，她一時興起去那兒拍照；當時還沒有所謂花園，樹間的草皮被晒得蜷曲焦黃，某戶人家把自家剛洗好的衣物晾在中庭的公共晒衣場。陽光穿過那些布料，變得半透明的衫裙在微風中特別搖曳。岳華明將鏡頭對著那些衣物，按了幾次快門，甚至靠得很近，拍衣服間的光影。突然，她意識到他人的眼光，把視線從觀景窗移開，發現一名可能也是社區住戶的女人站在草坪外，神情古怪地打量她，不知看了多久。她反射地對她笑了笑，那人反而一副不想被打擾的模樣快步走了。

她原本沒放在心上，隔天繼續在尚且無人的中庭拍照，不一會兒一個男人走近她，對她表明自己是社區保全，問她是不是此處住戶，否則無權在此逗留，而且有人檢舉她的行為侵犯了住戶隱私。她一時沒有會意過來，接著才發現循著自己對準晒衣架的方向看去就是一戶人家起居室的窗戶，因為沒掛窗簾，屋內的擺設能讓在外的人一覽無遺。

岳華明沒有辯解。她的對應舉措是自此再也不拍了，並且不復在中庭逗留。後來她偶然知道舉報她的人是史密特女士，也就是那天打量她的人，恰恰住在她的正下方。她再次碰到史密特女士的時候史密特女士正在樓梯間貼一張字條而且裝作沒有看到她。

之前她一直告訴自己只是多想的違和感坐實在心底，她並開始敏銳察覺到樓梯間內的沉默溝通。她嘗試過得更小心，但是紙條還是會貼在她的門上，比對過她知道那些紙條都是來自史密特。

她決定不把史密特女士甚或其他鄰居放在心上。把那些紙條全留在樓梯間她依舊可以過她自己的日子，有時候她甚至覺得其他鄰居也不把史密特女士放在心上，與其說他們以紙條反擊，更像是一種作弄，儘管史密特女士因而變得更加嚴厲，但是他們都隨她去，她的指責始終打不到重點。

於是她開始有點明白她這些乍看毫無往來實則彼此心懷怨懟的鄰居們：既然每個人都可以把那些紙條留在樓梯間，每個人對自己的生活當然不會有所退讓，因為跟鄰居嘔氣搬走更是不可能出現的念頭，而不免有所吞忍地繼續住在同棟樓裡，以一種放任的方式——例如目前任憑史密特女士和麥亞女士的紙條戰爭持續激化，沒有人想攪和進去。

本來一棟樓裡頭鄰居之間發生齟齬也算不上什麼，彼此保持距離根本不稀奇，但是一些屬於他們日常之外的事情拉近了他們。

*

除了史密特女士的紙條，管理委員會也張貼了注意門戶的告示，說明前一週隔壁街社區一樓住戶遭人砸破玻璃，所幸無人受傷；而就在岳華明讀過告示的隔日正要出門時看見兩名警察正好站在樓梯下方的地下室入口旁邊，在她透露懷疑神色之際其中一名員警便向她解釋昨夜這棟樓地下室遭人潛入，有幾名住戶儲藏間的門鎖被撬開了，他們正在進行初步勘驗，先為可能受波及的住戶建檔立案，然而需要住戶自行清查有無財物損失——

「必要時請更新儲藏間的門鎖。」一員警補充道，並再進一步說明他們會在每一戶信箱投入報案單，假如她清點後確知有東西失竊，就以報案單回覆給該區的派出所，憑上面的流水號他們就會知道是哪戶的案件了。

由於兩樁事件發生得太接近，警方認為這應該是連鎖竊案，因為除了這兩樁案件，同一行政區裡面還有類似的破門行竊。由於一般住宅區內都沒有設置監視器，截至目前只有上回鄰街有人用手機拍下的晃動照片，畫面太過模糊，並不真的能夠作為鎖定罪犯的線索，所以警方也無法說得很篤定。岳華明乍看冷靜地聽完警方陳述，也似乎不受影響地出門，心裡難免還是有個疙瘩。

當夜她回來，查看信箱，還沒有警方說的報案單，走在中庭更不尋常地回頭查看有沒有陌生人跟在身後，只是杯弓蛇影，另外時間已晚，連認得臉的鄰居也不會在那時候出沒，她都覺得自己的疑神疑鬼非常無謂。她又記起該要清點儲藏間裡東西是否都在，開鎖時忽然想及每戶的儲藏間不過是用木板圍起，門鎖只是用螺絲鎖在木板上，有心人若要開門，只要鋸開木板或者用電動起子拆下門鎖就好。岳華明決定停止自己的腦內演練，只飛快地瞄了自己的舊作品還有多年累積的顏料是否都還安在。

上次進儲藏間已經是幾個月前的事情了，而她又是更久沒再使用過那些材料。不過只要它們仍在那裡，她就可以相信某些事情還跟以前一樣。而看到塵封的昔日作品她心中不免萌生了一股懷舊情緒，開始翻看堆在比較上面的東西，使得她在儲藏間待得比預計稍久，直到她由於灰塵過敏連打了好幾個噴嚏，她才將東西歸回原位，重新在門上掛好鎖頭，離開地下室。

接下來她去開信箱拿到報案單，恰好碰見前棟的三名鄰居站在信箱前談論這起案件——

她第一次看到鄰居湊在一起討論得那麼久。鄰居應該認得她，打了招呼後其中看來最為年長的男人問她去檢查了儲藏室沒，岳華明點了頭，那老男人便說：「其實儲藏室裡不會真的放什麼值錢的東西，小偷大概也只是圖著看看能不能撈到什麼能夠變賣的電器，但是一樓玻璃給人打破就不是開玩笑的了。」

鄰居們開始分析這竊案的裡裡外外，設想了很多可能，包括這個城市近兩年人口膨脹太快，治安水準變差；有一位鄰居提議是不是該裝個監視器，馬上被其他人否決了。接著他們話鋒一轉，開始談論在他們的信箱連派幾年傳單、懇求支持該公司開發的建商正設法變更對街空地的地目，好大興土木。然而那塊地實際上是畸零地，又離車站太近，依現有法規它是不能作為建地的，只不過市政府眼前打著願景新城市的旗幟，廣納人口，原有的房屋不夠住了，緊接下來就是搞都市開發蓋房子擴大內需了。老男人提到這樁地目有問題的建案在區議會聽說是通過了，看來這裡的日子再也不會像從前那樣了。

「啊，柏林也早已經不是以前的樣子了呢。潘柯（Pankow）那裡這幾年因為之前宣布泰格爾機場要關，噪音問題就會改善所以發展起來，很多人搬過去了，房租什麼的當然跟著漲了。誰曉得新機場號稱二〇一二年要啟用又跳票，泰格爾機場只能繼續營運，這誰有辦法？飛機仍然起起降降，市鎮開發到處開挖，所以環境條件一樣差，搬過去的人是要再搬還是不搬？更別說這期間各地房價已經炒起來了，想搬也搬不走。就像我，哪裡敢搬家？」

老男人瞭如指掌說著，這時岳華明意識到他其實帶著一點點口音，然而把她從先前心不在焉的狀態抓回來的是他所說的內容。她有些明白老男人在說什麼，不禁揣想他心中的那個以前是什麼樣子，但是她沒有問出口。

三人裡的年輕人感嘆道：「柏林到處都在蓋房子。」

老男人稀鬆平常回說：「從我三十年前到柏林，柏林就一直處處在蓋房子，這點都沒變過。」

「這確實是。」幾個男人笑了起來。她察覺鄰居們講到再下一個話題去了，便沒有繼續逗留。

＊

麥亞女士發現近來出入社區的陌生人變多了。雖然頗有一種刺激的新鮮感，但是基於先前闖空門的事件，她觀看那些往來的人多了警戒。而，她除了堅守自己的領域，沒有太多能夠做的事情。她已經有點老了，不想花心思在一些顯然不止運作在表面的事情。

她種的南瓜收成了，但是皮太硬切不動，又沒有那麼大的鍋子可以放沒切的南瓜進去，後來她把南瓜洗乾淨，整顆放進烤箱裡烘烤。等待計時器鈴響的時間裡麥亞女士讀著園藝指南，在心裡規畫作物的栽種面積比例和採收順序。接下來兩天她用那顆自種的南瓜做了蔬菜鹹派和奶油濃湯，飽食了好幾頓。

一日戶外下著毛毛雨，麥亞女士從窗臺瞄到不知道從哪裡來的年輕男人窸窸窣窣走進位在她窗口下方的花圃，一副要打她南瓜主意的樣子，她打開窗，對樓下的人大喊，對方一開始還不以為意，麥亞女士又說了一串，那男人才意識到那話語是在對著他，晃著腦袋尋找叫喊的來源，一抬頭視線便與麥亞女士的相接。麥亞女士嘴咧開，整齊得不自然的假牙一如以往露了出來，笑聲啞啞地顫動著——「那可是我的南瓜，我看著你呢！」

那人如同被咒文釘住般杵在原地，直到他的同伴叫他，他也只能僵硬地轉頭，講了什麼，聽起來糊糊的，麥亞女士不知道他們用的是什麼語言。她又看到中庭花園通往街道的鐵門外站著應該是租屋公司的管理人員，用英文招呼那兩個陌生人，他們隨即走去跟管理人員會合，那個被麥亞女士嚇到的人還心有餘悸地回頭了兩次。

結果他們還沒有要離開，而是跟其他人會合去參觀房子。一夥人十來個，重新回到中庭，甚至進了麥亞女士這一棟。麥亞女士的小眼睛發亮著，她關上窗，走進屋裡，並非打算從樓道去堵他們，而是披上一般窩在沙發讀書時用的毛毯，雙手握著新泡的熱茶回到窗臺，隔著玻璃觀望他們什麼時候要出來，並一邊聽著木造樓梯有沒有被踩得吱嘎作響，藉此判斷他們是否還在樓裡。

等到參觀房屋的人陸續出來，麥亞女士抓準時機打開窗戶，緊盯那個她認定的偷瓜賊，也不管他可能聽不懂她，對他喊道：「『原上有眼，林間有耳（Das Feld hat Augen, der Wald hat Ohren.）』，在這地方也是一樣的，年輕人──」

她的發言讓聽得懂的人都看向她，帶客戶看房子的管理人員尤其抿起了嘴，帶著責難的意味望著她，但是很快就因為讓其他人抓著發問轉移了注意力。那群來看房的人優先在乎的是自己既有的條件能不能搶到這間夢想中的房子，他們提問的重點沒有考慮到那個說話沒頭沒腦的老太太可能會是自己的未來鄰居。

由於接連幾天陸續有人來看房子，引起的動靜讓原本的住戶多少曉得了，柏林近來的房市發展又成為鄰居閒話的題材，麥亞女士在中庭整理花圃的時候聽了個一清二楚。前棟的男人們熱愛議論柏林的前途，然而千篇一律，麥亞女士已經知道他們要說什麼了──

「當然要趁現在快搶我們社區的房子啊，對街的新房子蓋起來，不論要買要租，那個價錢都會嚇死人。」

「人多房子多了看來很繁榮啊，這有什麼不好？我們這個鳥不生蛋的地方需要更多基礎設施，也得多些商店，不然哪像市中心的社區，連想做 Airbnb 都不見得有人要來——您說是吧，麥亞女士？」

麥亞女士沒有打算加入對話，裝作重聽，提著花灑走過他們。

霜降之前新住戶搬了進來。並不是偷瓜賊拿到了那間房子。又因為那間出租的屋子在一樓最裡邊，不容易注意到，所以麥亞女士沒有第一時間發現原住戶的動態。

本來的那戶人家同樣不跟鄰居往來，只知道住的是德國人，隔著門板都能聞到濃重的菸味，門板周圍甚至都給煙薰黃了，交屋之前租屋公司還特別找了油漆工把樓梯間局部還有那戶的門重新粉刷了一次，看到他們動工麥亞女士才曉得原住戶已經搬走了。那一戶的大門敞開著，麥亞女士走到門前，望見除了粉刷工具，裡頭空蕩蕩的，門框的油漆新鮮著，瀰漫刺鼻味，另外則是陳舊的煙味與殘餘的舊人生活氣息從斑駁的壁紙和地板滲出來。麥亞女士沒有再多看，默默觀望著新住戶何時搬來。

新住戶是外國人家庭，他們搬進來那天麥亞女士從窗臺看見了他們：一對夫婦帶著兩名稚齡兒女，妻子肚子裡還懷了一個。看他們的長相，可能是印度人，麥亞女士這麼猜想。他們請了搬家公司，陣仗浩大地把明顯買自大賣場的新家具運進他們的新家，整個過程麥亞女士全看見了，小眼睛瞇得更細，心底又有了一層盤算。

新住戶把雙人座嬰兒車就停在自家門旁，使得樓梯周圍的空間更狹窄，麥亞女士要去地下室的時候常常被嬰兒車擋到，而她想到的是史密特竟然還沒有貼紙條警告他們不可占用公共空間。

趁著花圃還未被雪封，麥亞女士一點一滴地收拾她的園藝工具，不時會看見那年輕母親推著嬰兒車經過，如果那母親察覺閃避不過眼神交會，便會向麥亞女士點頭致意，伴隨一聲細小的「哈囉」。麥亞女士試探過她聽不聽得懂德語，見對方靦腆甚至尷尬的笑容就沒繼續下去。

無論如何，這家人總比那偷瓜賊來得省心。麥亞女士還沒完全忘掉偷瓜賊，寒冬已逐步接近——每下一次雨，冬天便越深，清晨時在掉光葉子的樹枝上會敷著一層霜，接著雪也覆蓋上去，就算雪不會再像四十年前那麼厚，但是這氣溫也不容麥亞女士還開個窗偷窺鄰居、對哪個看不順眼的人大小聲了。麥亞女士完全暫停她了的窗臺娛樂，中庭花園也被積雪蓋住，百無聊賴之下偶爾看見那她始終不知姓名的亞洲女子，她的一身黑在這灰濛濛的冬日仍然醒目。這天麥亞女士又看見她提著一桶什麼，神祕兮兮地出門。

＊

岳華明在自己公寓的浴室搭了一個暗房。能夠在家沖洗照片有很多好處，節省各種往返花費的時間與金錢之外，主要是因為她並不想讓人知道她看見了什麼。她並不喜歡在還沒把照片處理成作品的情況下讓人察覺她發現了什麼，與他人共用暗房總令她不自在，就算其實每個人都只關注自己所拍到的東西。

這樣她終於可以專心在家準備她的畢業製作。她早該開始的，然而先前為了各種外務她耗掉了太多時間，加上一直沒靈感，就這麼蹉跎下去，來自指導教授的壓力不說，學務組也給她最後通牒，要她在冬季學期結束前完成畢業展，但是哪裡可以讓她創作是個大問題。

她本想在學校工作室趕工，卻由於準畢業生已沒有公用工作室的使用權，她得把她幾年來的家當全部打包帶走，並不比近四年前搬家時容易，若要臨時找個工作室，近年房租高漲，她也已經負擔不起工作室的租金了。這個因素也影響了她到底該以什麼媒材創作。岳華明走下樓，要去自己的儲藏間，看看自己有些什麼可用的，打開地下室鐵門時有種說不上的鬱悶，想起先前警察還站在這裡辦案。

警方沒有後續通知，布告欄除了緊急事故的通報資訊和住戶基本守則，只貼著鄰居之間互看不順眼的紙條，先前地下室給人撬開的事情似乎不了了之了。岳華明沒有繼續想下去，打開門上只防君子的鎖頭。她拿手電筒照著自己儲藏間裡的材料與舊作品，那些或許只有對她才有價值的東西。上面的積塵更厚了，這一次她只是擦去了幾隻手指頭的灰塵，沒有移動它們。

在儲藏間的短暫冥想並沒有為她帶來明確的點子，最後，她憑依近期都是在拍照，姑且決定了要以攝影作品來進行畢業製作。然而這就得遵守學校工作室規則，跟很多人一起搶預約時段，在暗房內也充滿各種規章外的眉角：有回她暫時把底片留在公用暗房的顯像台，出去小包廂外拿東西，另一個人不經意地撩起布帘進去續用設備，讓她大感遭受冒犯，因而下定決心要自己在住處搭一間暗房——她自己一個人住，不擔心還要跟室友溝通空間分配事宜；另外公寓裡的浴室沒有對外窗，正符合她對不透光空間的需求，只不過她不知道該怎麼處理那些化學廢棄物。

原先岳華明心想丟到一般垃圾桶就算了，工作室助教耳提面命跟她說千萬不可，也絕對不可以將廢棄藥劑倒進水管——以前他開始自學沖印時也覺得沒什麼大不了，甚至就把溶液倒進自家廁所的馬桶，水管的哪裡因而腐蝕了，從水管破口溢出來的水滲進天花板的層層結構，讓樓下住戶的天花板開始漏水，儘管處理及時沒有影響到整棟公寓大樓，並且幸好他以前為了公寓裡的貴重器材保了房屋險與第三責任險，沒有賠到破產，但是他在住家使用化學藥劑這件事差點讓他被其他住戶趕出去。

岳華明聽了這故事後自是警醒，她很明白史密特女士要是發現她在公寓裡使用含有重金屬的化學藥劑絕對讓她吃不了兜著走。結果猶豫著拖磨著，總算是把暗房搭起來了，比較麻煩的就是她得定期把廢棄的化學藥劑攜出公寓，帶去學校統一回收。

現在，每每岳華明提著化學廢棄物出門都不免東張西望，卻又要裝作從容，然而她的舉動全給麥亞女士看進眼底，她完全不曉得那個老太太在心裡編了什麼故事，她腦袋裡只塞滿了畢業製作該是什麼題材的種種思考。

正在乒荒馬亂的時候，卻接到了根本已經沒有印象的國中同學的電子郵件，提及自己要來柏林旅遊，想要向她請教住宿與觀光景點的事情。本來岳華明一向都會忽略這種要求，這一次不曉得為什麼回覆了對方。她明白告訴對方不能讓她寄住，委婉地跟對方說可以去找民宿，但是不要透過 Airbnb——在柏林 Airbnb 的名聲特別不好，目前房價飆漲它也是幫兇，不過岳華明沒有解釋那麼多。此外她倒是翔實提供了一些可以去看看的地點，甚至還答應跟對方碰面喝個咖啡。

明明至少二十年不聞不問了，何必跟對方見面呢。岳華明有點後悔。大概是難得想念臺灣了吧，覺得能聽聽鄉音也不錯，她這麼說服自己。

每次出門岳華明都感覺到這座城市裡越來越多人——繁榮蓬勃，興利便捷，積極向上，連商店店員都變得親切，講英語的人比講德語的人來得多，這一點她一直不能習慣——鄰居說到的柏林新願景就在她通勤的路上鮮活起來，所有的步調都跟以往不同了，而她懷念這個城市曾經有過的空蕩清寂時刻，例如目前這段前往咖啡館的路上。

她跟國中同學約在她常去的咖啡館，那家店位在鬧區的邊緣，周邊發展起來了跟它仍然隔了一段距離，所以它還保持了一種與世無涉的性格，雖不親切，也不冷漠，在人需要孤獨的時候給予一個安靜的位置。自己踏著防滑石礫發出的聲音在冷清的街道顯得特別嘈雜，岳華明數著那細碎的聲響，有了畢業製作的想法。

她想要捕捉記憶中這個城市曾經常有的空蕩清寂時刻。為什麼要這麼做，並非出自深思熟慮，實際上是基於一種情感的衝動，模模糊糊地，想要重現自己心目中這個城市的真實模樣。長久以來找不到畢製題目的僵局有了重大突破，破冰的興奮進而將那份懷舊的情感變成了一種堅信，岳華明幾乎為自己少有的激昂情懷發顫。她突然有點感謝國中同學的邀約。

整個會面對岳華明而言並沒有值得記憶的地方，被拉去一起吃咖哩香腸倒是給了她一個順便的機會去勘察她想拍照的場景：她選上了在將臨期間最為熱鬧的一處三岔路。

要拍毫無人煙的三岔路並不困難，選擇路上電車收班的夜間時段就能辦到，岳華明要的卻又不是這樣。她要在有自然光的條件下拍照，在人群一般活動的時刻拍照，她相信自己一定可以穿過重重人圍，在所選定的地點拍到全無人跡的真空地景。

也由於盲目的感情，她不會去思考自己的計畫有何不妥，儘管來回去了幾次三岔路勘景她都感到有什麼不對勁，岳華明仍然認為正式開拍時一切問題都會迎刃而解，她只需要選好拍攝的日期，在那之前準備好所有東西。

她勘景回來已是深夜，站在中庭鐵門外摸索鑰匙時她看到兩名穿著印了「保全」字樣外套的警衛拉著一頭執勤犬在社區周邊巡邏，他們經過她時岳華明不自覺地退開了一步，裝著不在意，慢條斯理開門。

大部分的住戶應該已經入睡，她卻在中庭遇上拿著垃圾桶出來倒垃圾的隔壁棟鄰居。由於雙方全沒想到，彼此都有些尷尬。打過招呼，接著鄰居用一種幾乎歡快的語氣說道：「真是驚人啊，明明住在同一個社區，跟左鄰右舍卻好少碰到，大概一年兩次而已吧。」不等岳華明回應，對方又說：「無論如何，祝您晚安，下次見啊。」一望著鄰居背影，岳華明這回並未想起前不久社區才給人闖過空門。

第三個將臨節已經過去，眼看聖誕節要到，岳華明已經沒有時間。她必須一舉完成所有拍攝，她查看自己的行程，唯一的機會就是第四將臨節的週六。

第三將臨節過後一天麥亞女士家門上貼了一張「樓梯間不准堆放物品！」的字條，在列印的字體底下還有一支手畫的箭頭符號指著麥亞女士門前的堆肥桶。隔天那張字條不意外地消失了，堆肥桶還在那裡。岳華明下樓又上樓，在麥亞女士門前遇見史密特女士跟麥亞女士以外的鄰居，在堆肥桶旁交換眼神，聊備一格地互道早安。她沒有空理會那些事，這週末就是正式拍攝日，她跟別人借了好相機，採買了材料，還得在家整理好所有當天要帶的器材。

推開公寓大門，整座樓道黑漆漆的，即使按了門旁的電燈開關也沒有改變，興許是樓梯間照明的電路壞了。岳華明扶著牆壁上樓，背上手裡的攝影器材磕碰著牆面。她小心翼翼踏了五六個台階，被突來的窸窣聲響嚇到——麥亞女士杵在一二樓間階梯轉折的平台，身後窗戶照進來的微弱月光勉強勾出她的佝僂身形，岳華明還聞到麥亞女士身上那種塗了許多乳霜、悉心保養仍然遮掩不住的老人體味。

麥亞女士垂著頭，挨著菜籃車，姿勢不太自然，岳華明看不清她，她緩緩靠近麥亞女士對方都沒反應。這讓岳華明有點緊張。她試探地對她打聲招呼，麥亞女士終於動了動。岳華明問她怎麼了，麥亞女士說她心臟不舒服，腿沒力，無法把菜籃車抬上樓。儘管她自己身上滿是裝備，岳華明仍然幫麥亞女士將菜籃車抬上三樓，並等待她走上來。

麥亞女士一到三樓便抓過菜籃車的握把，似乎囁嚅了什麼，但是岳華明分辨不出來是什麼意思。她又聽見麥亞女士摸索鑰匙的聲音，並再花了一些時間對準鎖孔開門。麥亞女士進屋時差點踢倒門口的堆肥桶。岳華明等麥亞女士關上門才再摸黑上樓。

拍照日前一天。岳華明家門口前的腳踏墊上躺著一只信封，上面畫了一個表情符號式的笑臉。岳華明心裡嘀咕這又是哪來的傳教花招，竟然摸進五樓直接放在她門前。她打開信封，抽出卡片，卡片封面是一個溫柔嫻雅，半邊臉讓摺扇虛掩的東方女人圖像。她打開它，右下角署名「瑪麗．麥亞」。岳華明疑惑地皺了眉。

在內容開頭麥亞女士客套地寫道「親愛的鄰居我們彼此不認識」——她倒是已經從樓梯間那些字條知道好一些關於麥亞女士的事了——岳華明繼續讀下去。麥亞女士並沒有為之前的事情道謝，而是寫了「我誠摯地想邀您到寒舍喝茶，一同思考互助的可能。」

本來她以為自己應該會放著這邀請不管的，然而不知怎地她有點好奇麥亞女士說的互助是什麼意思。她決定去弄清楚麥亞女士想要做什麼。趁著時間還不算太晚，加上麥亞女士沒有寫明特定時間，岳華明把身上的攝影器材放回屋裡便直接下樓按麥亞女士的門鈴。她打算只給她十分鐘。

站在麥亞女士家門前，岳華明低著頭，直直盯著仍然在那兒的堆肥桶。隔了半分鐘都沒人應門，她以為麥亞女士不在，要回去時倒聽見了門內的腳步聲。

麥亞女士斜斜站在沒有開燈的玄關，被堆在走廊掛在牆上的什物包圍，找不到能夠安然立足的位置。她一手撐在門旁疊得比自己還高的紙箱。麥亞女士的行動比平常更緩慢，看不出身體狀況有無好轉。麥亞女士瞇著自己的小眼睛瞅著岳華明，問她有何貴幹。岳華明被問得怔愣，但馬上藏起疑問神色，拿出卡片，以太過高昂的語調說她接到她的卡片。麥亞女士瞅著那卡片，花了幾秒才彷彿想起來自己做了這件事，用稱不上熱絡的態度招呼岳華明進門。

屋裡頭都是跟麥亞女士身上同樣的陳舊氣息，但是麥亞女士的頭髮卻香得不尋常，此時岳華明才注意到麥亞女士燙了頭髮。站在玄關岳華明發現那些味道主要沉積在牆上披得層層疊疊的衣帽，她忍著不要打噴嚏。而且她必須側身才不致被那些衣帽掃到，卻碰著另一邊的紙箱，「砰」地發出沉悶的聲響，她趕緊扶住那些被她撞得不穩的箱子，並迭聲道歉。麥亞女士冷淡地看著她，算不上解釋地說道她喜歡蒐集帽子又不捨得汰換它們所以衣架掛得滿滿的，連開門都不容易——不過這些東西她有一天會整理完清走。麥亞女士打開走廊旁的門，岳華明跟著她，並伸手格擋門邊裝得鼓鼓的環保布袋，幾乎是鑽著進去。

跟她自己公寓的格局一樣，走廊連接廚房，是一個五角形的空間，對角通往下一個房間的門緊閉著。面積不大的廚房跟走廊一樣塞滿各式物品，重複的家具也占去大部分空間，並且缺乏照明——窗外的枯樹枝椏間透著霧紅的霞色，廚房裡只有一盞在餐桌上的檯燈昏黃亮著。天花板上雖然有一組吊燈，但是燈罩裡並沒有安上燈泡。麥亞女士走了兩步又停下來，因為地板上還有一個敞開的紙箱擋在她面前。麥亞女士彎腰把那個箱子推到牆角。

岳華明發現麥亞女士東西雖多，卻維持得相當乾淨，流理台上的櫥櫃擦得沒有一絲積塵，裡頭整齊擺著一組組精緻瓷器。麥亞女士察覺她在看櫥櫃，站在窗前的餐桌邊注視她。

「您有很多有意思的東西。」岳華明不是恭維在麥亞女士，麥亞女士也理所當然地說：「人活得久了，總是會有幾樣好東西的。」她指指吊燈，「這組五〇年代的燈現在價值可不得了，而且我保養得好，可以賣個好價錢。」一面對麥亞女士的得意，岳華明不熱切地附和。

麥亞女士又稍微介紹了廚房的擺設，再次強調她正在整理房子，望她別見怪，岳華明禮貌地笑笑。在解說完櫥櫃裡的收藏後麥亞女士問岳華明要喝什麼茶，數算她屋裡有印度的錫蘭紅茶、中國的茉莉花茶或者綠茶，她回答她紅茶。麥亞女士架上煮水器，從餐桌旁的五斗櫃拿出茶罐，瞇著眼查看上面的標籤，量了兩茶匙茶葉擺進茶壺裡的濾網，等水滾了注入壺裡。麥亞女士說她不會泡茶請她別介意，一面設定了計時器，並拉開椅子請她入座。岳華明又是有禮地微笑道謝。

她還沒坐穩，麥亞女士開口問她：「您是剛搬來這裡嗎？我之前沒有見過您。」岳華明嘴角揚起的弧度拉直了一點。這些年幾乎都是麥亞女士替她代收包裹，顯然麥亞女士從來不曾記得。但她沒有戳破她，重新擺出一個有所保留的笑容。

「我在這裡已經住了四年了。」

「是嗎。」麥亞女士冷淡地回道，一副沒有被說服的表情。又問：「那您認識其他住戶嗎？」

「……說不上認識，遇見會打招呼。」

麥亞女士垂眉看著計時器，顯得不在意，彷彿注意力都在倒數的分秒上，語調平板地說：「那麼這樓裡的事情您都不清楚吧。」岳華明心裡不盡同意，仍是很保留地微笑。麥亞女士將計時器挪到一旁，開始滔滔點數這棟樓裡的種種——哪一戶人家從哪裡來，家裡有多少人，做些什麼工作。岳華明只能維持禮貌性的笑容。

「您總該知道克莉絲汀吧，那個同我一塊照顧花圃、住在二樓的女人。」岳華明點點頭。

「兩年前克莉絲汀跟丈夫離婚了，為了繼續共同養育小孩丈夫在一樓另外租了一個單位。那也是一個辦法啦，儘管我跟她說到後來還是會搞得不清不楚的。」

岳華明並不喜歡聽人說長道短，把眼神挪到計時器上，跟著它發出的聲響數著時間。麥亞女士一如既往不管對方，繼續說起自己斜對門的鄰居，是個比她年紀更大的老人，岳華明也看過那個老先生，不記得他姓什麼，他總是在她出門時不知從哪兒回來，腰桿永遠挺不直，卻背著一個包包，步履蹣跚，上下樓都特別花時間，岳華明見老人停下來，都會側身快快通過他，一方面為了避免聞到他身上帶著的更加濃烈的老人體味。岳華明對老人的印象正走到這一點，同時聽到麥亞女士語帶鄙夷地說那是一個怪老頭，不修邊幅，不曉得幾個星期才洗一次澡——「他真是太老了，什麼時候會死都不知道。」

麥亞女士這番話讓岳華明瞠視著她，但岳華明很快又把眼光收回來，換成盯住茶壺。這時泡茶的計時器響了。麥亞女士慢吞吞關掉它，拿了倒扣在桌上的一只印了藥房贈品圖案的馬克杯，站起來替她斟茶，又坐下來。同時她左右臉頰輪流起伏——她用舌頭舔著自己的假牙，然後咧開嘴。

「至於那個史密特，」麥亞女士完全不掩飾她的嫌惡，「那個女人是頭號問題人物，跟所有人都搞不好，明明才四十幾歲卻食古不化到了極點，一堆有的沒的規矩，還非要別人跟著遵守不可，我從來沒見過有人這麼自我中心——她肯定也找過您麻煩吧？」

岳華明警戒地看著麥亞女士。她並不想被麥亞女士籠絡，變得從立場上就反對史密特女士。她謹慎地說：「她曾經透過紙條要求我不能太晚使用洗衣機。」

「您是多晚了還用洗衣機？」

「……晚上十點以後。」

麥亞女士要笑不笑的，從鼻孔與喉頭發出不以為然的低哼：「那是社區守則規定的時間，要是我也會抗議。」

岳華明悶聲沒有回應。麥亞女士瞅著她，笑的聲音很乾，讓岳華明有點不服氣地反駁：「社區守則我是知道的，我很少會這麼晚才洗衣服，而且那只剩最後脫水的程序了……那次是我不對我沒話講，但是史密特女士有次週六中午直接來按我的電鈴，說我音樂放太大聲要我把窗戶關起來。」岳華明越想情緒跟著波動起來，壓抑不下口吻裡明顯的氣憤：「可那還不到社區守則裡的管制時間，又是七月，氣溫有三十度，她竟然要我關窗，為什麼不是她關窗。」

麥亞女士絲毫不感意外，帶著正中下懷的訕笑語氣應和：「我早認為是史密特才不看時間場合，而且一切由她說了算——我半夜兩點睡不著開電視看她也會衝下來抱怨我吵到她睡覺，她根本就是個神經過敏的女人，」麥亞女士加重語氣，「應該接受心理治療。」

望著麥亞女士幾乎無情的小眼睛，岳華明意識到自己還是被麥亞女士煽動了。她懊惱自己剛剛說得太多。她摸了摸茶杯，燙得擱不上手，她把注意力投向窗外已經暗下的天色。應該已經超過十分鐘了，然而她還走不了。麥亞女士擺弄桌上茶器的聲音讓她轉頭回視她。麥亞女士眨了眨自己的小眼睛，又笑得露出上排顯得過長的假牙。

「就算我的樓上住個應該接受心理治療的女人，我也絕對不會搬走的。」

「……」

「您或許也有注意到吧，這幾個月來這裡看房子的人變多了。可是要住進來也不是簡單的。」

岳華明不想就此發表議論，所以雙手捧著馬克杯，裝作忙著喝茶嘴上沒空，忍耐著麥亞女士打量她的視線——她的小眼睛總給她一種不懷好意的印象。然而茶水仍然太燙，岳華明沒能真的喝到茶，嘴脣與舌尖給燙到，整顆頭因而彈了一下，全給麥亞女士看明白了。麥亞女士瞇起眼，說道：「回到您吧——我還不認識您，所以今天我想好好跟您聊聊，我該怎麼稱呼您呢？」

聽了麥亞女士這句話岳華明真的覺得應該聽從自己的第一反應不要理會她的邀約，現在騎虎難下了，她甚至直覺自己得要假造一番說辭，然而她並不擅長編造故事。

「叫我明就可以了。」岳華明放下馬克杯，報了自己的暱稱，沒有告訴麥亞女士她真實姓名。另外她特別加強了咬字，舌頭卻由於疼痛而不聽使喚，自己的小名也聽來生疏。說了想認識她的麥亞女士僅僅漫應一聲，不曉得到底有沒有聽進去，另有所思地把眼睛瞇成一條縫。她摸了摸自己的嘴，抿住雙脣，指頭並蜷起，讓另一手握在掌心。

「您住在頂樓嘛，所以是單身公寓，比我的屋子少一個房間。」麥亞女士瞭若指掌地描述，岳華明木然附議，麥亞女士小眼睛彎起來，顯得得意，又點名五樓其他住戶，托出他們身家，甚至講起這棟樓的改建始末——這個有超過百年歷史的老社區在二次世界大戰被轟炸過，現在的中庭就是當年被夷成平地的前棟原址，戰後也沒重建，就讓中庭空著；整個社區在十年前大規模整修過，更換了水管，全部改成中央暖氣系統，外牆也作了防寒補強，搭配新式氣密窗——「隔音明明好多了史密特卻還是不停來找碴，而我三年前邀了克莉絲汀自發整理中庭，把花園弄起來，那個史密特從沒吭聲，也沒看過她種一根草，現在倒嚷嚷這是公共事務不能放任我這個『特權分子』亂搞，真是可笑。」

麥亞女士不時提及史密特女士，岳華明卻慢慢察覺麥亞女士不一定是要拉攏她站在同一陣線，只是想找人聽她抱怨罷了。累加的不耐在她禮貌的微笑底下蔓延，然而她鄉愿地說服自己看在一杯茶的分上聽這個老人發發牢騷，於是她心不在焉地任麥亞女士說著，麥亞女士也像太久沒有專程聽她講古的聽眾，竭盡所知地敘述這棟樓的裡裡外外，從建築設施又講回人際往來，岳華明後來都沒聽進麥亞女士又揭露了誰的家務事。

突然麥亞女士問她：「我這樣說話會不會太快？」她一個字一個字拉開間距：「要——不——要——我——放——慢——速——度？」

岳華明回過神，已經慢了半拍，面對麥亞女士狐疑的眼神，她答道：「哦您不用擔心，我都聽得懂。」但是麥亞女士莫名堅持起來，語速卻回復成她一般的步調：「話不是這麼說，您畢竟不是德國人，我還是要多為您設想。」

岳華明喝了終於稍微變涼的茶，隱隱皺了眉：麥亞女士把茶泡得太澀。此外麥亞女士突來的設身處地反而令人感覺不對勁，她心裡盤算應該立刻切入正題，儘速告辭。岳華明抿唇，尋找字眼，試探問道：「我今天來是因為，您在卡片上寫想要尋找互助的可能，我不是很懂您的意思……」

麥亞女士收起之前的客套，臉上的皺紋織列出一副老謀深算：「我開門見山說吧，我要找一個女兒。」

岳華明睜大眼，不敢相信自己聽到的東西：「您要找，一個『女兒』？」

麥亞女士篤定地點頭：「對，一個女兒。」

岳華明目瞪口呆地看著她，麥亞女士以為她沒聽懂，並且換了人稱代名詞：「你不明白？

我應該再說一次嗎？」岳華明搖搖頭，吞嚥一口唾液，感到開口變得艱難。

「請問您自己的女兒呢——我的意思是您沒有女兒嗎？」

「我的女兒對我不感興趣。」麥亞女士想也不想飛快回答，接著「哼」了一聲，語氣非常不滿，並且倔強：「我覺得德國的家庭倫理已經淪喪了，期待我自己的女兒根本沒用，我也不指望她。」

「但是我仍然不理解您指的『女兒』是什麼意思……」岳華明斟酌著，「您是覺得寂寞想要有人陪伴嗎？」

「我才不寂寞。」麥亞女士斬釘截鐵地反駁，「獨居對我來說不是問題，我七十五歲了精力還非常充沛，你看中庭花圃都是我打理的就曉得，我在這裡住好好的，不想搬去養老院，斜對門那個渾身臭味的老頭才應該去住老人院——」她不知道究竟是對誰嚴厲地說：「我好得很。」

岳華明沒有答腔，把弄著馬克杯，沒有對上麥亞女士的眼神。她想起今天這會面的起因應該是她替麥亞女士抬了一次菜籃車。沉默半晌她提議道：「如果您是想生活有人幫忙打點，何不考慮找居家照顧的社工或者同性質的服務呢？」

「那種沒有情感約束力的關係我才不要，我討厭德國人什麼都弄成制度，我不信任這種制度。」

岳華明確實驚訝地低呼一聲，麥亞女士卻沒注意，指著廚房各個角落：「你也看到了，我公寓裡東西太多，我一個人整理的話忙不過來，但是我不要找清潔婦，」她頓一頓，「不是鐘點管家那種冷冰冰的關係，我希望能找一個年輕女人協助我處理家務的同時能彼此給予心理上的支持，能跟我聊天或者一起烤蛋糕，真的像一個女兒那樣陪著我。我願意拿我一部分的退休金來獎勵這個女兒。」

岳華明感到自己每個字都聽得懂，所有的字兜起來她卻完全不能理解，她坐在麥亞女士面前，非常想要回去樓上自己的家。

麥亞女士又接著說下去：「但是符合我心意的女兒是很難找的，我試過很多次，每個人都會有自己的狀況，到最後不了了之，克莉絲汀算是其中最穩定的了。之前她會為我打理日常各種東西，可是她離婚以後自顧不暇，幫我弄些園藝已經是她目前能做到的最大限度了。」麥亞女士似乎想表現釋然大度，她言辭之間的態度卻絲毫不是那樣的。岳華明感到腦袋發脹，也不想與麥亞女士的視線相對，抬眼望向牆上的時鐘，沒有真的讀出當下幾點。麥亞女士清了清喉嚨，發出粗雜的哮喘聲，幾乎要咳痰。她臉上的皺紋排成緊繃的橫線，揮手把茶壺挪到餐桌角落。

「我對外國人沒有偏見，不因為語言的緣故非德國人不可，我甚至還特別喜歡亞洲女人。」

「唔。」

沒注意岳華明不置可否的表示，麥亞女士暢言：「跟德國人到某個點就很難溝通——克莉絲汀也不是特別盡心盡力，很多時候也是叫不動的。所以我決定了，要找來自亞洲的女人當女兒才好。」

這時岳華明一點都不想說話，麥亞女士也不問她怎麼想，續道：「我曾經有個來自印度的朋友，她住在杜塞道夫，我總是邀她常來，反正寄住在我家食宿什麼的都不必傷腦筋，她只需要替我打理家務抵住宿費就成了，很公平吧？她還可以免費跟我學德文，告訴她德國人的各形各狀——我幫助她融入德國社會，沒有比這更好的事情了。」

「噢。」

依然無視岳華明的反應，麥亞女士自以為能得到她贊同地說：「就是從她身上我發現亞洲人的母女關係比德國人的密切多了，她們的女兒都會照顧母親，以母親為優先——我覺得這種倫理很好，亞洲的女兒比較適合我。」

麥亞女士這句像是褒揚的宣稱讓岳華明幾乎要翻白眼，腹誹這是哪裡來的可笑想法，但是她還試著陳述事實：「我不曉得印度人的母女互動模式，也不認為能由印度來概括所謂亞洲的女兒，至少臺灣的母女關係並不是都這樣的。」

麥亞女士根本不聽她的，武斷地重複：「亞洲的女兒溫柔順從，比一意孤行只顧自己的德國女兒好太多了。」

岳華明這時真的笑了出來，她突然覺得麥亞女士可憐，多了一絲想跟她溝通的意願：「我說，麥亞女士——」

麥亞女士立馬糾正她：「叫我瑪麗。還有，用『你』稱呼我。」並且擠出一個自認和善的笑容——「我想你一個亞洲女孩單身住在這裡，應該也需要有人照應吧，我們這樣互相照料不是很好嗎？我會真的把你當女兒對待。」

岳華明覺得自己的腦袋真的要無法運轉了，同時深刻明白再也不能不說清楚：「……瑪麗，偶爾來陪你喝茶我很樂意，但是當女兒實在是超出我的範圍，而且平常我也有工作分身乏術。」

「你是做什麼的？」麥亞女士顯得意外，並且變得戒備。

其實她大可以不要回答她，然而岳華明覺得有股吞不下的氣，又不想透露自己是藝術學院的學生，臨時想到之前兼差工作時出版社也有給她印名片，作勢掏著口袋，發現名片夾真的在身上，拿出來抽出一張名片遞給麥亞女士。

「我是自由編輯。不好意思剛剛沒有好好自我介紹，這是我的名片。」麥亞女士之前的熱切在這句話間凍結，臉上的表情都消失了，她接過名片，看到上面還印了岳華明之前拿到的最高學位頭銜。

「噢，那你實在是學歷太高不適任這個工作⋯⋯」麥亞女士這麼喃喃自語，這次倒是全讓岳華明聽了進去，岳華明把習慣性的微笑統統收起來，將只喝了一口的茶推到旁邊。兩個人都沒再說話，牆上的機械鐘秒針轉動的聲響一格格地敲在室內的沉默裡。終於是麥亞女士站了起來。

「總之今天很開心你來拜訪我，我的提議你還是考慮考慮。然後我累了，就不多招呼你了，祝你仍有個美好的夜晚。」

岳華明聽了也立刻起身，並確認自己什麼東西都帶了：「哦是的也非常謝謝您的茶，我告辭了。」

這一次麥亞女士沒有指正她對她的稱謂，走出廚房送她離開，岳華明在玄關又被太多的帽子掃得重心不穩。在尋找支撐點時麥亞女士還在她背後叨念有空再來喝茶，岳華明彎著身面對地板，無言翻了兩回白眼。等她走出門她還是同麥亞女士又寒暄了幾句，甚至握了手。

等麥亞女士關上門，岳華明深吸了一口氣，三步併兩步地上樓，回家就把麥亞女士寫給她的那張卡片一併塞進待回收的紙堆，跟史密特女士的字條躺在一起。一不做二不休，她把那堆紙紮成一捆，拿下樓丟回收桶，在一樓遇上剛倒完垃圾，手提著字紙簍的史密特女士開門進來。

史密特女士看見了她，仍是在她對她打了招呼之後才微微點頭，側身從她一旁上樓。大門「咿呀」關起來，上頭追加貼了那張從公布欄挪過來的「隨手關門」字條。岳華明沒有心思跟史密特女士計較不替雙手抱滿紙堆的她扶住門扇的雞毛蒜皮事，自己空出手開門丟垃圾去。回到家裡岳華明只覺腦袋一片空白，一時不知該要從何打包她的器材。

結果她當夜翻來覆去難以成眠，隔天睡過了頭。

拍照整個過程非常古怪，尤其最後竄出兩個阻街女郎簡直全盤打亂了她腦中可能曾經有過的規劃。越是如此岳華明越想要趕快知道自己究竟拍到了什麼景象。趕回家裡，她把所有裝備暫且堆在地板上，翻出相機直接衝進浴室關起門，也不管自己又憋了很久的尿，拉緊門前的厚重黑色布帘之後就著手取出相機裡的底片。

岳華明花了很長時間沖洗這批底片——在昏暗的紅燈下底片只顯得一團渾沌，無論她怎麼看，總是沒有發現她預想的圖像，讓她不免浮躁，連帶著肚子痛起來；趁著試樣顯影的等待時間她窩在馬桶上上廁所，同時繼續設想所有自己應該拍到的東西。等鬧鐘響了她急忙拉起褲子把試樣撈出來，不等試樣上的水分滴乾，她就把它拿到暗房外查看照片裡到底出現了什麼。

沒有任何她預期的結果。在曝光不足的畫面裡人影幢幢，完全擋住了她想拍的城市景致。這令岳華明簡直不敢相信自己的眼睛，心想自己是不是在沖洗的時候出了什麼錯，還是底片太老，又會不會是別人借她的相機有問題——她把試樣丟在書桌上，走去窗臺打開窗戶透氣，颼颼灌進的冷風並沒能讓她思想變得比較清明，倒是逐漸意識到自己有多麼疲倦。

她的肩頸僵硬得簡直要裂開，痛得她沒辦法轉動脖子，她勉強關起窗戶，又等了一會兒才能走動。在這作品撞牆找不到出路的時刻她拐了個彎——岳華明回去浴室把沖洗器材收起來，並刷洗了浴缸。在這段把浴室當暗房的期間她只能簡單淋浴，現在她想要泡個澡放過自己。

她實在累壞了，泡在浴缸裡沒多久就睡著了。迷迷糊糊間她隱約聽到了敲門聲，只覺是幻聽，不予理會，然而那敲門聲仍持續著，而且越來越急，最後電鈴響了。岳華明掙扎地從浴缸站起，囫圇擦乾身體穿上衣服去應門，看見一臉憂慮甚至驚恐的史密特女士站在門前，旁邊還站著一名保全人員。

「我敲了好久的門，您一直沒回應，我相當擔憂……」史密特女士這麼說，可是岳華明仍然無法明白為什麼她非要她開門。她記得自己進浴室洗澡的時候已經晚上十二點了，完全不是鄰居可以來串門子的時刻。她看向表情無奈的保全。

不顧岳華明的反應，史密特女士續道：「因為我剛才發現我浴室的天花板開始漏水，覺得很不安，想要馬上弄明白您這裡發生了什麼事。」

「……我剛剛在泡澡。」

「只是泡澡？」

岳華明比了自己還滴水的頭髮：「不然呢？」說完幾乎打了個噴嚏。史密特女士原本還想進她屋裡查看，被她果斷拒絕了。史密特女士顯得不想就此罷休，保全這時總算勸她等管理公司派人來檢查再說，她才不甘願地下樓，走時還回頭多看了岳華明一眼。

讓史密特女士這麼一鬧岳華明完全醒了。與其說不悅，她更擔心會不會是自己在沖洗相片時真的讓化學藥劑流入水管，為了避嫌，她連夜把暗房設備暫時收進儲藏間。

史密特女士緊迫盯人，幾個小時之後又上門來，邀她去自己家裡看看那漏水的情形。岳華明睡眠不足本想拒絕，然而史密特女士沒有給她說不的選項，岳華明簡直是給她押著下樓去的。

跟麥亞女士堆得滿滿、找不到通行空隙的公寓不同，史密特女士的玄關打理得井然有序，飄散著精油揮發的香氣。岳華明跟著史密特女士走到浴室前，史密特女士沒有開燈，岳華明看見浴缸邊緣站了幾只燃燒的蠟燭，由於浴室裡香氣特別濃郁，她猜想史密特女士點的是香氛蠟燭。

就著那搖曳的燭光岳華明查探那布置得頗有趣致的浴室，抬頭時她看見在浴室天花板的吊燈懸吊處滲開了一塊直徑七八公分的水斑，跟精心的布置相比那確實顯得突兀，此外電線上垂著分量不足以掉下來的水滴，應該是顧忌觸電的可能，史密特女士因此只用蠟燭照明。跟岳華明自家格局相仿，同樣沒有對外窗的浴室燭光搖晃著，若這麼盯著天花板，難免會有水斑一直擴大的錯覺。

看到史密特女士浴室的狀況，岳華明不是不能理解當事人的焦慮，但是她不喜歡史密特女士在言談間一直誘導她承認自己做錯了什麼造成漏水。岳華明按捺著，只表示一切等專業維修人士來檢查，一方面在心裡祈求這件麻煩事趕快過去，她還得繼續她的畢業製作。既然管理公司的人表示工人要來檢修最快也是聖誕假期過後，她只能盼望連假期間浴室不要再出什麼問題。

此外先前拍攝毫無所獲讓她非常不服氣，她在當天又再去了一次三岔路補拍。這回她特別留意那對阻街女郎會不會出現，她沒有看到她們。

＊

十二月二十七日，假期甫過管理公司的人居然就來電與岳華明聯絡，幾個小時後兩名水電維修人員出現在岳華明家門前。他們跟前幾天的保全一樣滿臉無奈，岳華明可以想像他們是如何被史密特女士催促。

他們檢查之後，確認岳華明浴室地板的排水口沒有淤積，浴缸下也乾燥沒有漏水，岳華明鬆了一口氣，倒不是為了自己住家屋況正常，而是因為能夠撇清自己在史密特女士心中的嫌疑。她還跟著維修人員下去史密特女士的公寓，在史密特女士聆聽維修人員判斷的同時一直盯著她的反應，岳華明甚至還能看見史密特女士露出冤枉自己感到理虧的表情。

等維修人員離開了，史密特女士還特別向岳華明攀話，一部分作為致歉，更多是為了正當化自己的舉措，史密特女士向岳華明解釋自己為什麼會那麼緊張——在這棟樓大舉整修之前水管堵塞與滴漏的問題非常嚴重，甚至有一次她們目前所在的這間浴室天花板整個坍下來，樓上的馬桶與屎糞甩得到處都是——「無論如何，我不想再經歷同樣的事情。」

岳華明一言不發地聽完整個故事，表示同理，不過她絕口未提自己把浴室當作了暗房——前兩天由於自己的執著反覆沖洗照片所消耗的藥劑在新年以前都還不能拿去學校回收，她在心中提醒自己這幾天得萬分謹慎才行。

在這諸事煩擾的同時，岳華明接到了國中同學的求救。因為聽對方描述起來事態相當嚴重，儘管不願意，岳華明考慮過後還是決定去看看她能為她做什麼。

其實她又已經忘記了她的長相，但是對方那彷徨缺乏依靠的感覺很好辨認，看著她聲淚俱下的激動神情岳華明不免感到自己的情感受到擾動，另一方面她不喜歡對方無視自己最初建議她避免 Airbnb 的勸告，但是她不想落井下石，此外對方也沒有給她插話的空檔，只是想要盡情抒發委屈而已，岳華明因而逐漸疏離這一切，竟然在此刻有機會回想這幾天發生的荒謬事件：那個從來只用紙條跟鄰居溝通的史密特女士竟然在前一天向她傾吐生活的苦惱，而自己為什麼也會成為麥亞女士的女兒候選人，這些事情令她疲倦。

等國中同學數落完對柏林的所有埋怨，岳華明幾乎要感謝上天了，卻又被對方問到自己還要繼續留在柏林，難道不會擔心以後孤獨死去，在那瞬間岳華明覺得自己的耐性全用完了。她沒有給予對方想聽的答案或安慰，對方說她冷漠。

對方在指責什麼岳華明是知道的，但是她沒有要跳進那個位置，要離開也就不是那麼困難。她相信她們不會再見到了，權充餞別，岳華明請了國中同學那一杯咖啡。

*

自從那次說明先前創傷記憶的對話過後，史密特女士給岳華明的感覺比較像個人了，近日史密特女士遇到她居然會主動跟她打招呼，反倒是麥亞女士好一段時間沒有聲息。這一年的最後平靜地過去了。

天氣冷得積雪都蓋住了草叢，大門口的灰色塑膠桶仍然立在原地，木條上的細藤乾癟掉了，懨懨地搭在桶緣。門上「隨手關門」的字條還在，但是門敞開的次數增加了——已經有一段時間了，早在十二月初樓梯間又不時瀰漫各種氣味，除了菸蒂泡水還有線香的味道。史密特女士因而再次在公布欄旁貼出一篇告示，嚴正聲明樓梯間是公共區域，請住戶共同保持空氣品質，請勿抽菸，也不要在屋裡點香，因為熏香的強烈氣味會滯留在樓道。隔天點香的鄰居在相關語句下方用力畫了兩條線，寫了大大的「NO！」。

又過了一天，住戶委員會在整個社區都刊出了正式公告，禁止在樓道吸菸，關乎點香規定的措辭則非常保留，有所暗示。岳華明讀著公告的當兒，一個從容貌推測可能來自印度的年輕女人推著娃娃車進樓，兩個小孩從她後面跑向前來。他們身上都帶著熏香味，沒有跟岳華明打招呼也沒有看告示，直接進了一樓右手邊後面那道門。從屋內傳出她聽不懂的語言。岳華明又去看住戶表，發現一樓住戶的名牌上確實換成了一個陌生的異國姓氏。

麥亞女士肯定已經知道這戶新鄰居了，岳華明這麼想著，不曉得麥亞女士是否問過那年輕母親要不要當她的女兒，那也不是她真的關心的事情。

岳華明走上樓，發現麥亞女士把門口的堆肥桶收走了，在原地也貼了一張紙條，上面抄寫了席勒在《威廉泰爾》裡的一句名言：「當與惡鄰生嫌隙時再怎麼溫順的人也無法平靜生活。（Es kann der Frömmste nicht in Frieden leben, wenn es dem bösen Nachbar nicht gefällt.）」

不過到底誰是那個惡劣的鄰居呢。她繼續上樓。

一月三日。岳華明收到郵局的通知，她的包裹又由麥亞女士代收，按門鈴之前她還特別琢磨要以什麼表情面對麥亞女士，想到要稱呼麥亞女士的名字就令她特別不自在。然而麥亞女士開門的當兒又是一副不曾認識她的樣子，並且回復對她使用敬稱，岳華明報以她最熟練的微笑。

打開包裹，取出她認為一定可以解決先前問題的藥劑，並下去儲藏間拿出避了幾天風頭的器材，岳華明興沖沖地搭起暗房沖洗照片。

然而她還是失望的，因為相片的畫面裡一再出現了一個看來也是臺灣人的男人。

萬福瑪麗亞

她背著她的攝影器材，在最接近觀光鬧區的車站下車，她從高架的月台下樓，站在車站出口的簷廊，隔著綿綿密密的雪向前看。面前有大片廣場，讓咖啡館和商店圍著，廣場上則交斜橫互好幾排販賣各式雜貨吃食的攤位；廣場右手邊的車道延伸不遠，便與其他方向的車道形成三股相互糾纏的岔路，從八方而來的行人、腳踏車、汽車與路上電車在那裡交會。

三岔路的柏油路面上鋪了交錯的鐵軌，並且畫了寫給不同對象的交通指示。那些標誌斑駁且繁雜，棄置不復使用的標誌用鵝黃色的油漆畫上一個大叉表示無效，不用的記號因而比現行的標示還要醒目。而明明畫了三組斑馬線，卻只有兩組行人號誌燈，儼然要人自由心證判定路況來過馬路；再者觀光客來自世界各處，對這些記號的解讀和反應各有不同，於是這三岔路的交通總比這些標註來得混亂，永遠有行人擅闖紅燈、無視斑馬線劃設的區域而從他們高興的路徑走往他們想去的方向；逆向行駛、由於專用道被畫了叉而躍上人行道的腳踏車騎士也模糊了車流應當怎麼往來趨向、與行人如何分道，理應條條分明的道路上人跡車軌竟是雜沓交綜。挨著人行道邊緣的欄杆腳踏車停得既密且亂，又像拒馬在欄杆之間隔出一片荒蕪的區域，人流靠近不了，意外顯得特別寂靜。她的目的地便是那片與廣場同側、三岔路周圍最大的單車群裡頭的細小角落。

她早就想好了，從那個小角落她可以毫無障礙地掃視三岔路的全貌：假如她在那裡，直直面對她匯進三岔口有四線道，雙向的汽車車道與路上電車鐵軌交疊著，在四線道偏她左手邊的路中央設了一座分隔島，是讓搭乘電車的乘客等車用的；以她設想的位置為分水嶺，她左側的車道都是單行道，向她前行的汽車或電車都只能轉進橫在她面前的單行道穿入另一個方向；打她右手邊橫過她的單行電車也匯進她左邊的道路，至於汽車若不溫吞地跟在電車後面，便是右轉折入前述的雙向車道之一，輾過電車軌道，離她遠去。在她右方、前方、左方的三組人行斑馬線都與她的目標位置隔了一些距離，於是過馬路的人潮對她影響不大。她覺得這樣非常好，她要趕快占住那個地方。她跨出車站的簷廊。一往直前的專注讓她沒有留意身旁，一台不應在廣場上馳騁的單車迎著她從她身邊呼嘯而過，勉強沒有擦上她。她沒有在意。她仍然只注視那一小塊她預想的目的地，只想著要占住那個別人應該不會在意她也打擾不到她的地方。

但是她忽略了今天是週末，而且是聖誕節前的最後一個週末，彷彿所有採購禮物的人都在今天傾巢而出，廣場上的市集販子也趕著最旺的商機把所有的貨物擺出來；無論人還是物，都多到氾濫於這三岔口的周圍，她只是想要靜靜地穿越他們，卻是特別困難，哪裡都沒有讓她能夠輕鬆走過的路徑。她低頭望著從眾人腳底伸出，鋪設在廣場路面上的臨時性電纜。成股的粗黑電纜蜿蜿蜒蜒地穿梭在攤位間，畫出不尋常的地景。如果沒有人在這地景間踩來踏去多好。她這麼想。

喧嘈的叫賣聲遮蔽了她的感官，她看不仔細人群的臉孔聽不明白他們的話語，也不想去弄清楚。她沒興趣跟那些讓節日與商業炒作刺激得大買特買的人有關連，也閃躲著成群結隊的遊客，不讓自己的器材碰到他們，所以走路的姿態像是裝備背得太重而左搖右擺；同時她又不想驚擾猶如在路面上冬眠的電纜大蛇，她過度小心地跨過架在電纜束上、防止人群絆倒的金屬片蓋，大跨步的姿態誇張得像是丑角的動作。與她錯身、手提大小購物袋的人們狐疑地盯著她，卻又馬上不在意了，繼續趁最後的聖誕節特惠時機大肆搶購。她也不理會他們，她帶著她滿滿的裝備鑽進髒兮兮的電線桿跟漫停的腳踏車群之間，義無反顧得像是投水。

由於溼冷的天氣持續了好幾天，人行道邊緣的欄杆底下堆了不少清潔隊剷除的積雪。摻著防滑碎石的舊雪被雨水侵蝕又冰結起來，灰灰黑黑的，造型奇險，看起來有點像綿延在海岸、細洞密布的礁石。這些積雪囤到有小腿肚那麼高，所以腳踏車無法全然靠著欄杆繫著，成批的腳踏車彼此捱著，往人行道中央停靠。而今天的攤位又比一般市集日多，攤販的貨物和器材鋪放得更占地方，為了挪出夠自己用的空間攤販們把腳踏車攏得更密，那些車輛簡直擠成整塊的鋼鐵，它們與欄杆之間的空地被更嚴厲地隔絕，那猶如礁岩的積雪顯得益復孤立，她想她是闖不進她理想中的小角落了，那麼在腳踏車之間找個空隙也不是不行。只是那擠成一團的機構間也沒有一個夠大的地方立足，她得費力地撥出一塊她認為可以安置其中的旮旯。儘管如此，她想像自己的藏匿，開始有點雀躍，她繼續背著滿滿的攝影器材嘗試挪出少許空間。終於她在拒馬區域的最外圍清出一塊地，還用腳掃開地上髒兮兮的積雪，她才甘心卸下她沉重的背袋。彎腰之際卻讓她方才移到身側的腳踏車把手扎到，她慌忙轉身扶住那台腳踏車，擔心蕪雜糾結的整團腳踏車被她撞倒，幸好什麼事都沒有發生。她回頭時順勢將還掛在肩上的腳架包晃到胸前，抽出腳架，張開它架起來，接著拿出背包裡的相機包，取出單眼相機固定在腳架頂部，以水平儀校正相機的角度。摘下鏡頭蓋，她彎身察看透過鏡頭捕捉到的場景。

十二月的北國灰濛濛的，再過不久就要天黑，天氣跟時間都不適合拍照。她其實已經提早出門，然而才出門一場雪便不情不願落下，等她到了離三岔路最近的車站雪仍然下得靡靡。因為不夠冷，雪是溼的，她不想讓相機淋壞，只好站在車站的簷廊等待雪停。雲層還是很厚，彷彿怎麼都不會散，等了一陣雪勢緩了下來，雪片零零落落，不致損傷她向人借來的相機，她才能走出車站簷廊抵達這裡，然後雪不下了。

雪停後天色變得比較亮，但還是灰的，此外溼濘的雪花著地便不乾不脆地融入路面上的舊雪，又改變了積雪的樣貌與顏色，濁沌沌溼糊糊的，跟行人的深色冬衣攪和在那照相機的觀景窗裡，不用黑白底片就能夠拍出只存灰階的照片。她拉扯自己黑色夾克的衣領，輕聲吁了一口氣，那嘆息化為一道白煙，還在她的眼鏡上結霧。她抓著袖口抹了抹鏡片和自己的臉，透過擦不清爽的玻璃打量她的周遭，所有的東西都勾了一輪迷茫的白圈。

雖然她對這個地點並不陌生，日常多少會經過這裡的，但是論及拍照，事物便不一樣了起來，或許那是因為她多少意識到現在的自己跟平常的自己並不一致。在她的認知裡，她當然不是觀光客，現在也不是一般居民，而是一名攝影師。她這麼自我定位，彷彿自己也真的就是個攝影師了，她拉了拉自己的黑色夾克衣領，形容凜然。

她摸索著放在夾克口袋裡、屬於自己的傻瓜相機，想先試拍幾張照片，但是她只有摸到皮套。相機在她更換底片後忘在家裡了。她低聲罵了一句髒話，只好用雙手比個框架的樣子擺在眼前取景。她想要拍無人的照片，然而在手指框出的有限範圍內總是一再有人竄進來，她更不高興了。她垂下雙手，對越來越密集的購物人潮生氣。過了一會兒，她還是比劃起取景的手勢，儘管她心裡千百個不滿意。

路上電車隆隆地從她右手邊開過，裡頭一個乘客神情古怪地瞪著她，視線一直鎖定在她身上。她沒有發現那乘客看著她，仍然維持著取景的姿勢，電車突然鳴笛，嚇了她一跳，令她反射地倒退半步，像是路邊積水濺上她，她從自己雙手框出的範圍抬起頭，眼光掃過了那個一直注視她的電車乘客，他們的視線可能交會了。

電車不急不緩地彎過三岔口往她的左後方而去，神情古怪瞪她的乘客早見不著了，只有最後一節車廂的尾巴對著她。三岔路對面在安全島上等紅燈的行人也不明所以地望向她，這時她就發現別人看她了。她裝作沒意識他人眼光，彷彿取景結束，低頭調整她面前的單眼相機。突然她聽到身旁響起短促的快門聲，她抬頭看到在電線桿旁有個穿著紅色登山外套、身背好幾個相機收納袋的人，架勢十足地拿著一台裝備長鏡頭的高檔單眼相機往她取景的方向拍了照。他發現她在看他，對她笑了笑，然後讓自己的相機掛在胸前，離開了她的祕密基地。只有觀光客才會大剌剌地把所有行頭這樣招搖地掛在身上，又不是有了好相機就拍得出好照片。她不以為然地咕噥，轉頭面對她向人借來的相機，回想她今天的計畫。

最初她的打算是在這個三岔路口長時間拍照，記錄這期間三岔路的種種，天色遞嬗也作為變因之一，好拍出樣貌多變的照片。只是之前的雪拖延了時間，白天已經不長，而現在的天色陰暗，若不是手錶上顯示下午三點四十分，她以為要黃昏五六點了。來自亞熱帶的她總是很難確實掌握北國冬天日照與時刻的關係。看這天色暗下來的速度，夜景勢必會占據她底片的三分之二，跟她原本的預期不同。她驀地想起今天也是冬至，一年裡夜最長的一日，那麼夜景比較多也是無可厚非的，她這麼安慰自己。她幾乎就要調整好相機的設定了。

她才站在這三岔路旁沒幾分鐘，日照迅速地減弱，氣溫也隨之下降——她的指尖冰得嚇人。這低溫會讓今天的拍攝工作非常艱苦。即便如此，她還是堅持著，她搓了搓雙掌，戴上露指的手套，還是覺得冷，把手塞進外套口袋裡。縮著肩膀，她張望這裡有什麼值得拍的東西。在取材的當下從天上又懨懨掉下了雪。她抬頭迎著那些晶白的小碎片，小碎片落到鼻尖並不讓她覺得冷，只是有點溼潤的觸感，她知道那小碎片讓她的體溫融化了。

雪勢倏忽轉大，變成細羽般的雪片盤旋在空氣裡，潑打在她的眼鏡鏡片上令她看不清。她沒空理會自己的眼鏡，連忙從背包掏出一個塑膠袋套在相機上，且把夾克附的帽子戴起來，大半張臉藏在帽子底。她的雙肩聳得更高，弓背的姿勢讓她顯得更為嬌小，她黑黑地隱匿在黑黑的電線桿與腳踏車之間。她看不清別人，也設想別人看不清她，她以為這樣她就能夠消失了。而有人靠近了她，他尋找自己腳踏車的動作帶出不小聲響，她裝作沒聽見。那人找到自己的車，是她特地搬開的其中一台單車，他開了鎖，牽車離開的時候還瞥了她一眼，她仍然佯裝沒有發現別人的眼光，只是原本遮擋她的單車拒馬在她斜後方確實開了一道不大不小的缺口。這時她身後行人的喧譁聲由遠而近，一群說著西班牙語的觀光客低頭疾走抬手擋在眼前，說話的速度很快語調不大耐煩，彷彿在抱怨突來的大雪；他們滿手大包小包聲勢浩蕩，幾乎橫跨讓市集攤位占據、本就不那麼寬敞的人行道，甚至腳踏車的圍攔也抵擋不住他們的逼近，被那些觀光客擠得左傾右斜，差點倒向她。她隱隱地擔憂原本的堡壘會變成壓垮她的殘垣，其中一個幾乎捱著單車走近的觀光客的背包已經撞上了她。她皺了皺眉，瞋瞪那個人。那人提著背著太多東西，絲毫不察自己的哪一樣物事撞到了人，也沒感覺到她的怒意，跟著他的同伴繼續嚷嚷地拐到三岔口其中一條路裡。她銳利地盯著他們，直到他們從她的視線消失，他們手上購物袋的鮮豔顏色還暫留在她眼底。她悻悻地回頭，看向地上，看到自己黑黑的球鞋跟灰灰的溼雪。人行道明明還有得是空間，她都已經縮到沒人會靠近的腳踏車之間，為什麼他們還是會攪擾到她。她拍了拍自己被撞到的地方，拂去別人撞上她的觸感。

天色又更暗了，剛剛的相機設定肯定不適用了，她決定乾脆等到雪停再來重新調整相機。這時街上的水銀路燈逐一亮了，掛在市集攤位篷簷的聖誕節裝飾燈束在昏暗的天光下變得顯眼，一串串帶著溫暖色調的五彩燈泡閃爍著，使得沉鬱的天色底終於有種快樂的氣息，聖誕甜酒的肉桂味也在空氣裡濃郁，因為那香氣她朝市集的方向看去。她對聖誕節並沒有什麼感覺，因為那不是她自身文化裡的節日，她也一向不樂意跟商人的促銷策略起鬨。總而言之，她目前的任務是拍照，她不認為現在是享受的時候。她把眼光收回，盯著三岔路。

雪下得沒休沒止，天色暗得彷彿雲層都要壓到她的頭，她身體縮得更厲害，就像是雲堆已經壓上她肩膀。她等待著，什麼都沒做。這樣呆站在三岔路的邊角她逐漸感覺後頸有點冷，鼻子也開始發痛，兩道清清的鼻水打鼻孔流下，她拿出常備的紙手帕把鼻子擦乾淨。此外凍人的地氣也從她的舊球鞋底攫獲她的腳板與小腿，她蹬了蹬腿，當然驅不盡那透骨的寒意。她非常懊惱，但是不想承認自己選錯日子。她再次比起手勢衡量她想拍的場景。她仍然不想讓人太過注意她，也不想像觀光客那般沒個專業的樣子，反而怎麼樣都擺放不好自己。

她瞄準她正前方設在安全島上的電車停靠站，候車的人走出候車亭站到分隔島的邊緣，等著電車進站好上車。那些人都穿得黑沉沉的，面孔都很模糊。她並不想拍人，所以不在意他們的臉，只是其中一人手上豔紅色的亮面購物紙袋讓她移不開視線。那人竟察覺到她的注視，往她所在看了一眼，她從自己手比出的小框框中發現了那看向她的人，有點心驚，這時從橫向的車道又一班路上電車開過她眼前，截擋了她與那路人間的眼神。等橫過她面前的電車車廂不再遮著她，剛剛跟她對視的人已經上了另一個方向的電車。電車發車時響起尖銳的警示鈴聲，同樣拐進她左手邊單行的車道裡。她的視線跟著那輛電車，興許是跟著那個人，抑或是跟著那個人的購物袋，在看不到車尾後她低下頭。

她忘記了又想起了她要拍照，儘管雪還沒停，她仍然再次整頓自己的狀態與裝備。這時候她覺得口渴，反射地舔了舔唇，儘管今天比較潮溼，她的嘴唇還是乾得皴皮。而口渴的同時她發現自己的尿意。她感到尷尬又心煩。明明她下午都沒喝過水。

她還想忍，但是不要多久她的膀胱已經脹得發痛。但是她一張照片都還沒拍到。她覺得自己窩囊。附近沒有公用廁所，她得到三岔路斜對面的咖啡館借廁所，此外無論如何她都不能把設備擺在這兒不管——她忍耐地收拾所有裝備，將它們安放回所屬的包包內，一一扛起去找廁所。一張照片都還沒拍到，她真的覺得自己窩囊。

如果循規蹈矩，到三岔路斜對面的咖啡館必須走到離她有點遠的斑馬線，過兩次馬路，她憋尿憋得難受，但是她不想恣意跨過欄杆橫越三岔路，冒險讓她的器材受到丁點損傷。她還是往右手邊走向畫有斑馬線的路口。經過賣中東熱食的攤位，商人還問她要不要來一杯熱紅茶吃一份烙餅。她沒有緩下腳步，罔若未聞地走過，但她其實嚥了一口口水。她走到斑馬線前。除了憋尿，她也忍著跟一群觀光客擠在馬路口等行人號誌的綠燈亮起，等到可以通行了她卻覺得尿快漏出來而無法舉步，落在人群之後。紅色的小人號誌又亮起來了。無視紅燈仍然過馬路的人走過她身邊，擦撞到她的手肘，沒有因此放慢腳步，兀自往前或往後遠去。她縮起身體，不自然地站著。

她總算進了咖啡館，室內的暖氣讓她的眼鏡馬上結了一層水霧，讓她看不明白占地不廣的咖啡館裡所有人都注意著她。她伸手用外套袖口抹了抹鏡片，仍是隔著沒擦乾淨的水漬，隱約看到在吧台的侍者冷淡地打量她，她沒有點頭致意，逕自拐往在吧台盡頭轉角的廁所，卻發現廁所的門鎖住了；走道很窄，她轉身的時候她的器材還碰到隔板，發出讓人不免探看的聲響。冷淡打量她的侍者站到走道口，用不大不小的音量告訴她鑰匙要跟他拿，並且追加地說她可以把東西寄在櫃台。她走回吧台，訥訥地接過鑰匙，道了聲謝，沒有逞強，將她的裝備暫放在吧台裡的角落，用有點奇怪的步態快速走去廁所。開鎖的時候她脫下手套，才發現她的指頭凍得發紅，指節僵硬得很難彎曲，想拿穩鑰匙開門都不容易，轉動鑰匙的時候手很痛。終於打開門的時候她不免鬆懈下來，那瞬間尿都要滴出來了。她狠狠繃緊自己的膀胱。

她本想先洗個手讓手回溫，但是她真忍不住了，衝進廁格不管身上繁重衣物勉強脫下褲子，放尿的時候下腹的悶痛得到紓解，讓她鬆了好大一口氣，頭低下來，瀏海垂到大腿上。就著這個蜷伏的姿勢她握著自己的膝頭，覺得不想出去了。她在馬桶上坐了一陣，雙手還是刺刺辣辣的，並且微微顫抖。她呆坐著，直到有人敲門她才回神。她又勉強地穿好褲子。

她去洗手台沖水。水龍頭一開始跑出來的是冷水，但是她覺得它很溫暖；等到水溫升高，微溫的水流燙得她手背生疼。她把雙手攤在水槽底，讓水柱繼續沖著，等手指變得比較靈活她扭緊水龍頭，抽了幾張紙巾慢慢擦乾自己的手。她還摘下眼鏡，連鏡片上的水痕也悉心拭了乾淨。這時她才稍微看清楚鏡子裡的自己。她的頭髮被夾克的帽子壓得有點扁，夾克被雪淋得潮潮的，領口還歪向左邊，帽子肩頭的黑色布料吸了水氣顏色更深了一階。她抓了抓自己的黑頭髮，翹了一撮起來。

走出廁所她其實有點捨不得室內的溫暖，考慮著要不要喝杯熱咖啡再離開，但是她心想絕對不能一張天黑之前的照片都沒拍到，她只跟侍者點了一杯濃縮咖啡外帶。等待的時候她循序戴回手套，背好自己的東西，並空出一隻手接咖啡。她站在吧台前，看向大片的玻璃窗。不過幾分鐘的光景，外頭整個暗下來了，窗邊客人的投影明顯得有如照鏡，她對白日已逝感到無奈，更多是懊惱自己。侍者將咖啡遞到她面前時她掀起糖罐的蓋子，在濃縮咖啡裡加了兩大匙糖，侍者替她安上杯蓋。

她站到咖啡館門口，雪已經不再下了，地面積了薄薄的雪，如同一層稀疏的白沙；行人道跟車道之間的排水口冒著熱氣，周圍的雪化成一窪水。她托著咖啡紙杯，又是跟人摩肩接踵地穿越兩次斑馬線，膀胱輕盈地走回她原先拍照的定位。雜沓亂停的腳踏車像是少了又多了，她原本的位置變大了又嫌窄了，幾個被揉成團的購物袋卡在腳踏車的輪輻之間，白色的塑膠在暗處亮晃晃的。沒有人跟她搶這個角落。她側身擠進那角落，放下所有包包，重新設定她的攝影儀器。

因為天已經黑了，沒有可能拍到夜景以外的照片，她之前反覆顧慮的許多事情也不消再煩惱——因為只能設定夜間攝影模式。她裝置好相機，將光圈大小跟焦距調整妥當，試了幾個曝光時間。儘管她沒有外接的閃光燈，但是有腳架支撐相機，長時間曝光不怕畫面晃動，多少能拍出幾張有趣的照片。想及這裡她的心篤定了些，她終於沉穩地環視她的周遭，稍微能夠擺放好自己的姿態，這時她發現自己現在才看見了什麼。她半跪下來，透過觀景窗審視相機攝入的景象。

她並沒有將鏡頭捕捉到的人看得更仔細，縮小在那四方格裡的人每張的臉孔依然是不清楚的，跟他們渾濁的衣著混在一起。然而他們手上印著各式商標的彩色購物袋在觀景窗裡跳躍得說了很多，連成一串訊息。她說不出，但是她知道那訊息是什麼。她對準那些購物袋，按下快門。

在長時間曝光的模式下，那些跟著人移動的鮮豔購物袋會在底片拉出條條細碎的光痕，那種留跡並不滑溜順暢，她彷彿同步聽到耙子刮過玻璃發出的駭人噪音。但是她不真的討厭這種噪音。在曝光的時間內那些購物袋繼續刮磨她的底片，窸窸窣窣喋喋不休；她偏頭靠近相機取景的姿勢看起來更像是倚著話筒，她幾乎真的聽見那些瑣碎的話語了。

商家的霓虹燈陸續亮了，在人工照明底黝黑的柏油路面反射著溼潤的水光；路上的觀光客雖然不減反增，但是他們的臉、暗沉的裝束在夜色下都退到了背景裡，人潮喧嘩的嘈嘈像是被水洒過落地的灰塵，少了幾分張揚，不再那麼雜亂令她心煩。她覺得這樣的三岔路比白天的時候可愛。

拍了幾張照片，她站直起來。因為天氣冷，她又把夾克上的帽子戴好，那帽子依舊蓋住了她半張臉，壓扁了她的黑髮遮住她的眼睛，在黑色裡一身黑的她合襯地融入這在她心裡竟然有點可愛起來的早夜。她突然有種悠閒的心情，同時肚子就餓了起來。她彎腰從背包掏出自製的三明治，打開那杯已經涼掉的咖啡，一口飲盡它，慢吞吞吃著三明治。她不急於一口氣拍完她所有的底片，所以她一屁股坐到自己空空軟軟的背包上休息。她的個子不高，坐下來背有點駝，縮在腳踏車的輪邊，比夾在單車縫隙間的白色塑膠袋都還不顯眼。她幾乎如她所願藏匿到沒有人會發現她了，不過三岔路對面的人總是可以一眼看到她。但是她專心吃著東西，沒有意識自己藏起來了，也沒有去管別人怎麼看她。

三明治擺了大半天，燻肉的鹹味滲進麵包裡，吃得讓她口渴，但是她決定要忍著不喝水。咀嚼食物的空檔間她對著又被凍紅的雙手呵氣，並且回想自己怎麼來的主意要來這三岔路拍照。

為了畢業製作苦思不得主題，只是前不久偶然感慨這個城市變得越來越陌生，油然而生想要捕捉記憶中這個城市曾經常有的空蕩清寂時刻的念頭。實際上是基於一種情感的衝動，沒有微言大義在背後。

說實在她的動機都不是太清楚的，甚至為什麼要攝影、為什麼會是攝影一開始也只是個模糊的發想：幾年前她看了亨利．卡蒂埃—布列松的回顧展，隱約有了一絲「想要開始攝影」的念頭在心底萌芽，她也真的下手嘗試了——起初她只用傻瓜相機玩，有一搭沒一搭地隨手亂拍，最近才跟人借了單眼相機比較有系統地摸索。借她相機的朋友建議她還是從底片機玩起，而就算沒有聽到這建議，她心裡早就決定了要持續用傳統底片機拍照，完全不想趕流行投入數位攝影的行列，她的執拗很多人都不理解。

可是無關個人意願，產品淘汰的趨勢太強太快，供需縮減之下底片的價格水漲船高，用底片機拍照變得昂貴又不合時宜。她最愛用的底片廠牌去年也停產了，她相機包裡頭的兩盒膠卷是最後的存貨。即使如此她還是不願改用數位相機。數位的東西來去太過輕易，她直覺那輕易危險。相機計數器一格格地轉動，底片跟著一張張地倒數令她心裡頭比較踏實。

單單使用傳統底片相機並不足夠讓她了解攝影的來龍去脈，她還參加了暗房課程，學習怎麼自己沖洗底片跟放大照片。沖洗彩色相片的手續太繁複，她一直沒能掌握，而不曉得她是知難而退還是心底覺得彩色沖洗麻煩或者她就是認為自己適合黑白攝影，她便決定只沖洗黑白相片，於是她也只會自己沖洗黑白照片。這件事她好歹特別有耐心：她摸索熟習怎麼在黑暗中把底片抽出外殼裝進沖片罐，接著依序用顯影劑跟定影劑沖出底片，如果狀況好沒有搞砸，可以放大幾張照片出來。常常早上進暗房，收工出來的時候外面天也黑了。有一次她把剛洗出來、溼漉漉的相片沾在暗房外的磁磚牆壁，看著那貼滿半面牆還冒著水的照片，她發現自己拍的畫面裡都沒有人。

她其實很喜歡布列松拍人的照片，然而一來她覺得那決定性的瞬間太難捕捉，再者她認定在她周遭的人都沒有個樣子，拍出來沒有味道不如不拍；她對於拍攝風景照也沒有興趣，別人忙著拍教堂頂上皚皚白雪的時候她已經看到地上那些被踩得泥水濁濘的爛泥巴了。她對這總是滿滿充斥拍紀念照的觀光客、幾乎沒有景觀可言的三岔路卻情有獨鍾：扣掉了那些人，這裡有的只是越來越沒有品味的商店櫥窗、看了比不看更讓人困擾的交通號誌以及幾乎不曾被拖吊的大團腳踏車。而她就是對這種不是由人構成的亂糟糟有說不上的感覺。她吃完三明治，又拿出紙手帕擦嘴，半跪起身拍拍屁股，站直準備拍照。

接下來一段時間特別平靜，不是市集的叫賣聲變小了觀光客比較收斂了，大概只是因為她跟周圍的人都習慣了彼此，沒人再大驚小怪。她觀望著，發現市集一個比較冷清的角落，那角落堆得豐厚的貨物大多時候卻是孤零零地沒人靠近察看，於是她把她的腳架換了一個位置，讓相機從遠方偷偷地瞄準那個角落。人潮還是穿梭於廣場中央，但是她耐得住性子——聖誕甜酒跟糖炒杏仁的香味撫平了她的神經。她逮住一個難得的機會，趁著賣炒堅果的小販站到攤位外抽菸喝咖啡的當兒拍了幾張堅果攤的照片。她很得意，躊躇滿志地把腳架挪回它最初的地方。她都以為今天會這樣順利地完成拍攝了。拍完一捲底片她從腳架取下相機，更換了新的底片，並且決定把相機拿在手上，不再只是定點拍攝。她拿著相機湊近自己的臉，左顧右盼地找可拍的素材。值得拍下來的仍舊不多，她沒有貿然頻按快門，但是她的視線總是跟著一班班從三岔路一端轉進另一頭的電車游動，她沒有察覺自己的思考空白了好一陣子。

到了晚上八點，儘管市集會持續到十點，店面的商家仍然依往常的營業時間紛紛打烊熄燈了，她的周圍因此跟著暗下來；另外由於正值晚餐時間，購物人潮少了許多，連車流也變得緩和，站牌旁沒有人等車。她覺得這樣剛好，她可以專心拍攝路上電車。然而在一般遊客減少的同時另一批人才開始上街——

她看到沿著三岔路左斜對面的人行道陸續站出來幾名打扮光鮮的年輕女郎。她們沒有湊在一起，而是各自隔了幾公尺站著，但是一眼就看得出她們是一伙的。她們穿衣的風格打同個模子出來，活像穿著制服：她們一致染著白金色的及胸長髮，搭襯刻意晒成古銅色的肌膚，上半身讓也是白色的馬甲束緊，不知是不是隆過了的胸部被繃得突出，兩乳對夾擠出深溝，有分量得幾乎累贅，不過腰身則被襯得相當緊緻纖小；她們下半身穿了黑色或白色的粗網目褲襪，腳踏厚底的高跟白色長靴，腰間聊勝於無地圍上一件應該是塑膠皮革的白色皮裙，半截圓實的屁股暴露在冷風裡，不知道為什麼她們不覺得冷。她們只披一件可能是真皮草的短夾克禦寒，此外她們的翹臀上都繫了一個黑色腰包，手上拿著一支拐杖傘，若下雪了她們就會撐開傘蓋，將傘幹倚在一肩，交叉著細長的雙腿，彷彿在等人。這些女郎不只穿著類似，動作的差異也太小，而且每個人臉上都精心化了同一種路線的濃妝，於是看起來都一個樣。

她知道她們是性工作者，無論冷暖晴雨她們夜裡都是會出來上班的，只不過今天這些女人站得離三岔口特別近，竟然落到她的觀景窗裡。她們並不是她要拍的對象，也認為彼此井水不犯河水，所以她沒有刻意改變她取景的方向。然而那些女郎的白衣在黑夜裡太過顯眼無從忽略，她沒有辦法拍照。她為了惱人的干擾再次出現不太愉快，她把相機托在她的胸前，撇過頭，又拿起相機瞄準其他地方。這時候她看見一輛警車從她右手邊開進左手邊的岔路，停在女郎們之間。兩名值勤的員警下了車，跟女郎們似乎是認識的，他們還閒聊了幾句，接著兩個警察朝她的方向走來，沒有停留，從她背後走過，去市集巡查。

警察不會找她麻煩，她也就以為她跟周圍的人——包括那些女郎——必定相安無事，但是沒多久有兩名女郎跨越三岔路的分隔島，繞過欄杆與密集的腳踏車群，闖進她的祕密角落，看她沒注意她們，拍了她的肩膀，她才從觀景窗的小世界裡猛地醒覺，看見站在她身邊的兩名女郎猶疑警戒地瞪著她。除了心中驚疑，那兩名女郎的臉被濃妝掩蓋，她看不出她們原本的長相；另外因為她們走近了，她才感覺到其中一名女郎高了她幾乎一個頭，居高臨下地對她說話，聲音特別低沉。

「您是狗仔隊嗎？您在拍我們嗎？您是不可以拍我們的。」那高䠷的女郎基於語言的習慣對陌生人一律使用敬稱，但是她的態度相當咄咄逼人；她身材嬌小的同伴雖沒說話，又著腰堵在她一側，傲人的胸部搶在面前，逼視她的眼光同樣銳利。突然被人這樣盤問以及那個問題都讓她錯愕不已，而且她們似乎就要奪下她的相機。

「……不，我是在拍街景而已。」一整天都沒說話，她都覺得自己的聲音特別緊繃，聽來心虛的口吻讓那兩個女郎更是生疑，不吭聲地注視她，令她相當不安。

「您不是在報社工作？」發話的高大女郎一臉不信任，繼續口氣不好地問她，讓她慌得急想什麼說詞為自己開脫：「不是，我是藝術學院的學生，我是在做作業，」她拿起相機比給她們看：「我只是攝影的初學者，你看我的相機連閃光燈都沒有，肯定拍不到你們的啊。」

相機沒附閃光燈這件事似乎說服了那兩位女郎，她們的表情放鬆了許多，語氣也變得比較和緩：「知道您不是給報社工作的就好了。我們事務所有交代，我們不能讓人拍照的，不然我們會有麻煩，經理會怪罪的。」她聽了愣愣地點頭，高大的女郎又提醒她：「您不要朝我們這裡拍，這樣就沒問題了。」說完她們轉身要走，不忘客套地說：「不好意思打攪您，預祝您聖誕愉快。」說完比較矮的女郎還向她揮手，然後這一高一矮的女郎便扭腰擺臀地鑽出腳踏車的包圍，看她們腳步不穩幾乎要拐到的樣子她真不能想像方才她們是怎麼衝到她身邊的。

被這兩名阻街女郎一鬧她餘悸未平，拍照的興致也沒了，她卻不想顯示自己是落荒而逃——那兩名女郎還在三岔口的另一邊看著她——她強自鎮定地繼續取景，但幾乎只是僵直地拍攝她正前方的隨便什麼東西，也不再管是不是有可能把人拍進去，好把這捲底片剩下的張數拍完。然後她故作沉著地收拾她的器材，腳架相機放進各自的收納包裡，再拍拍她擺在地上有點溼掉的背袋，把所有的包包胡亂塞進去，背起被撐得東凸西鼓的背包。離開的時候她刻意不去在乎女郎們的打量，好像剛剛的事情沒有發生過，甚至特別抬頭挺胸地走去車站；穿過還熱鬧的市集時她偷偷地往回望，她已經看不到那兩個女郎了。賣中東熱食的攤販仍然問她要不要吃點喝點什麼，這次她與他目光相對，朝他尷尬地笑了笑，依舊沒有買任何東西。她沒有再停留，直直走向車站，接近車站入口時她遇上剛剛那兩位警察。他們巡邏了一圈，正要往回走，他們依然沒有注意她。

等她上車，坐到最後一節車廂的最後一排座位，把背包放下擺到身邊之後她才發現自己腿軟，而且心中的沮喪源源冒出來——她對於自己為了撇去麻煩而貶低自己感到非常羞恥，而且她一點都想不到她竟然這麼害怕，最後她只能安慰自己好歹全身而退，沒讓別人碰她跟人借的相機沒讓別人搶走她的底片，她已經保住最重要的東西了。想到一日的辛勞將變成難得的照片，她就覺得一切還不太糟。

然而，不知道是她哪裡設定出了錯誤還是底片放了太久已經變質，她並沒有沖出任何一張如她預想模樣可堪辨認的照片。

【後記】

「非場所」裡的正常與不正常，以及「我們」的視線

在我的創作歷程中，當前全球化的生活形態下人的流動遷徙是我關注的重點之一，其間複數種語言交織於我們的日常，對每個個人產生內外的影響，從而形塑人們對世界的理解。這些環環相扣的細節作為我們認知自我的憑依，是而每個個人的面向也難再單一而論，如何面對自己愈趨多元的身分認同是當代之人的普遍議題。這樣處於多元情境下的人性心靈我稱之為「介於之間」(in-between- ness)，觀察它、挖掘它便構成了我的創作基調。這種心靈是流動的，也與各種移動相互交錯。

移動是我們生活中很基本的環節，在我們這個當代尤其如此，小範圍的通勤移動乃至出差調任，甚或離境移居，移動的瑣碎時段加起來很可能比在所抵達的定點停留的時間還要長。在這些移動的段落中，我們在功能不一的地方穿梭，例如捷運站、火車站、機場、運輸工具、

超級市場、連鎖旅館、各類公家機關——這些由法國人類學家馬克・歐傑稱作「非場所」（或譯為「非地方」）的地點具有強烈的功能，卻同等地缺乏個性；看似親切，擁有統一的形象，但是都難以深究。而我們一向深受空間的影響，因所處空間性質的殊異與不連貫，令我們的心理狀態也有斷續、無所適從的現象。觀察並描寫這類當代城市地景特徵是我構築當代人類內在心象的手法之一。

在我先前的小說《等候室》和《鐵道共乘旅遊手冊》裡，「非場所」是反覆出現的場景，重點放在處於「非場所」中的人的內在與外在活動。在《萬福瑪麗亞》中，我想把出發點設在場所／非場所本身，描寫這些場所／非場所的演進或調換，單一的地方裡是如何混合了異質文化，而那些改變又是如何逼近、包圍了我們。同時我亦嘗試在《萬福瑪麗亞》中呈現人們如何面對身處於多元文化情境的自己，無論是在陌生的國度，或者在理應熟悉之處。所謂他方有時並不遙遠。

此外，在處理小說中的日常情節時，尤其在〈請照看眷顧我們〉這個篇章中，我特別省思著「觀看」這件事，這也是我在《萬福瑪麗亞》想要表現的另一層主題。由於我本身亦從事視覺創作，我便思考能否從《萬福瑪麗亞》的抽象主題出發，建立跨文學與視覺藝術領域的串聯形式。

根據以上想法，我在二〇一八年七月到十月於臺北市立美術館展出的《跨域讀寫：藝術中的圖書生態學》聯展中進行了下面的實驗：我展出了一組以監控設備組成的裝置作品〈我們的凝視〉，探問我們在被監控的公共場域中的視覺活動，如何意識「公共」與「私人」間的邊界（是否這中間還有明確邊界），以及我們對於「被觀看」的自覺或不自覺。展出期間我不時會在現場觀察並蒐集觀者面對監視鏡頭的反應，作為我在寫作《萬福瑪麗亞》的另類素材，從而更深入地思考在當代科技環繞下，我們如何看待自身。

《萬福瑪麗亞》從發想到完成歷經將近六年，獲得各方挹注：除了臺灣國家文化藝術基金會的創作補助，並有德國柏林市政府文化與歐洲部門特別獎學金的鼓勵，使我能完成這部小說，在此致謝。另外也感謝聯合文學出版社的青睞，使這部小說能面對廣泛的受眾發表；以及德國柏林的 stadtsprachen 文學雜誌，促成《萬福瑪麗亞》局部篇章以搶先看的形式在二〇二〇年以德文與德語的方式呈現。不止一種語言的發表呼應了我創作的核心，實踐了「介於之間」，其中各色讀者於過去、現在、未來與我的小說相會，每一位我都由衷感謝。家人朋友的支持也是我始終感恩在懷的。

這本小說獻給所有的瑪麗亞。

國家圖書館出版品預行編目資料

萬福瑪麗亞 / 鄒永珊著 . -- 初版 . -- 臺北市 :
聯合文學出版社股份有限公司 , 2022.07
320 面 ; 14.8×21 公分 . -- （聯合文叢 ; 708）

ISBN 978-986-323-472-2（平裝）

863.57　　　　111010869

聯合文叢 708

萬福瑪麗亞

作　　者／鄒永珊
發 行 人／張寶琴
總 編 輯／周昭翡
主　　編／蕭仁豪
編　　輯／林劭璜
封面設計／鄒永珊
資深美編／戴榮芝
業務部總經理／李文吉
發行助理／林昇儒
財 務 部／趙玉瑩　韋秀英
人事行政組／李懷瑩
版權管理／蕭仁豪
法律顧問／理律法律事務所
陳長文律師、蔣大中律師
出 版 者／聯合文學出版社股份有限公司
地　　址／(110)臺北市基隆路一段 178 號 10 樓
電　　話／(02)27666759 轉 5107
傳　　真／(02)27567914
郵撥帳號／ 17623526 聯合文學出版社股份有限公司
登 記 證／行政院新聞局局版臺業字第 6109 號
網　　址／http://unitas.udngroup.com.tw
E-mail:unitas@udngroup.com.tw
印 刷 廠／鴻霖印刷傳媒股份有限公司
總 經 銷／聯合發行股份有限公司
地　　址／(231)新北市新店區寶橋路235巷6弄6號2樓
電　　話／(02)29178022

出版日期／ 2022 年 7 月　初版
定　　價／ 380 元

國｜藝｜會 NCAF　本書獲財團法人國家文化藝術基金會創作補助
德國柏林市政府文化與歐洲部門特別獎學金創作補助

ISBN 978-986-323-472-2（平裝）